洛林传奇⑤

THE REVENGE OF SEVEN

七号的复仇

〔美〕庇塔库斯·洛尔 著　　郑扬眉 译

人民文学出版社
PEOPLE'S LITERATURE PUBLISHING HOUSE

著作权合同登记号　图字 01-2016-6935

图书在版编目(CIP)数据

七号的复仇/(美)庇塔库斯·洛尔著;郑扬眉译.
—北京:人民文学出版社,2016
(洛林传奇)
ISBN 978-7-02-011956-1

Ⅰ.①七…　Ⅱ.①庇…　②郑…　Ⅲ.①长篇小说-美国-现代　Ⅳ.①I712.45

中国版本图书馆 CIP 数据核字(2016)第 197395 号

责任编辑　朱卫净　潘丽萍
封面设计　汪佳诗

出版发行　人民文学出版社
社　　址　北京市朝内大街 166 号
邮政编码　100705
网　　址　http://www.rw-cn.com
印　　刷　山东德州新华印务有限责任公司
经　　销　全国新华书店等
字　　数　215 千字
开　　本　890 毫米×1240 毫米　1/32
印　　张　9　插页 3
版　　次　2016 年 10 月北京第 1 版
印　　次　2016 年 10 月第 1 次印刷
书　　号　978-7-02-011956-1
定　　价　36.00 元

如有印装质量问题,请与本社图书销售中心调换。电话:01065233595

书中所述系真实事件。

人名和地名做了改动，

以保护洛林勇士，

他们仍在藏匿。

其他文明的确存在，

有些企图消灭你们。

第一章

噩梦已逝。我睁开眼睛，一切都无影无踪，剩下的唯有黑暗。

我只知道自己躺在床上，但不是我的床。床垫大极了，与我的身体却十分贴合。我差点以为是朋友们将我移到九号顶楼豪华公寓里最大的床上了。我将双腿和胳膊完全伸展开来，也没有触碰到床沿。我身上遮盖的毯子与其说是柔软，不如说是光滑，像一张塑料膜，还散发着热量。不只是热量，我突然意识到，还有一阵持续稳定的振动，缓解了我肌肉的酸痛。

我昏睡了多久？这又是什么地方？

我努力回忆发生在我身上的一切，却只记起了最后的景象。感觉像在那个噩梦中待了好些天，我还能闻到华盛顿城里那股橡胶的焦臭味。滚滚烟雾弥漫于整个城市，提醒大家那里刚发生过战斗——确切地说是将会发生战斗，如果我看到的景象会成真的话。

看到那些景象是一项新的超能力吗？其他人都没有像我这样的超能力，它在今天早上让我受到这样的精神创伤。这些景象是预言吗？是希特雷库斯·雷发出的威胁，像约翰和八号以前常做的那些梦一样吗？这些都是警告吗？

不管是什么，我只希望它们不要再出现了。

我深呼吸了几下，清除鼻腔里那股华盛顿城的气味。其实我也明白，那气味是盘桓在我脑海里的。比气味更糟的是，我清晰地记得每一个细节，就连约翰脸上惊骇的表情都记得。他当时正看到我跟希特雷库斯·雷坐在台上，下令将六号处死。他也陷入梦境中了，像我一样。我在台上完全不由自主，困在自诩为地球统治者的希特雷库斯·雷和……

五号！他是跟莫加多尔人一伙儿的！我得赶紧警告其他人。我猛然坐起身来，头部一阵眩晕——这一下起得太快太猛，红褐色的光泡在我眼前飘浮。我眨眨眼把它们甩掉，只觉双眼浮肿、嘴干喉痛。

这里绝不是顶楼公寓。

我的举动一定是触发了附近的某个感应器，房间里的灯慢慢明亮起来。灯光渐强，整个房间最终沐浴在一片浅红色的亮光中。我环顾四周寻找着光源，发现光线是从镀铬墙面上蜿蜒的缝隙里发出来的。房间是那么刻板简素，没有丝毫装饰，这让我不由得一阵发冷。毯子的热量增强了，仿佛是要我缩回到它的底下似的。我一把掀开了它。

这是莫加多尔人的地方。

这床比一辆SUV[①]还大，足以让一个十英尺高的莫加多尔暴君在上面惬意休息。我爬过这张巨大的床，直到赤裸的双脚悬在床外，在金属地板上头摇晃着。我身穿一件灰色的宽松睡袍，上面绣着黑色的带刺藤蔓。一想到他们帮我穿上这件睡袍，把我带到这里来休息，我就一阵战栗。他们非但没有杀了我，还帮我穿上了这件睡袍？在我的

---

① 运动型多用途汽车，拥有旅行车般的空间机能，配以货卡车的越野能力。

梦境中，我就坐在希特雷库斯·雷身旁。他称我为他的继承者。那到底是什么意思？我还活着，难道就是因为这个吗？

原因是什么都不要紧了。明摆着的事实就是：我被抓了。我知道。我现在该怎么做呢？

这些莫加多尔人一定是将我带到他们的一个基地中来了。只是这里不像九号和六号口中的牢房那样狭小可怕——他们被俘时就是被关在那样的牢房中。不，这一定是莫加多尔人自以为是的变态款待方式。他们想要照顾我。

希特雷库斯·雷希望我能受到宾客般的款待，而不是被当作囚徒。因为他希望我有一天能坐在他身旁协助统治。原因我现在还不明白，但就是因为这个，我才得以保命。

哦，不！如果我在这里，那芝加哥那边的人又怎么样了呢？

我的双手开始颤抖，泪水刺痛了我的眼睛。我必须离开这里。而且我得独力完成。

我压下心中的恐惧，抹去萦绕在眼前的华盛顿满目疮痍的景象，按捺住对朋友们的担心。我把一切都撇在脑后。我必须让脑子一片澄澈，就像我们在新墨西哥州第一次抗击希特雷库斯那样，像我跟其他人一起进行训练时那样。什么都不要想，这样我就能勇敢起来。如果凭着本能行事，我是可以做到的。

跑啊，我想象克雷顿这么喊道，一直跑到他们累得没法再追你。

我需要能与他们搏斗的武器。我环顾房间，寻找一件可以作为武器的东西。床边是一张金属床头几，那是房间里唯一的家具。莫加多尔人给我在桌上留了一杯水。虽然现在渴得不行，我也不会蠢到去喝那杯水。杯子旁边有一本字典大小的书，油腻腻的蛇皮封面。封面上的墨迹似乎是被烤焦了，文字凹陷，边缘毛糙，就像是用酸蚀刻而不是油墨印刷出来的。

书名是《莫加多尔进步圣典》。让人感到意外的是，书名竟然是英文的。书名下方是一些歪歪扭扭的加框文字和杂乱的符号，我想应该是莫加多尔文。

我拿起书翻看着。每一页都被分成两边，一边是英文，另一边是莫加多尔文。我不知道是否该读一读这本东西。

我一把合上书。重要的是这本书很重，我可以挥舞着它当武器。用这东西没法把莫加多尔兵打得灰飞烟灭，但聊胜于无。

我爬下床，走到我自认为是门的地方。那是一块从镀铬墙面上蚀刻出来的长方形面板，但上面没有任何把手或按钮。

我踮着脚靠近门口，想着该怎么打开这玩意儿，突然墙里发出一阵机械嗡鸣声。门一定是与灯一样，装了行动感应器，因为我一靠近，门就嗖的一声往上升，隐入了天花板中。

我没停下来探究为何自己没被锁在里头。我手里攥着那本莫加多尔人的书，走进了一条走廊。走廊跟我的房间一样阴冷，也是金属材质的。

"啊，"一个女人的声音说道，"你醒了。"

我没有看到卫兵，反倒看到一个莫加多尔女人坐在我房外的凳子上，显然是在等我。我不确定以前是否看到过女的莫加多尔人，有的话也绝对不像这一位。她人到中年，皱纹已经爬上了眼睛四周苍白的肌肤。这位莫加多尔人身穿高领的及地长裙——就像圣德肋撒修道院里那些修女穿的衣裳——看起来竟没什么危险性。她的头剃得光光的，仅在后脑勺留着两条长长的黑辫子，剩下的头皮被精美的文身所覆盖。她不像我以前抗击过的莫加多尔人那样猥琐邪恶，几乎还算得上优雅大方。

我在她面前猛然停下脚步，不知道该怎么做。

那个莫加多尔人看了一眼我手上的书，笑了。

“我看到你准备开始学习了。”她边说边站起身来。她个子很高，纤瘦苗条，让人隐约觉得像只蜘蛛。她站在我跟前，深鞠了一躬说：“埃拉小姐，我将成为您的家庭教师……”

等她把头埋得足够低，我就用书狠狠地往她脸上抽过去。

她毫无防备，这一点倒真是奇怪，我遭遇过的所有莫加多尔人都是随时做好搏杀准备的。她发出一声短促的嘟哝，一头栽在地板上，裙裾也被带得飞扬起来。

我没有停下脚步去看她是否被我打晕过去，或是否会从裙子的暗袋里拔出一把激光枪。我只是一个劲儿地跑，随便选择一个方向，全速跑向走廊的另一头。金属地板刺痛了我赤裸的双脚，我的肌肉也开始酸痛起来，但我毫不在意。我必须逃离这里。

莫加多尔人的这些秘密基地从来都不设出口标志，真是太糟糕了。

我绕过一个拐角，接着又绕过另一个，在一条条十分相似的走廊上飞奔。我一心以为我就这么逃之夭夭，警报声肯定会随时鸣叫起来，但居然没有。我身后也没有响起莫加多尔人追赶我的沉重脚步声。

我快喘不过气来了，正打算慢下脚步，右边的一扇门突然打开，两个莫加多尔人走了出来。他们长得更像我常见的那些——魁梧壮实，一身黑色战衣，小圆眼睛滴溜溜地盯着我。我飞跑着绕开他们，但那两个人都没有抓住我的打算。我好像还听到其中一个发出了笑声。

到底是怎么回事?

我能感觉到那两个莫加多尔士兵在看着我奔跑，所以我一头跑进了最近的一条走廊。我不知道自己是在绕圈圈还是怎么的。这里既没有阳光，也没有声音从外面传进来，没有任何迹象说明我也许正在接近某一个出口。莫加多尔人似乎并不在乎我的做法，像是知道我压根就插翅难逃似的。

我放慢脚步喘口气，小心翼翼地走过这条毫无生气的走廊。我的手里还攥着那本书，那是我唯一的武器，我的手开始痉挛。我抖抖手放松一下，又继续紧握着书。

我头上的一个宽大的拱顶打开了，液压门发出咯吱一声响。这扇门跟其他门不同，它更为宽大，而且门外头有奇怪的闪烁着的灯光。

不是灯光在闪烁，是星星。

我走在拱顶之下，金属板材的天花板变成了一个玻璃罩，房间非常开阔，几乎像个天文馆。也许还真是个天文馆呢。地板上立着各种控制台和计算机，这也许是一间控制室。但我无视这些东西，反而被宽大的窗户外头让人眩晕的景色所吸引。

黑暗。星辰。

还有地球。

现在我明白为何莫加多尔人不追着我跑了。他们知道我根本没有去路。

我在太空里。

我起身对着玻璃，把手按在上面。我可以感觉到外面的空洞虚无，横亘在我与远方悬浮的蓝色星球之间的，是冰冷且没有空气的无尽太空。

“很壮观吧？”

他洪亮的声音像一桶冷水兜头浇了下来。我转过身，后背贴住玻璃，觉得面对身后的宇宙太空也好过面对他。

希特雷库斯·雷站在一个控制台后面看着我，脸上浮现出一丝微笑。我注意到的第一件事，就是他的个头看上去并不像我们在道西基地与他搏斗时那么大。不过希特雷库斯·雷还是高大威猛的，一件黑色制服紧贴着他健硕的身体，制服上装饰着样式繁多、凹凸不平的莫加多尔勋章。他的脖子上还挂着三个洛林吊饰，都是他从死去的加尔德身上夺走的，吊饰闪烁着柔和的深蓝色幽光。

“我看到你已经拿起我的书了。”他指着我的“短兵器”说。我没意识到我正紧握着它，将它挡在自己胸前。“虽然跟我希望的方式还是有些不同。幸运的是，你的老师伤得不太厉害……”

突然间，我手里的书开始散发红光，就像我在道西基地里捡起的那截断片。我不知道我是怎么做到的，也不知道我究竟在做什么。

“啊，”希特雷库斯·雷扬起眉毛一脸惊诧地看着，“非常好。”

“下地狱去吧！”我尖叫着拿书朝他掷了过去。

书还没飞到半道，希特雷库斯·雷举起一只大手，书一下子就停在了空中。我看到我注入书中的光芒渐渐消逝。

“好了，好了，”他呵斥我说，“闹够了吧。”

“你想要我怎么样？”我大喊着，沮丧的泪水盈满眼眶。

“你已经知道了，”他回答道，“我让你目睹了将要发生的事情。之前我也让庇塔库斯·洛尔看过同样的景象。”

希特雷库斯·雷摁了一下他面前控制台上的几个按钮，飞船开始动了起来。慢慢地，那遥不可及却又似乎近在咫尺、伸手就可以抓住的地球，在我面前旋转起来。我们不是要飞近它，而是在原地打转。

“你现在在‘阿努比斯’① 号上，”希特雷库斯·雷拖着长腔说道，

---

① 古埃及神学体系中的神，为导引亡灵之神。

沙哑的声音里透着些许自豪，“这是莫加多尔飞船舰队的旗舰。”

飞船停止了旋转，我喘起粗气来。我伸出手按在玻璃上撑住身体，膝盖突然一阵发软。

飞船外，绕着地球转的，是莫加多尔人的舰队。几百艘飞船，大多数是银色的，很长，大概是小型飞机的大小，就像加尔德们所说的他们曾经抗击过的那种飞船。但其中至少有二十艘使其他飞船相形见绌的巨型战舰。战舰阴森森地逼近，棱角分明的船身上架着许多门大炮，正瞄准底下那颗毫不起眼的行星。

“不，”我低声说，“这种事不可能发生。”

希特雷库斯·雷朝我走过来，我震惊于眼前令人绝望的景象，丝毫没有动弹。他轻轻地将手搭在我肩上。隔着睡袍，我也可以感觉到他苍白手指上的寒意。

“这一刻已经到来，”他和我一起看着舰队说，“大扩张终于到达地球。我们将一起为莫加多尔的进步庆祝，孙女儿。”

第二章

从一间废弃的制衣厂二楼的破窗往外望，能看到街对面被木板封住的大楼门口蜷缩着一个老人。他身穿褴褛的长风衣和脏兮兮的牛仔裤。甫一坐下，他就从大衣里抽出一个裹着牛皮纸袋的瓶子喝了起来。此刻是下午三点多，我负责望风。我们昨天到达巴尔的摩城里这片废弃区域之后，他是我所见到的唯一的活人。这个区域安静荒芜，但与我在埃拉的梦境中所目睹的华盛顿特区的景象相比，却要好得多。至少目前看来，莫加多尔人还没有从芝加哥追杀过来。

虽然严格说来，他们大可不必如此。在我们当中，其实已经有一个莫加多尔人了。

萨拉在我身后跺了跺脚。我们所在的地方是以前的工长办公室，到处都布满灰尘，木地板发霉鼓起。我转过身，正好看到她冲着运动鞋底下一只蟑螂的残骸皱起眉头。

“小心点。你会把地板给踩烂的。”我半开玩笑地对她说。

“希望你们所有的秘密基地都是顶楼豪华公寓，这要求是不是太过分了？”萨拉冲我露出一个调皮的微笑问道。

我们昨晚就睡在这间旧工厂里，睡袋搁在凹陷的木地板上。我们俩两天没洗澡了，现在都是一副邋里邋遢的样子。萨拉的金发满是尘土，结成块状。不过在我眼里，她依旧美丽动人。我们在芝加哥遇袭，莫加多尔人掳走了埃拉，毁掉了公寓。经过这一役，若非有她在身边，我肯定早就完全不知所措了。

一想起这些事，我不禁眉头紧锁，萨拉的微笑也瞬间隐没了。我离开窗边，朝她走过去。

“像这样情况不明真是折磨人，”我摇着头说道，“我不知道该怎么做。”

萨拉摩挲着我的脸，努力安慰我：“至少我们知道他们不会伤害埃拉，如果你在梦境中看到的景象都真实的话。”

“嗯，”我哼了一声，“他们会给她洗脑，把她变成一个叛徒，就像……”

我打住话头，想起了失踪的朋友们，还有那个和他们一起旅行的叛徒。我们还是没有六号和其他人的消息。不过他们要跟我们联系，也并非易事。他们的洛林箱都在我这里，而且就算他们用更传统的方式跟我们联系，也不会知道该上哪儿去找我们，因为我们不得不逃离芝加哥。

我现在唯一确定的事情就是我的腿上有了一道新鲜的疤痕，这是第四道。伤口已经不痛了，但却让我的心情十分沉重。如果加尔德们没有聚首，如果我们能让洛林符咒保持魔力，那第四道疤痕就意味着我的死亡。然而现在死的是我在佛罗里达的一个朋友，我不知道死的是谁，是怎么死的，也不知道其他人出了什么事。

直觉告诉我，五号还活着。我在埃拉的梦境里看到他了，他就站在希特雷库斯·雷身边。他就是一个叛徒！他一定是把其他人带入了一个圈套，现在有一个再也回不来了。六号、玛丽娜、八号、九号——他们中有一个已经牺牲了。

萨拉将一只手放在我手上，不停抚摸着，想让我放松。

“我忍不住会想到我在那梦境里看到的情形……”我开口说，声音渐渐小下去，“我们输了，萨拉。现在我感觉真的会是这样。这就像是预示着结局的前兆。”

“那道疤痕说明不了什么，你也知道的，”萨拉回答说，“看看八号。之前不是也有关于他死亡的预言吗？可他不也活下来了。”

我皱着眉头，没有说出一种明显存在的可能——在佛罗里达遇害的也许就是八号。

“我知道前景看来确实黯淡，”萨拉接着说，“我是说，情况是很糟糕，约翰。这是明摆着的。”

“这番鼓劲儿的话说得真好。”

萨拉用力揉了揉我的手，冲我瞪大了眼睛，像是要我闭嘴。

“但去了佛罗里达的那几位都是加尔德，”她又说道，“他们一定会战斗，一定会继续行动，也一定会赢的。你必须相信，约翰。你之前在芝加哥昏睡不醒的时候，我们从来就没有放弃你。我们继续战斗，事实证明这么做也是值得的。就在我们要败下阵来的时候，你正好拯救了我们。”

我想起我在芝加哥醒来时朋友们的处境。马尔科姆伤痕累累，奄奄一息，萨拉身负重伤，萨姆的弹药几乎耗尽，伯尼·科萨下落不明。他们为了我把命都豁出去了。

“是你们先救了我。”我回答道。

“是啊，确实如此。所以你要投桃报李，拯救我们的星球。”

她说得这么轻描淡写，好像这是小事一桩，我不禁笑了起来。我抱紧萨拉，吻住了她。

“我爱你，萨拉·哈特。”

“我也爱你，约翰·史密斯。”

“嗯，我也爱你们俩……”

我和萨拉双双转过身去，发现萨姆就站在门口，脸上挂着尴尬的微笑，一只身形巨大的橙色猫咪蜷缩在他怀里。那是我们新来的莫加多尔朋友带来的六只变形兽之一，是被伯尼·科萨在楼顶的嗥叫给引来的。显然BK[①]从八号的洛林箱里拿到的鹿角是某种变形兽的图腾[②]，能将它们召唤到我们身边来，就像一支洛林犬笛。我们来巴尔的摩走的都是小路，小心翼翼地确保没被跟踪。挤在一辆小货车里这么一路过来，我们有足够的时间给这些新盟友起名字。这只变形兽通常的形态是一只胖嘟嘟、圆滚滚的猫咪，萨姆坚持要我们给它起名为斯坦利[③]，以纪念九号之前的那个身份。九号如果还活着，知道有这么一只对萨姆抱着明显好感的大肥猫以自己的名字来命名，一定会高兴坏了的。

“抱歉，”萨姆说，“我是不是煞风景了？”

“没有的事，”萨拉一边说，一边朝萨姆伸出一只胳膊，“一起来个拥抱？”

“回头再说吧，”萨姆看着我说，“其他人回来了，正在楼下安装设备。”

我点点头，不情愿地放开萨拉，朝放着我们装备的粗呢袋子走去：“他们有什么问题吗？”

---

① 指约翰的变形兽——小狗伯尼·科萨。

② 见《五号的陨落》。

③ 九号在芝加哥顶楼公寓生活时的化名。

萨姆摇了摇头说："他们得凑合着用两个小型的野营发电机。没有足够的钱买大的。不过电力应该够了。"

"监视的结果如何?"我问道，一边从粗呢袋里拿出了白色的平板和它的适配器。

"亚当说他没有看到任何莫加多尔探子。"萨姆回答道。

"他确实是最知道怎么去识别探子的人了。"萨拉插了一句。

"是的。"我漫不经心地说道，心里还是很信不过这个所谓的好莫加多尔人，尽管他在芝加哥出现至今一直都在帮助我们。此刻他正跟马尔科姆在下面的车间里安装我们新购置的电子设备，可对于身边有这么个莫加多尔人，我心里还是隐隐有些不安。我按捺住这种感觉，说道："咱们走吧。"

我们跟着萨姆走下一段生锈的螺旋形楼梯，来到了楼下的生产车间。这地方一定是匆忙关闭的，可以看到墙边靠着一排排衣架，上面挂着发霉的八十年代款男士西服，传送带上还留着不少半满的雨衣箱子。

一只金色猎犬模样的变形兽跌跌撞撞地滚到我们跟前，它的名字是萨拉起的，叫"饼干"。它紧咬着一件西服上一只开裂的袖子，正跟那只叫"尘尘"的爱斯基摩犬拔河。另一只变形兽奇美拉①在其他变形兽后头滚爬着，但以它那副鳄龟模样，跟起来却有点困难。马尔科姆把一部老电影里的怪兽名字给了它。另外两头变形兽——一只我们起名叫"帝王"的苍鹰，以及一头名叫"强盗"的骨瘦如柴的浣熊——正在一条废弃的传送带上看着它俩打闹。

① 与哥斯拉齐名的日本电影怪兽，乌龟外形，可以产生喷射气流来飞行，主要攻击方式是喷射火焰。

看着它们玩耍真让人觉得轻松许多。亚当将这些变形兽从莫加多尔人的实验中解救出来时，它们的情况都不太好。他把它们带去芝加哥的时候，也还是没有多大起色。虽然进展缓慢，但我还是用我的疗伤超能力帮它们恢复了过来。它们的体内似乎有某种力量——莫加多尔式的力量——在努力阻挡我的力量，甚至连我的掌中流明都骤然间冒出了火焰。以前我使用疗伤能力的时候，都不曾发生过这种事。不过到最后，莫加多尔人给他们造成的伤痛都被我的超能力治愈了。

那晚之前，我从没对变形兽使用过我的疗伤超能力，幸好它还是发挥了作用，因为那晚有一只变形兽的情况比我们所有的新朋友都糟得多。

“你看到 BK 了吗？”我边问萨姆边扫视着房间寻找它。我在约翰·汉考克中心的楼顶发现它时，它被莫加多尔人的激光枪打得浑身是伤、奄奄一息。我对它使用了超能力，祈祷着这能力能奏效。虽然它现在好多了，我还是会特别留意它，也许是因为那么多的朋友还生死未卜吧。

“在那儿。”萨姆指着它回答道。

房间的一头是一堵满是涂鸦的墙，靠墙放着三个工厂用的污衣筐，筐里装满了一堆堆卡其裤。伯尼·科萨正在其中一堆上头歇息着，似乎看腻了“饼干”和“尘尘”的滑稽动作。虽然我帮它疗了伤，但经过芝加哥那场战斗之后，它还是挺虚弱的，耳朵上也缺了一大块，边缘参差不齐。但凭着我对动物的心灵感应，我可以感觉到，看着其他变形兽，它会有一种发自内心的安宁与满足。看到我们走近，BK 摆动着尾巴，那堆旧衣服上都扬起了灰尘。

萨姆放下了斯坦利，那只猫一下跑到 BK 所在的衣物堆上，钻进了我想是变形兽指定的打盹区。

“我之前从没想过会有自己的变形兽，”萨姆说道，“更别说一下子有了六只。”

“我则是从没想过会跟**它们**中的一个并肩作战。”我看着亚当回答道。

车间中央的地板上固定着一些钢质长椅。亚当和萨姆的爸爸马尔科姆正在安装他们刚刚购置的计算机设备，这些都是他们用我的洛林宝石换来的。我剩下的宝石越来越少了。因为这个工厂没有通电，他们只好购买了些小型的电池发电机，为三台笔记本电脑和移动热点供电。我看着亚当连接着其中一台电脑的电池——那极其苍白的肌肤、又直又软的黑发、棱角分明的脸庞，使他的模样看上去比普通的莫加多尔人更接近人类，也让我想起他是我们这方的人。萨姆和马尔科姆似乎都信任他；再说他也有一项超能力，是他从一号那里继承的能制造冲击波的能力。如果不是目睹他使用了那种超能力，我也许都不会相信真有其事。我多少是愿意相信的，也许是需要相信，相信一个莫加多尔人不会只是窃取超能力，而是配得上这种超能力，相信这种事应该是事出有因。

“看看现在这情形，”我们朝其他人走过去的时候，萨姆轻轻地说道，“人类，洛林人，莫加多尔人……我们这里就像是要召开星际联合国的第一次会议。这是历史性的一刻。”

我哼了一声，朝亚当刚刚连接好的笔记本电脑走去。他看了我一眼，并且一定是看出什么来了。也许我没把自己的矛盾情绪掩饰好，因为他垂下目光，退到了一边，给我挪出了地方，又转向了另一台电脑。他一直盯着屏幕，快速地敲打着键盘。

“情况如何？”我问道。

“多数我们需要的装备都弄到了，”马尔科姆摆弄着一个无线路由器说——虽然胡子开始长得乱蓬蓬的，马尔科姆的气色还是比我第一次见到他时好多了，“有什么情况吗？”

“没有，”我摇摇头说，“佛罗里达那边的加尔德要是能找到我们，那可真是神了。而埃拉……我一直盼着她的声音会在我脑海中响起，告诉我他们把她带到了哪里。可她一直没有联系我。”

“等我们把定位平板电脑连接上，就能知道他们在哪儿了。”萨拉说道。

“用我们买来的设备，我想我们能侵入约翰·汉考克大楼的电话网络，”马尔科姆建议说，“那样的话，如果他们在半路上试着打电话过去，我们就能拦截到。”

“好主意。”我说着，将白色平板连上电脑，等着它启动。

马尔科姆推了推鼻梁上架着的眼镜，清了清嗓子说：“其实那是亚当的主意。”

“哦。”我不动声色地回应道。

“是个好主意。”萨拉附和道。她匆匆走到马尔科姆的旁边，开始安装第三台笔记本电脑，同时又看了我一眼，像是暗示我该对亚当说几句好话。我没有，于是大伙陷入一阵尴尬的沉默。自从我们离开芝加哥，这种情形已经发生过不少次。

还好平板启动了，气氛总算没变得更古怪。萨姆从我肩后探头过来。

“他们还在佛罗里达。”萨姆说。

平板上有一个孤零零的光点，在东海岸边跳动着。往南数英里是代表幸存的加尔德的四个光点。三个点挨在一起，基本上重叠成了一个光滴，而另一个点则隔着一小段距离。我在脑子里立刻对那个孤独的光点做出了各种猜想。我们的这个朋友是被俘了吗？他们是遭受袭击之后才被迫分开的吗？与其他人分离的是五号吗？那是否证明了，就像我在梦境中看到的那样，他是个叛徒？

平板上的第五个光点让我停止了思考。这个点跟其他人隔着一个大洋，它在太平洋上方盘旋着，比其他光点更黯淡。

“那一定是埃拉，”我蹙着眉头说道，“但她怎么……”

我的问题还没说完，埃拉的光点扑闪了一下，消失了。过了一会儿，我还惊魂未定，埃拉的点又亮了起来，盘旋在澳洲上空。

“怎么回事啊？”萨姆在我肩后盯着屏幕说。

“移动得那么快，”我说，“也许是他们要把她运送到某个地方去。”

那个点又消失了，然后出现在南极洲上方一处不可思议的地方，几乎要跑到平板屏幕外头去了。接下来的几秒钟之内，它又忽隐忽现了几次，跳动着掠过地图。我用手掌拍打着平板的侧面，满心沮丧。

“他们在用某种方式干扰信号，”我说，“这样我们就无法找到她了。”

萨姆指着簇拥在佛罗里达的其他光点说：“如果他们打算伤害埃拉，难道不是早就可以这么做了吗？”

“希特雷库斯·雷想要她活着。”萨拉看着我插了一句。我把在噩梦中看到的特区的景象都告诉了他们，还有埃拉坐在希特雷库斯·雷身边统治人类的情形。我们都觉得难以置信，但那至少给了我们一个信息。我们知道希特雷库斯·雷想要什么。

“我真不愿意把她丢在那里，”我闷闷不乐地说道，“但我想他不会伤害她的。暂时还不会。”

“至少我们知道其他人在哪儿，”萨姆坚持说，“我们得赶紧过去，趁别人还没……”

“萨姆说得对，”我说道，心里那种不祥的预感迫使我下定了决心——我怕其中一个光点会随时消失，“他们也许需要我们的帮助。”

“我想那样做会是个错误。”亚当说。他的声音里透露着小心翼翼，但还是带着莫加多尔人的那种刺耳，让我不由自主地握紧了拳头。我还是不习惯身边有一个他们的人。

我转过身去瞪着他说：“你说什么？”

“是个错误，”他重复了一句，“这种举动是可以预料的，约翰。这是一种本能的反应——所以我们的人总是能发现你们。”

我能感觉到我的下巴抽动了一下，想努力做出回应，但最主要还是想一拳打扁他的脸。我正要上前一步，萨姆用手按住了我的肩膀。

“别冲动。”萨姆轻声说。

“你是要我们在这儿干坐着，无所事事吗？”我质问亚当，努力让自己保持冷静。我知道我该听听他的说法，但整个形势让我束手无策。我这一辈子可都在被他的同类追捕呢，现在我却该听这么一个人的建议？

“当然不是。”亚当回答道，他用那双莫加多尔人独有的炭黑色眼睛直视着我。

“那怎么办？”我厉声说，“你说我们不该去佛罗里达，得给我一个好理由。”

“我给你两个，”亚当回答道，“第一，要是如你所怀疑的那样，其他加尔德都身处险境或是已被俘虏，那他们得以保命都是为了引你上钩。他们唯一的用处就是当诱饵。”

“你是说这可能是个陷阱？”我咬牙切齿地说道。

“如果他们被俘了，没错，那一定是个陷阱。另一方面，如果他们还是自由之身，你这种逞英雄般的干涉行为又有什么好处？难道他们不都是训练有素，非常擅长让自己脱离险境的吗？”

我能说什么呢？说不是吗？六号和九号算是我见过的最厉害的两个人了，难道他们不能逃离佛罗里达并找到我们吗？但若是他们就在那边等着我们去救呢？我摇摇头，还是有一种想掐死亚当的冲动。

“那这个时候我们该做些什么呢？”我问他，“就在这儿坐着等他们吗？”

“我们不能这么做，”萨姆插了一句，“我们不能撇下他们。他们没办法找到我们的。”

亚当将他的笔记本电脑转了过来，好让我看见屏幕。

“绑架了埃拉，又在佛罗里达杀死了一个加尔德，我们的人一定会以为他们又逼得你们再次逃亡了。他们不会预料到我们会来个绝地反击。”

亚当在电脑上调取了一些卫星照片，上面是一片郊区，看着像是个很普通的有钱人社区。我凑近点查看，发现整个社区外围的石头高墙上，安装着数量多得有些可疑的安保摄像头。

“这是艾什伍德庄园，就在华盛顿特区郊外，”亚当接着说，“这是被派驻北美的高级莫加多尔人的家园。普拉姆岛的设施遭到完全破坏，变形兽也都康复了，我想我们该将这里作为攻击目标。”

“西弗吉尼亚州那个山里的基地呢？”我问道。

亚当摇摇头说：“那只是一处秘密隐藏起来的军事基地，好让我们的人在那里集结军队。现在要摧毁它并非易事。不管怎么说，真正强大的敌人是那些莫加多尔原生人、那些领袖们，而他们就住在艾什伍德。”

马尔科姆清了清嗓子说：“我试着把你跟我说过的原生人的事告诉他们了，亚当。不过也许你自己来解释更好些。”

亚当环视着我们，有点担心地说道："我不知道从何说起。"

"关于莫加多尔人如何生殖繁衍的话就不用说了。"萨姆说道。我憋住了笑。

"应该是跟血统有关，对吧？"我鼓励他说下去。

"是的。原生人血统纯正，是莫加多尔父母生育出来的莫加多尔后代——就像我，"亚当说道，有些黯然——他的原生人身份根本没什么值得骄傲的，"其他人，那些生化人，就是经常跟你们打斗的士兵，不是生育出来的，而是靠希特雷库斯·雷的科学手段繁殖出来的。"

"所以他们才会灰飞烟灭，对吧？"萨拉问道，"就因为他们不是真正的莫加多尔人？"

"他们被繁殖出来就是要打仗的，而不是被埋葬的。"亚当回答。

"听着称不上是什么人，"我说道，"你们莫加多尔人就因为这个而崇拜希特雷库斯·雷吗？"

"就像圣典里所描述的历史那样，在所谓的'敬爱的领袖'到来之前，我们的族人正相继死去。是生化人和希特雷库斯·雷的基因研究拯救了我们的种族。"亚当停顿了一下，重新考虑了这一点，脸上浮现出轻蔑的神色，"当然了，那本圣典就是希特雷库斯·雷撰写的，所以谁知道呢。"

"真有意思。"马尔科姆说道。

"是的，这些莫加多尔人的繁衍史我都不想知道，"我转身对着电脑说，"如果这地方住着莫加多尔高层人士，难道不应该是戒备森严的吗？"

"是会有些卫兵，但数量不足挂齿，"他回答道，"你得明白，我们的人觉得住在那里很安全。他们习惯了当猎手，而不是猎物。"

“那又如何？”我接着说，“我们去杀死几个莫加多尔原生人，就这样？这能有多大作用？”

“任何原生人领导者的丧命，都会对莫加多尔人的行动造成广泛的影响。生化人并不擅长自我指挥。”亚当的手指划过屏幕上艾什伍德庄园修葺得无可挑剔的草坪。“再说了，这些房子的下面还有地道呢。”

马尔科姆走到我们这边的桌子一侧来，双手抱胸看着图片：“我还以为你把地道都毁了呢，亚当。”

“我是把它们毁了，没错，”亚当回答说，“但那些地道延伸到我们的房间以外很远的地下。连我也不太确定在那下面我们会有何发现。”

萨姆的视线从亚当身上转向他的爸爸：“那地方难道就是……”

“就是他们关押我的地方，”马尔科姆回答道，“他们就是在那里删除了我的记忆。亚当也是在那里将我救出来的。”

“我们可能会有办法恢复你的记忆，”亚当说道，听上去他很急切地想帮助马尔科姆，“如果那些设备没有遭到严重破坏的话。”

亚当的话听起来很有道理，但我就是不太愿意承认。我长这么大不是在逃亡，躲避着莫加多尔人，就是在与他们搏斗，将他们杀死。他们夺走了我所拥有的一切。现在我却在这里跟他们当中的一员一起制订作战计划。这感觉就是不对劲。更别说我们讨论的是一次对莫加多尔人据点的正面袭击，没有其他加尔德的支援。

仿佛是得到了某种暗示，“尘尘”溜达进来，坐在了亚当的脚边。它弯下身，心不在焉地抓挠着自己的耳后。

这些动物都信任他，难道我就不能吗？

“不管我们在地道里发现什么，”也许是知道我不为所动，亚当接着说道，“我确定那对我们洞悉他们的计划都会是很有价值的。不管你的朋友们被俘或是被追踪，只要我进入莫加多尔人的系统，我们就能确切地知道了。”

“如果我们照你说的去执行这个行动时，他们其中有一个死去怎么办？”萨姆问道，一想到这个，他的声音微微有些颤抖，“如果我们有机会却又不去救他们，他们因此丧命怎么办？”

亚当顿了顿，认真思索起来。“我知道这决定对你们来说很艰难，”他看了看我，又看看萨姆，说道，“我承认，这是一次值得的冒险。”

“值得的冒险，”我重复道，“你说的可都是我们的朋友。”

“是的，”亚当回答，“我就是在帮助你们保住他们的性命。”

按理我是知道亚当确实有心要帮忙的。但我此刻承受着很大压力，而且我打小就信不过他们那种人。我下意识地往前一步靠近他，用一根手指顶住了他的胸口。

“这么做最好值得，”我对他说，“如果佛罗里达那边出了什么事……”

“我会承担责任的，”他回答道，“那就算在我头上。如果我错了，约翰，你可以杀了我。”

“如果你错了，也许我不用亲自动手。”我盯着他的眼睛说。亚当没有回避我的目光。

萨拉将手指放在嘴里吹了个口哨，引起大家的注意。

“我们先将这种男人间的对峙暂停一下行不？我想你们得来看一眼这个。”

我绕过亚当，一边在心里告诫自己要冷静，一边站在萨拉的身后看着她打开的网站。

“我正在看有关芝加哥的新闻报道，忽然就看到了这个。”她解释说。

那是个看上去很普通的网站，只是所有的标题都是大写的，侧栏上还散乱地贴着大量的飞碟动态图片。报道都在“最受欢迎”栏目下，所有的链接都是氖绿色，我想是要做成外星格调。报道包括：**莫加多尔人暗中破坏政府、地球的洛林保护者们被迫躲藏**。萨拉刚刚打开的那个网页还配有一张燃烧着的约翰·汉考克大厦的特写，标题是**莫加多尔人袭击芝加哥：这是零点时刻①吗？**

这个网站名叫“他们走在我们中间”②。

“啊，天哪，”萨姆呻吟了一声，加入围在萨拉电脑边的人群，“别又是那些诡异的家伙。”

“这是什么？”我瞥了一眼屏幕上的报道问萨拉。

“这些家伙以前办的可都是老式的白纸黑字杂志啊，”萨姆说道，“现在还弄上网了？我都说不上这是更好了还是更糟了。”

“他们都被莫加多尔人杀了，”我指出，“这个怎么还会被爆出来呢？”

“我想是有了个新编辑吧，”萨拉说道，“看看这个。”

萨拉点击进入网站的目录栏，找到了第一则报道。标题是**天堂镇高中遭到袭击，外星入侵第一波**，下方是我们那所高中的橄榄球场遭到破坏的粗糙模糊的手机照片。我快速浏览了文章，其详细程度令人咂舌，文章作者好像当时就跟我们一起在现场似的。

“这个‘快乐罗杰 182’是谁啊？”我看着文章编辑者的网名

---

① 《零点时刻》是科幻大师雷·布拉德利的小说，外星人入侵题材，2014 年被改编为美剧《低语者》。

② 原为一本有关外星人的匿名自办杂志，后编辑部人员被莫加多尔人杀害。详见洛林传奇第一部《关键第四号》。

问道。

萨拉仰头望了望我，脸上浮现出一个古怪的笑容，既有些慌乱，也夹杂着自豪。

“你一定会觉得我疯了。”她说。

“不过什么叫快乐罗杰呢？”萨姆大声说道，“是指海盗旗①吗？”

“是的，”萨拉点点头回答，“比如说天堂镇高中海盗队②，他们的四分卫碰巧就是除了我们以外唯一知道当时学校里发生的情况的人。”

我瞪大了眼睛看着萨拉：“不可能。”

“就是如此，”她回答道，“我想这个‘快乐罗杰182’正是马克·詹姆斯。”

---

① “快乐罗杰”（Jolly Roger）来自表示红色旗子的“Jolly Rouge”和表示恶魔的“Old Roger”，意为海盗旗。

② 约翰和萨拉所在的天堂镇高中橄榄球队。

第三章

"'莫加多尔人，还有他们在国家安全机构那些腐败部门中的盟友们，在新墨西哥州与英勇的加尔德进行了一场持久的战斗。'"萨姆大声朗读着，"'我的爆料人认为在其领袖受伤之后，莫加多尔人被迫撤退。目前加尔德的下落依旧不明。'"

"他可是说得分毫不差，"马尔科姆转身对着我说，"但他的消息是哪里来的呢？"

"我说不上，"我回答道，"离开天堂镇之后，我们其实就没再联系过。"

我从萨姆的肩后探身看了下一则报道。不管这是马克·詹姆斯还是别的什么人，他发布在"他们走在我们中间"网站上的报道信息量之大让我颇为迷惑。上面有我们在道西基地里交战的细节、对芝加哥袭击最初的推测，有关于莫加多尔人相貌及本事的令人毛骨悚然的评论，还有支持洛林人的人情味十足的文章。还有些文章涉及的内容是我从未考虑过的，有的甚至提到了哪些美国政府官员在跟莫加多尔人勾结。

萨姆点击进入一篇报道，马克在其中讲到了国防部长——一个叫巴德·桑德森的人——利用其政治影响为莫加多尔人的入侵铺路。另一篇文章则是介绍桑德森的，其小报八卦式的标题为“腐败的国防部长采用莫加多尔人的基因疗法”。报道并排对比了桑德森五年前的一张照片及其几个月前的照片。在第一张照片中，桑德森看上去像是一个将近八十岁的老人，一副行将就木的样子，脸上满是老年斑，长着双下巴，大腹便便。在第二张照片中，他减了肥，皮肤散发着健康的光泽，满头银发，好像返老还童了似的。事实上，我敢说很多人会以为这张照片是假的，就像是将桑德森二十年前的照片加上了一个伪造的时间戳。但如果你相信马克的话，便可看出，国防部长确实是发生了某些变化——远非节食和运动，甚至整形那么简单。

萨姆不相信地摇了摇头：“马克怎么可能知道这些呢？我的意思是，萨拉，你跟他交往过，他真的识字吗？”

“是的，萨姆，”萨拉翻了翻白眼回答说，“马克确实认字。”

“但他从来都没写过新闻报道吧？这些内容简直就像是维基解密①。”

“一旦发现外星人的确存在，人们的态度会改变的，”萨拉回答道，“我看他倒是一直在帮忙呢。”

“我们还不能确定这就是马克。”我皱着眉头说。

我望了望亚当。我们开始浏览“他们走在我们中间”网站之后，他一直沉默不语，一只手摩挲着下巴，留神听我们的谈话，若有所思。

“这有没有可能是某种陷阱？”我问他，心想这种事最好还是咨

① 著名网络媒体，专门公开来自匿名来源和网络泄露的文件。

询行家。

“当然有可能，”他毫不犹豫地说，“不过如果真是陷阱的话，倒也算用心良苦。就算是他们要引你们上钩，我也很难相信希特雷库斯·雷会愿意承认自己在道西基地被你们打跑了。”

“这是真的？”马尔科姆问道，“他所写的有关国防部长的事？”

“我不知道，”亚当回答，“很有可能吧。”

“我要给他发电子邮件。”萨拉打开了浏览器的一个新窗口宣布。

“等等，”亚当迅速说道，比他断然否定我拯救其他人的想法时显得有礼貌，“如果这位马克确实能接触到这么绝密的情报……”

萨姆扑哧一声笑了出来。

“那我们的人就一定会监视他的通信往来。”亚当疑惑地看看萨姆，断言道。他又转向萨拉：“他们绝对也会监控你的电子邮件的。”

萨拉慢慢地把手从键盘上缩了回来：“难道你对此就无能为力吗？”

“我知道他们的电脑追踪系统是如何运作的。这是我训练时……颇为擅长的一项技能。我可以编写一个加密代码，通过处于不同城市的服务器变换我们的 IP 地址。”亚当转身对我说，像是希望获得我的批准，“他们最终还是可以追查到的。我们最好在二十四小时内离开这里，以确保安全。”

“动手吧，”我对他说，“反正我们得继续逃亡。”

亚当马上开始往他的笔记本电脑里输入指令。萨姆搓着双手，从亚当的肩后探头看着：“你应该尽可能通过各种稀奇古怪的地方的服务器哦。让他们以为萨拉在俄罗斯什么的。”

亚当得意地笑着说：“包在我身上。”

亚当花了大约二十分钟编写代码，将我们的 IP 地址在十几个相隔遥远的地方之间不停变更着。我回想起亨利以前经常设置的那个精密的计算机系统，还有桑德尔在芝加哥安装的那套更为复杂的设备。我又想象着一百个像亚当这样的莫加多尔人猫在键盘前追踪我们的情形。虽说我以前也深知我们的塞邦们那样警觉自有其道理，但看着亚当这一番忙活，我终于意识到那种警觉是多么必要。

“哇，”萨拉在最终得以打开电子邮件的时候喊了一声，加粗的未读邮件目录里尽是马克·詹姆斯的来信，“果真是他。”

“也可能是莫加多尔人黑了他的邮箱。”萨姆提醒说。

“那倒未必，”亚当回答道，“我们的人确实是一丝不苟，但这个似乎有点……大费周章了。”

我看了一眼那些邮件的标题，多数都是感叹号和大写字母。换作几个月前，马克·詹姆斯给我女朋友发这么多邮件，我一定会大为光火，但现在回想起我们的竞争，感觉就像是发生在别人身上的事情，恍若隔世。

“你最后一次看邮件是什么时候？”我问道。

“几周前吧。我也记得不太清楚了，”萨拉回答，“我这段时间一直有点忙。”

她打开了马克最近的一封邮件，我们都凑上前去细看究竟。

萨拉：

我不知道自己为何一直发送着这些邮件。我希望你会看到，利用它们去帮助洛林人，但为了你自己的安全，你又无法给我回信。另外，我也担心你不一定还活着，怕你已经死了。我不愿意相信这一点，但是……

我需要听到你的消息。

我之前以为我得到了线索，以为你们在新墨西哥州。但我在那里只找到了一座废弃的军事基地。那里看上去像是发生过激烈的战斗，比天堂镇的那一次更加惨烈。希望你们都安全逃脱了。我多么希望不会剩下我一个来抗击这些该死的混蛋。要真是那样的话，可就糟糕了。

我的一个朋友为我安排了一个非常隐蔽的安全屋。在那里，我们可以向全世界揭露这些肤色惨白的变态。如果你可以跟我联系，我会想办法把位置发送给你。我们在做的是一件大事，关乎全世界。我都不知道该怎么办。

如果你能看到这些邮件，如果你还跟约翰有联系，现在是时候现身了。我需要你们的帮助。

马克

萨拉转身看着我，突如其来的激动让她的眼睛睁得大大的，脸上的表情十分坚定。我以前见过这种表情，心里非常清楚。每次要告诉我她想去做某种危险的事情之前，她的脸上都会浮现这种表情。

用不着她说什么，我就知道了。萨拉想去找马克·詹姆斯。

仪表板上的时钟显示现在是七点四十五分。还有十五分钟，巴士就要出发前往亚拉巴马州。

我跟萨拉·哈特相处的时间还剩下十五分钟。

亚当花了十五分钟给萨拉的电子邮件加密，防止莫加多尔黑客的入侵。她给了马克一个快捷回复，他几乎立刻就回信了，给了她亨茨维尔一家餐馆的地址。他告诉萨拉，接下来的几天，他会盯着这个地方，如果她真是萨拉·哈特，他会在那里接她，然后将她偷偷地带到他的秘密住处去。至少马克还是非常谨慎的，我对自己说。这让我对萨拉的安全充满信心。在简短的邮件往来之后，亚当立即把两封电子邮件删除了。

此刻，我们来到了这里。

我们把车停在巴尔的摩市中心的汽车站前，这个地方即使在黄昏时分也是熙熙攘攘、人来人往。我坐在驾驶座上，身旁的副驾驶座上坐着萨拉。我们在这里显得很自然，只是两个坐在一辆破车里道别的十几岁的年轻人。

“我一直等着你劝我别去呢，”萨拉说道，她的笑容有些伤感，“我以为你会说那太危险，我们会为此吵起来，然后你输了，我最后还是要走。”

“是很危险，”我侧过身子回答道，好让自己面对萨拉，“我也不想你走。”

“这就对了嘛。”

她拉起我的手，将手指交叉在我的指间。我用另一只手捋着她的秀发，轻轻地将它们拨到她的颈后。我把她往我身边拉近了一点。

“但在这里陪着我更危险。”我把话说完。

“这才是我认识而且爱慕的保护欲强的约翰。”她回应道。

“我才不是……”我正要开口反驳，但看到她一脸揶揄的微笑，闭上了嘴。

“这样的告别从来都不轻松，对吧？”

我摇了摇头：“是的。确实如此。”

我们陷入了沉默，紧紧地搂着对方，看着仪表板时钟上的时间闪烁着，一分一分悄然流逝。

之前在制衣厂里，我们对萨拉去找马克·詹姆斯的事并没有进行多少讨论。大家似乎都同意这么做是对的。如果马克真的成功获取了莫加多尔人的某些重要情报，如果他真的在冒着生命危险帮助我们，那我们就该报答他。但其他的加尔德还是下落不明。而亚当提出的袭击莫加多尔人在特区的据点看起来越来越像最明智的做法，这次袭击既能搜集到情报，还能向那些混蛋表明我们还在战斗，不会退却。我们有太多事情要做了，没办法把所有的人力都用在与马克会面上。

萨拉自告奋勇，倒是让事情变得简单了。

当然，派她去完成一项可能有危险的任务，而且还牵涉到她的前男友，这种事情非我所愿。但我无法摆脱预感：我在埃拉的梦里所看到的可怕的未来正在逼近我们。我们需要一切能得到的帮助。如果派萨拉去亚拉巴马能够帮我们赢得这场战争，哪怕只有一丝希望，我们都应该冒这个险。我的私人情感算得了什么。

再说了，这次旅行她也不完全是孤身一人。

伯尼·科萨站在车后座上，爪子搭着紧闭的车窗，不停地摇晃着尾巴，看着车站里的人流进进出出。我的老朋友经过芝加哥一役，似乎元气大伤，但我们上路之后，它的体力有所恢复。在天堂镇，它曾是我的保护者。现在它也会保护萨拉。

“现在我不希望你把我当成你的女朋友。”萨拉没头没脑地说了一句，语气非常冷静。

我往后靠了靠，斜着眼睛看她：“这对我来说很难办到。”

“我希望你把我当作一名士兵，”她坚持说道，“这场战争中的一名士兵，做着自己该做的事情。我不知道我到南方去到底会有什么发现，但我有一种奇怪的预感，觉得到那里去更能帮上你的忙。至少，一旦打起仗来，我不会在你身边拖你的后腿。”

“你没有拖我的后腿。”我坚持道，但萨拉摆摆手，不让我再说下去。

“没事的，约翰。我是想跟你在一起。我想看到你好好的，我想看到你打胜仗。但并非每个士兵都可以上前线的，你知道吧？有些人离开战场能发挥更大作用。”

“萨拉……”

“我带了电话，”她指着脚下匆忙收拾好的背包接着说道，里面是马尔科姆买的一个即弃型手机，还有几件换洗衣服和一把手枪，“我每隔八小时打过来报告情况。如果没有，你们也要继续前行，继续战斗。”

我明白她的意思。萨拉不希望如果她没能按时打来电话，我就急匆匆地跑到亚拉巴马去。她希望我全心投入战斗。或许她也能感觉到，这场战斗就快结束，或者至少我们正面临一去不回的可能。

萨拉直视着我的双眼：“这件事比你我更重要，约翰。”

“比你我更重要。”我重复了一句，心知确实如此，但也想反驳几句。我不希望失去她，也不想说再见。但我非这么做不可。

我低头看着我们紧握的双手，回想起我刚到天堂镇的时候，至少有那么一阵，日子是多么简单。

“你知道，我第一次使用心灵传动就是感恩节在你家的那一次。”

“你从没跟我说过，”萨拉疑惑地回道，不知道我为什么突然变得这么感伤，“是我妈妈做的饭菜激发了你的超能力吗？”

我轻声地笑了一下：“我不知道，也许是吧。也是在那一夜，亨利遇到了《他们走在我们中间》杂志原来的那批编辑，还有利用他们的莫加多尔人。在那之后，他就想离开天堂镇，但我不肯答应。实际上，我不只是说说而已，还用心灵传动把他顶到了天花板上。”

“听起来倒像是你的行为，”萨拉摇摇头笑眯眯地说，“固执己见。”

“我对他说，到了天堂镇遇到你之后，我不想回到那种逃亡生活中。”

“哦，约翰……”萨拉将额头抵着我的胸口。

“我以前总觉得，如果我不能在你身边，那么这场战斗根本不值得，”我轻轻地抬起她的下颌对她说，“但现在，经历并目睹了这一切之后，我意识到我是在为未来而战。那是我们的未来。”

在我眼角的余光中，仪表板上的时钟不可思议地变大了。只剩下五分钟。我看着萨拉，心里暗自希望我能有一项超能力将时间凝固，或者将此刻收藏。泪水从萨拉的脸庞滑落，我用拇指将它们轻轻拭去。她用一只手握住我的手，紧紧地握着，我看得出她想让自己坚强起来。她颤抖着深吸了一口气，忍住不让自己再流泪。

“我得走了，约翰。”

“我相信你。”我急切地悄声说，“我不是单指找到马克这件事。如果情况恶化，我相信你会活下来的。我相信你会完好无缺地回到我身边。”

萨拉揪住我衬衫的前襟，把我拉得更近。我能感觉到她的泪水沾湿了我的脸颊。我努力忘却一切——战争、我失踪的朋友们，还有她的离去——此刻只活在她的香吻之中。我希望我能跟她重回天堂镇，不是现在这种样子，而是回到几个月以前——亨利出去购买日常用品时，我们偷偷地在卧室里亲热——回到简单轻松的正常生活。但那些时刻都过去了。我们不再是小孩子了。我们是战士，是斗士，我们必须担当起责任。

萨拉挣脱开去，毅然决然，不想再让这痛苦的时刻更加漫长。她打开门，跳下了车。她背起背包吹了声口哨：“快点儿，伯尼·科萨！”

BK吃力地爬上前座，朝我翘起了头，像是在纳闷为何我没有跟着下车。我挠了挠它那只好耳的耳后，它呜咽了一声。

保证她的安全。我用心灵感应对它说。

伯尼·科萨把两只前爪搭在我腿上，口沫垂流地舔了舔我的脸颊。萨拉笑了。

“这么多的告别之吻啊。”BK跳下车的时候，萨拉对它说，又给它系上了项圈。

“这不算告别，”我说道，“还算不上。”

“你说得对，”萨拉回答道，她的笑容微微有些颤抖，声音里有一丝不确定，“我很快就会再见到你的，约翰·史密斯。保重。”

“很快就再见了。我爱你，萨拉·哈特。”

“我也爱你。”

萨拉转过身，匆匆朝汽车站的自动门走去，伯尼·科萨在她脚边一路小跑。她只在进门之前回头看了我一眼，我也挥了挥手。接着她就走了，消失在汽车站里，前往亚拉巴马的某个秘密处所，探寻某种能帮助我们赢得这场战争的方法。

我不得不阻止自己去追她，所以我紧紧地抓住方向盘，直到指节发白。也许是太白了，突然间，我的掌中流明启动了，我的双手亮了起来。自从天堂镇那次之后，我就从未失去对它的控制。我深吸了一口气，让自己冷静下来，匆匆地看了一眼周围，确保车站外没人注意到。我将车钥匙插入钥匙孔，听到车子发出隆隆的响声，然后驶离了汽车站。

我想着她。我已经开始想她了。

我往回朝巴尔的摩更简陋的街区赶，萨姆、马尔科姆和亚当正在那里等着我策划发动一次袭击。我知道我要到哪里去，知道自己要做什么，但心里还是一阵空落落。我记起我在被摧毁的约翰·汉考克顶楼公寓中与亚当的扭打，那时我差点就跌到窗外去了。那种身后空虚、摇摇欲坠的感觉，正是我此刻的感受。

但我想象萨拉用双手将我从那片空虚中拉了回来。我想象着重逢的感觉，想象着打败希特雷库斯·雷、把莫加多尔人赶回那寒冷空虚的宇宙中的感觉。想象着未来，我浮现出一个不屈的笑容。只有一个办法可以实现这一切。

战斗的时刻到了。

第四章

我们沿着沼泽地里一条泥泞的小路在黑暗中跋涉，四周静悄悄的，只听到我们被水浸湿的运动鞋踩在淤泥中发出的有节奏的嘎吱声，还有小虫子不停的嘤嗡声。我们走过一根孤零零的木头杆子。它歪歪斜斜的，几乎就要被连根拔起。街灯没有亮，蓊蓊郁郁的树木下耷拉着一些电线，都被树木遮挡住了。我们在沼泽里跋涉了两天，几乎没怎么合眼，一有动静就马上隐身，在淤泥中艰难行进，现在总算看到了一点人烟之地，这景象让人惊喜。

是五号将我们引到沼泽里的。当然，他认得路。那是他设下的圈套。我们费了很大劲才找到出路。不过我们还是不能回到来时的汽车里。莫加多尔人一定会盯着那辆车的。

几步开外，九号拍了下自己的颈后，拍死了一只蚊子。听到这一声响，玛丽娜退缩了一下，她跟五号搏斗之后形成的那片寒意即刻间越发浓重了。我不知道玛丽娜是无法很好地控制新的超能力呢，还是故意要冷却我们周围的空气。佛罗里达的沼泽地一直以来都那么潮湿，我想，带一个便携式空调机一起行进也不是什么坏事。

“你没事吧？”我轻轻地问她，不希望让九号听见。不过九号的听觉那么发达，我知道这是不可能的。八号遇害之后，她就一直没跟九号说过话，跟我也几乎没说过什么话。

玛丽娜看着我，但在黑暗中，我看不出她脸上的表情。“你说呢，六号？”她问道。

我握住她的胳膊，发现她的肌肤一片寒凉。

“我们会抓到他们的。”我对她说。我不太擅长做这种领袖式的讲话，那是约翰该做的，所以我直截了当地说：“我们会把他们都杀光。他不会白白牺牲的。”

“他根本就不该牺牲的，”她回答道，“我们不该将他留在那里。现在他落在他们手里，我们只能听凭他们随便处置他的遗体。”

“我们别无选择。”我说道，心知事实确实如此。在遭受惨败之后，我们备受五号的折磨，根本无法击退一支有战舰支援的莫加多尔军队。

玛丽娜摇摇头，陷入了沉默。

“你知道，我以前总想要桑德尔带我去露营，”九号回过头来看着我们，没头没脑地插了一句，“我讨厌住在那间豪华舒适的顶楼公寓。但鬼知道呢，经历了这一切，我都有些想念那公寓了。”

我和玛丽娜都没有作声。自从我们跟五号激战之后，九号说起话来就是这个样子——勉强拼凑出这些故作轻松的小故事，好像之前压根没发生过什么大事似的。九号不闲扯的时候，总会走在我们前头，利用他的速度跟我们拉开一段距离。等我们跟上去的时候，他总是已经抓住了一些动物——通常是蛇——然后在一小块难得的干地上生起小火堆烘烤着。他就像假装我们正在进行什么有趣的野营之旅。我并不挑剔，九号逮到什么就吃什么。可玛丽娜却从来不吃。我想让她抗拒的不是那些烤熟了的沼泽地生物，而是九号。她现在一定饥肠辘辘，比我和九号还要饥饿。

又走了一英里，我注意到道路变得有点拥挤热闹，可以看到前面有灯光。很快，不绝于耳的虫鸣变成了同样讨厌的声音——乡村音乐。

我觉得这地方还算不上城镇，即使最详细的地图也不会将它标出来。这里看着更像是一个野营地，露营的人忘记了离开。我还注意到附近的沙砾地停车场里皮卡非常多。或者这是当地的猎人们逃避自己的太太开派对狂欢的地方吧，我想着。

在沼泽地边沿的这片开阔地上，分布着二三十间简陋的小棚屋，所有的小屋都跟老式的户外厕所差不多。这些屋子就是把一些胶合板随随便便地钉在一起建起来的，看样子一阵强风就能把它们刮倒。我想在佛罗里达沼泽地边沿上建屋子，确实没必要太费心思。小屋之间挂着一串串闪烁不停的圣诞彩灯，还有几盏汽灯，照亮了这条阴郁的小街。在那排小屋的尽头，硬地延伸到沼泽的地方，有一个摇摇欲坠的船坞，系着几条趸船。

音乐来自“镇子”的中心，也是这里唯一的坚固建筑——捕手酒吧，一个看上去很低档的酒吧，开在一间小木屋里。屋顶上是酒吧的绿色霓虹灯招牌，嗞嗞作响。一排绒毛鳄鱼公仔陈列在酒吧的木质门廊上，张着血盆大口。里头男人的喊叫声和台球的撞击声盖过了音乐。

“好极了，”九号拍着手说，“我喜欢的地方。”

这酒吧多少让我想起了自己孤身逃亡时常去的地方，那里都是关系亲密、勇敢坚毅的当地人，怪异的莫加多尔人在这种地方辨别起来就容易多了。虽说如此，看到门廊的阴影里有一个留着莫西干发型、穿着背心、不停抽着烟的骨瘦如柴的中年男人在盯着我们时，我还是觉得我们该找个更安全的地方歇脚。

但九号已经走到嘎吱作响的木台阶中间，玛丽娜走在他身后，所以我也跟了上去。希望这地方能有台电话机，这样我们至少可以跟芝加哥的其他人联系上，了解约翰和埃拉目前的情况——但愿他们能好些，特别是现在我们知道了五号洛林箱里的万能药什么的都是他胡诌杜撰出来的。我们必须警告其他人提防着他。谁知道他会给莫加多尔人提供什么样的情报呢。

我们推开捕手酒吧大厅的双开摇门时，音乐并没有像电影里那样戛然而止，不过酒吧里的人确实齐刷刷地转过头来盯着我们。这个地方非常局促，除了吧台、一张台球桌和一些破旧的户外家具，几乎就没有什么东西了。空气里充斥着汗水、煤油和酒精的味道。

"我的乖乖。"有个人说道，接着就大声吹起了口哨。

我立刻意识到我和玛丽娜是这里仅有的两个女人。见鬼了，我们也许是唯一踏足过捕手酒吧的女人。那些盯着我们看的醉汉既有超级大胖子，也有瘦得吓人的家伙，全都穿着半敞着胸的格子衬衣或是汗涔涔的无袖背心，有些咧着豁牙的嘴色眯眯地笑着，其他人则抚着乱蓬蓬的胡子打量着我们。

一个穿着裂开的重金属风格的 T 恤、下唇还沾着口嚼烟草的男人离开台球桌，贴近了玛丽娜。

"今晚一定是我的幸运之夜，"这个男人拉长了调子说，"因为你们这……"

他这句搭讪的话再也没法说完，因为正当他想用胳膊揽住玛丽娜的肩膀时，她就使劲抓住了他的手腕。我能听到他胳膊上的汗水突然结成了冰，还咯咯作响。一会儿，玛丽娜将他的胳膊扭到他身后，那个男人一下叫出声来。

“别靠近我。”她慢慢说道，声音大得足以让整个酒吧的人都明白，这个警告不只是针对这个胳膊差点被她拗断的人。

现在整个房间真的是鸦雀无声了。我注意到一个家伙把手中的啤酒瓶往下一滑，好握住瓶颈，挥舞起来更顺手。坐在后边一张桌了前的两个身材魁梧的男人交换着眼色站了起来，打量着我们。有那么一会儿，我差点以为整个酒吧的人都会朝我们扑过来。那他们一定会倒大霉的，我努力用眼神让他们明白这一点。蓬头垢面的九号与这环境颇为相衬，他把指节弯得咯咯作响，懒洋洋地来回扭动脑袋，观察着这群人。

終丁，台球桌旁的一个乡巴佬呵斥道：“麦克，你这笨蛋，道个歉然后给我滚过来！轮到你击球了！”

“抱歉。”麦克啜泣着对玛丽娜说，他胳膊上被她碰到的地方有了瘀青。她一把推开他，他揉搓着胳膊回到他的朋友当中，不敢与我们对视。

就这样，剑拔弩张的气氛消失了。每个人都回到之前各自在做的事情上，多数就是猛喝啤酒。我想象这样的场景——小小的打斗，互相瞪眼，也许还给彼此捅上一两刀什么的——在捕手酒吧应该是常有的事。没什么大不了的。跟我想的一样，这就是那种不会有人瞎打听的地方。

“要克制。”走向吧台的时候，我对玛丽娜说。

“我克制着呢。”她回答道。

“看着不像。”

九号先我们一步走到吧台前，推开两个佝偻着背的醉汉腾出地方，拍打着有些裂痕的木头桌板。

酒保用不耐烦的目光不以为然地看着我们。他看上去比顾客稍显警觉，而且因为他穿着围裙，看着也更为干净些。

“你们该知道我在吧台底下收着一把枪，我不希望这里出什么麻烦。”酒保警告说。

九号冲他咧嘴一笑：“没事的，老伙计。你这里有吃的吗？我们快饿死了。”

“我可以给你们炸几个汉堡。”酒保思索片刻后回答道。

“不会是夹负鼠肉什么的吧？”九号问道，接着举起了双手，“算了，我也不想知道。来三份你们这里最好的菜，兄弟。”

在酒保退进厨房之前，我隔着吧台倾身向前问道：“你这里有电话吗？”

他用拇指猛地指了指酒吧后头黑暗的角落，我注意到那里有个付费电话歪歪斜斜地挂在墙上。“你可以试试那个。它有时候能用。”

“这里的东西似乎都是有时候能用嘛。”九号看着吧台上方的电视喃喃地说。此刻电视信号非常不好，新闻报道被雪花点所掩盖，电视机上弯曲的天线根本没派上用场。

酒保走进厨房，玛丽娜坐了下来，跟九号隔开了两张凳子，避免与他目光相接，全神贯注地看着电视机上的雪花点。九号则用手敲打着吧台，东张西望，差点惹得一个醉汉破口大骂。我从没像现在这样感觉自己像个保姆。

“我要打电话到芝加哥去。”我对他们说。

我还没走开，外面那个瘦兮兮的烟鬼就挤到了我的身边。他得意地笑了一下，也许是想显示一下魅力，可惜他缺了两颗牙，而且眼里毫无笑意，眼神显得激动而绝望。

“嘿，宝贝，”他说道，显然没有看到那些醉汉挑逗我们时玛丽娜做出的反应，“请我喝杯酒，我就把我的故事告诉你。怪诞得很呢。”

我瞪着他说：“给我走开。”

酒保从厨房里回来了，带来一阵烹煮的肉香味，让我的肚子咕咕直叫。他看到我隔壁的瘦子，马上当着他的面打了个响指。

“我不是告诉过你，没有钱别进来吗，戴尔？”酒保生气地说，“走开，快点。”

戴尔对酒保毫不理睬，而是满脸哀求地看着我。看到我不为所动，他溜下吧台又去央求其他人给杯酒喝。我摇摇头，深吸了一口气。我得离开这个地方，我需要洗个淋浴，再把什么东西痛扁一顿。我努力保持冷静，理智对待各种情况，特别是考虑到我的两个同伴表现得完全不冷静。可是我很生气。应该说是愤怒。五号打倒了我，几乎将我打昏过去。在我失去意识的时候，整个世界发生了变化。我知道这事完全出乎我的预料——我从没想过一个自己人会变成叛徒，即使是像五号这样的怪人。但我还是忍不住觉得，如果我更警惕些，这一切都会不一样。如果我身手敏捷到能避开他的第一击，也许现在八号还活着。我甚至没有机会来一番搏斗，这让我有种上当受骗的感觉，觉得自己很没用。我强压心头的愤怒，留着下次遇到莫加多尔人时再发泄。

“六号，”玛丽娜说，语气突然变得有些温和，不再那么冷冰冰，“看看这个。”

吧台上方的电视画面开始清晰起来，虽然时不时受到一条条雪花纹的干扰，但新闻画面还是可以看清楚的。画面里是一个记者迎风站在警察围起的隔离带前，背后是若隐若现的约翰·汉考克中心。

“怎么回事啊？”我低声说道。屋顶被屋外一声惊雷震得晃动起来，那是我在发泄心中的怒火。

新闻从记者的现场报道转到了正在燃烧着的约翰·汉考克中心最上方几层楼的录影画面。

“这不可能。”玛丽娜说道。她睁大眼睛看着我，像是要我确定这只是个变态玩笑。我一直努力扮演冷静理智的那一个，但也想不出任何让人安心的话。

酒保也看了看电视，咂咂舌头说：“太疯狂了，是吧？可怕的恐怖分子。”

我隔着吧台向前扑过去，揪住他围裙的前襟——他完全没来得及想到去拿那把藏着的枪。“这是什么时候的事？”我气冲冲地问。

“见鬼了，姑娘，”酒保说道，感觉到我眼里的怒火，他不再挣扎，“我不知道。大概是两天前吧。有关此事的新闻铺天盖地。你到底去哪儿了？”

“差点就死了呗。”我放开他，嘟哝着说。我强压着慌乱，努力让自己冷静下来。新闻画面出现之后，九号就一直闷声不响。我仔细看着他，发现他一脸茫然。他盯着屏幕，看着我们在顶楼公寓的总部——他以前的家被大火毁于一旦。他的嘴巴微微张开，整个身体一动不动，几近僵直，就像是要崩溃了似的，他的大脑似乎无法应对最后的这个打击。

“九号……”我开口说道，我的声音让他从恍惚中回过神来。他一句话也不跟我和玛丽娜说，也几乎没看我们一眼，就转身朝大门走去。有个打台球的人没来得及给九号让道，结果被一下撞倒在地板上。

相信我不在的时候，玛丽娜不会把别人给冻死，我撒腿就去追赶九号。等我跑到捕手酒吧的门廊上时，九号已经走进了停车场，怒气冲冲地一心朝着砾石路走去。

“你要上哪儿去？”我在他身后大喊，跳过门廊的栏杆，一路跑着跟了上去。

“芝加哥。”他硬邦邦地回答道。

“你打算走着去芝加哥？”我问他，“那就是你的打算？”

“有道理，”他回答道，丝毫没有减速，“我会去偷辆车。你们俩来不来？”

“别犯傻了。”我气冲冲地说道。我的话并没有使他放慢脚步，于是我运用心灵传动，一把抓住了他。我把他转了过来，好让他面对我。他企图反击，脚跟在沙砾地上刨出几个坑来。

“放开我，六号。”九号咆哮道，“马上放开我。”

“停下，动动脑子。”我坚持说，一开口就意识到这话并非只是要说服九号，还包括我自己。我的指甲陷进了掌心里，不知道是因为用心灵传动抓住九号让我太过专注，还是因为我想努力保持冷静。在约翰·汉考克中心的楼顶，我曾对萨姆说，我们身处战争之中，有战争就会有死亡。我还以为我做好了心理准备，但失去八号——现在也许还要失去在芝加哥的其他人——不，我承受不了。那不可以是我和萨姆的最后一次对话。不可以！

“他们不会再待在芝加哥了，”我继续说，“他们会跑掉的。换了我们也会这么做。我们知道约翰还活着，不然我们会出现另一道疤痕。他带着平板，还有他的洛林箱。比起我们找到他们，他们找到我们的可能性更大。”

“我最后看到约翰的时候，他还昏睡不醒。他没法找到任何人的。”

“大楼爆炸一般都会把人唤醒的，”我说道，“他逃走了。如果没有，我们会知道的。”

隔了一会儿，九号不情愿地点了点头："好吧，好吧，放开我。"

我放开了他。他立刻将视线移开，盯着黑森森的道路看，宽阔的双肩耷拉下来。

"我感觉我们完了，六号，"九号哑着嗓子说，"我们应该已经输了，只是没人来得及告诉我们。"

我走到他身边，将手搭在他肩上。我们背对着捕手酒吧的霓虹灯，我看不清九号的脸庞，但能肯定他的双眼泪水模糊。

"胡说，"我回答道，"我们没输。"

"这话跟八号说去。"

"九号，拜托……"

九号把两只手插在他那杂乱的黑发中抓挠着，像是要扯下一些头发来。然后他又用双手揉搓脸颊。最后他把手放到身体两侧，我看得出他是在努力克制。

"那也是我的错，"他继续说道，"是我害他被杀死的。"

"不是这样的。"

"就是这样。五号打败了我，而我没忍住。是我非要喋喋不休地说他，非要在他面前逞强不可的。该死的是我。你明白，我明白，玛丽娜肯定也明白的。"

我放下了搭在九号肩上的手，一拳打在他的下巴上。

"见鬼！"他喊道，踉跄着从我身边走开，差点摔倒在沙砾地上，"你这是干吗？"

"你不就是想要这个吗？"我说道，一边握紧双拳朝他走过去，随时准备出拳，"你不是想要我把你痛扁一顿吗？你不是要我为八号的不幸教训你一番吗？"

九号举起双手："够了，六号！"

“那不是你的错，”我平静地对他说，松开了紧握的拳头，只是用手指头戳了戳他的胸口，“杀死八号的是五号，不是你。要怪就怪在莫加多尔人头上。明白了吗？”

“是，我明白了。”九号回答道。虽然我无法确定是我最终说服了他，还是他一心只想要我不再攻击他。

“很好。别再说丧气话。我们得赶紧想好下一步该怎么做。”

“我已经想好了。”玛丽娜突然插话道。

我光顾着让九号恢复理智，根本没听到她走近。九号也没有。从他脸上尴尬的神色可以看出，他正寻思着玛丽娜到底听到了多少我们的谈话。此刻玛丽娜并不在意九号激动的情绪。她正忙着将酒吧里的瘦子戴尔——就是那个要用精彩故事换一杯啤酒的家伙拖过来。玛丽娜揪着他的一只耳朵，带着他穿过停车场向我们走来，就像一个恶狠狠的老师押送着一个违反纪律的学生去校长室。我注意到戴尔的一边脸上已经结出了一层薄薄的冰霜。

“玛丽娜，放开他。”我说道。

她听从了，一把将戴尔推到她前头。他趔趄着冲到了沙砾地上，正好跪倒在我面前。我看了她一眼。我能理解她这种凶巴巴的行为从何而来，但我并不喜欢。玛丽娜没理睬我。

“把你对我说过的话跟他们都说说，”玛丽娜对戴尔下令道，“你的精彩故事。”

戴尔看着我们三个，一心想讨好我们，但显然又很害怕。也许他以为要是自己不听话，我们就会杀了他吧。

“在沼泽地里有个国家航空航天局的老基地。八十年代沼泽表面开始升高时，基地就废弃了。”戴尔结结巴巴地开始说道，一边揉着脸颊让它暖和起来，“我有时会到那里去，找些能卖钱的东西。那里通常都是空无一人的。但昨晚，乖乖，我发誓我看见那里的上空盘旋着一些不明飞行物。一些看上去很不对劲的恐怖家伙守卫着那个地方，他们拿着的枪是我从来没见过的。你们不是跟他们一伙儿的，对吧？”

“不是，”我回答道，“我们绝对不是跟他们一伙儿的。”

“戴尔自愿给我们带路。”玛丽娜用鞋尖踢了踢戴尔说。他费力地咽了一口唾沫，然后鸡啄米似的点了点头。

“那地方不远，”他说道，“穿过沼泽地走两个小时就到了。”

“我们刚费了两天工夫走出沼泽地，”九号说道，“现在你竟然要让我们回去？”

“他在他们手里，”玛丽娜指着那片黑暗咬牙切齿地说，“你也听到马尔科姆说过他们是怎么对待一号的了。他们窃取了她的超能力。”

我赶紧向玛丽娜使了个眼色。戴尔很专注地听着我们的谈话，虽说多数内容他都没听明白。“这个时候我们是不是真该谈论这个？”

玛丽娜哼了一声：“你是担心戴尔吗，六号？他们想杀死我们，将我们的朋友们炸死。我们现在根本就不该操心向这个醉汉保密的事。”

戴尔举起一只手：“我发誓关于你们的谈话内容，我……我一句话也不会说的。”

“芝加哥呢？”九号问道，“其他人怎么办？”

玛丽娜只是瞥了九号一眼。她看着我回答道：“你知道我也担心他们。但我们不知道约翰和其他人在哪里，六号。可我们却知道八号在哪里。而且无论如何，我也不会让那些变态的混蛋保存他的遗体。”

看她说话的样子，我就知道玛丽娜一定会一意孤行的。即使我们不跟她去，她也会孤身前往。倒不是说我不想去，我跟她一样，也是一心盼着打一仗。如果八号的遗体在那里，在驻扎在佛罗里达的莫加多尔人（也许还要算上五号）的手里，那我们至少可以努力将遗体抢回来。我们不能丢下任何加尔德不管。

“戴尔，”我说道，“希望你有条船可以借给我们。”

第五章

我面前的这块肉看着像一块黏湿的生鱼片，只是它看不出有肉质纹理什么的。

我用叉子捅了捅它，这块颜色浅淡的肉像果冻一样发出了吱吱声。也许它还活着，努力想逃跑——这倒胃口的东西想抖动着慢慢从我盘子里逃开。如果我将视线移开，不知道这东西会不会加快脚步，爬到一个通气孔里。

我真想吐。

“吃吧。”希特雷库斯·雷命令道。

他自称是我的爷爷，这简直比这些食物还让我恶心。我不想相信他。这可能跟那些梦境一样，是他们为了动摇我弄出来的变态把戏。

但他们为何要这么大费周章呢？为何把我带到这里来？为何不直接把我杀了算了？

希特雷库斯·雷坐在我对面，在一张大得出奇的餐桌的另一头。那餐桌看上去像是用火山岩凿刻出来的。他的座椅是国王宝座的形状，材料是跟桌子同样质地的黑色岩石，但绝对还不够宽敞，无法容下我们在道西基地对抗过的那个像庞然大物般的“军阀”。不，我一个不留神，希特雷库斯缩小成了身形更自然的八英尺高的个头，这样他就能舒舒服服地弯腰吃起他自己的那盘莫加多尔风味食物。

他变化个头的本事是一种超能力吗？这跟我变换年纪的能力倒是很相似。

“你有问题要问吧?”希特雷库斯·雷观察着我嘟哝道。

“你是什么?”我的问题脱口而出。

他抬起头：“你指什么，孩子?”

“你是个莫加多尔人，”我努力不让语气显得太急切，“我是洛林人。我们不可能有关系。”

“啊，这个想法过于简单了。地球人、洛林人、莫加多尔人，无非都是些名称罢了，亲爱的，是标签。好几百年前，我的实验就已经证明了我们的遗传结构是可以改变的。它们可以被加强。我们不必等着洛林星赋予我们超能力。我们可以在需要的时候夺走它们，像利用其他资源一样利用这些超能力。”

“你干吗要说‘我们’?”我嗓音沙哑地问道，“你不是我们中的一员。”

希特雷库斯·雷皮笑肉不笑地说：“我曾经也是个洛林人，是第十位长老，直到我被驱逐出去。之后我变成了你现在看到的样子：我身上结合了加尔德的威力和莫加多尔人的力量。这是一种进步。”

我的双腿在桌下不停颤抖。我之前几乎没怎么听他说话，直到他说起第十位长老。我记起了克雷顿的那封信里提到过。他说我的爸爸痴迷于我们家族曾有一位长老的事实。那位长老难道就是希特雷库斯·雷?

“你是个疯子，”我说道，“还是个大话精。”

“我两样都不是，”他耐心地回答道，“我是个现实主义者，一个未来主义者。我改变了自己的遗传结构，为的是能够与他们更相似，好让他们接纳我。他们效忠于我，我则帮助他们增加人口。我将他们从灭绝的边缘挽救回来。加入莫加多尔人给了我一个继续实验的机会，那个实验让洛林人惊恐万分。现在我的实验基本结束了。很快，宇宙中的所有生命体——莫加多尔人、地球人，甚至洛林人的余党将在我的谆谆引领之下变得更好。”

“你并没有把洛林星上的生命体变得更好，”我抢着说，“你把他们都杀了。”

“他们反对进步。”希特雷库斯·雷轻描淡写地说道，仿佛一个星球的灭亡根本算不上什么。

“你真是变态。”

我不害怕跟他顶嘴。我知道他不会伤害我的，至少目前还不会。他对此太自负了，恨不得让另一个洛林人也加入他的事业。他希望事情能够如我噩梦中的那样。我在这里醒来以后，他就让一群莫加多尔女人照料我。她们给我穿上了这件黑色的礼服，跟我在梦境中穿着的那件非常相似。这衣服害我全身痒得厉害，我只好不停地扯着领口。

我直瞪着他那张丑脸，心里恨自己还想在他脸上找到某个相似之处。他的头颅光溜溜的，非常苍白，上面满是莫加多尔人复杂的文身；他的眼睛漆黑空洞，像莫加多尔人；他的牙齿整齐尖利。如果我看得够仔细，应该能看到他的五官很有洛林人的特点，但那些隐隐的特点却被苍白和莫加多尔人丑陋的轮廓给掩盖了。

希特雷库斯停止进餐，抬头迎住我的目光。面对他，我心里还是一阵发冷，我必须强迫自己不将目光移开。

“吃吧，”他再次说道，“你需要恢复力气。”

我犹豫片刻，不知道还该抗拒多久，但也确实不想尝试莫加多尔式的寿司。我故意失手掉落了叉子，它当啷一声打到了盘子的边缘，声音在天花板很高的室内回响。这是希特雷库斯·雷的私人用餐区域，仅比“阿努比斯”号上其他冷冰冰的房间稍微多了点装饰。墙上挂着很多描绘莫加多尔人英勇冲锋陷阵的画。天花板是敞开的，可以看到美妙壮观的地球，这个星球在我们面前微微地旋转着。

“别逼我，姑娘，”希特雷库斯·雷咆哮道，“乖乖照我说的做。”

我一把推开盘子：“我不饿。”

他打量着我，眼里一副纡尊降贵的神色，就像想让不听话的孩子知道自己多有耐心的父母。

“我可以让你再次昏睡，然后用小管给你喂食，如果你喜欢的话。也许等到我们赢下战争我再唤醒你的时候，你就会老实多了。”他说道，“但那样的话我们就没法聊天了，你也无法亲身感受你爷爷胜利的喜悦，而且还不能从你那些无聊的逃跑花招中获得乐趣。”

我费劲地咽了下口水。我知道我们最终还是会到地球上的。希特雷库斯·雷不打算只是让他的飞船在地球上方盘旋一阵，然后安安静静地飞走。他们将入侵地球。我一直对自己说，一旦我们着陆，我就有机会逃走。显然希特雷库斯·雷也知道我宁死也不当俘虏，或是跟他一起当统治者，或是迎合他别的什么打算。但从他脸上得意的神色看，他似乎毫不在意。也许他以为在我们回到地球之前，他可以将我彻底洗脑吧。

“你在我面前摆着这张丑脸，我还怎么能吃得下去？”我问他道，希望看着他收起那一脸得意相，“这真是太倒胃口了。”

希特雷库斯·雷死死地瞪着我，像是在决定是否要从桌子那头扑过来掐死我。过了一会儿，他伸手拿起斜倚在椅子一侧的权杖。这根权杖我在道西基地的搏斗中看见他使用过。权杖是用微微发光的金色金属打造而成的，手柄上还雕着一只邪恶的黑眼睛。我振作精神，做好挨打的准备。

“塔洛克[①]之眼，”希特雷库斯·雷注意到我在看着权杖，便开口说道，“跟地球一样，终有一天也会让你继承的。”

我还没来得及再追问，权杖手柄上的黑曜石眼睛闪烁了一下。我退缩了一下，但马上就知道我不会有什么危险。反而是希特雷库斯·雷开始抽搐。塔洛克之眼发出了一束束红光和紫光。虽然我不知道是怎么回事，但我能感觉能量正从权杖中不断释放并转移到希特雷库斯·雷身上。他不停扭曲翻滚，身上的皮肤开始鼓胀，像蜡烛上鼓起的泡泡，之后他开始蜕皮。

一切结束之后，希特雷库斯·雷变成了地球人的模样。他看起来简直就是个电影明星。他变成了一个四十多岁的英俊中年男士，整齐的斑白头发，深邃的蓝眼睛，一点点胡茬。他身材高大，但不再高大得吓人，身穿一件时髦的蓝色西装和一件熨帖的礼服衬衫，领口随意地敞开着。他之前的那身装束只有三个洛林吊饰还留着，上面的蓝宝石与他的衬衫十分相衬。

“好些了吧？”他问道，原来那种沙哑的声音被柔和的男中音所取代。

“怎么……”我目瞪口呆地看着他，“你这是要扮谁？”

“我这副模样是为地球人准备的，”他解释道，“我们的调查表明，他们会自然而然地喜欢这个类型的中年白人男士。显然他们觉得这类

---

① 埃及神话中的怪物，通常是飞狐或直立行走的猫的形象，能变形，能摄人心魄，还能与魔鬼及天使交谈。

人具有领袖风范，值得信任。”

“为什么……”我努力整理思路，“你说那是为地球人准备的是什么意思？”

希特雷库斯·雷冲我的盘子做了个手势：“吃了，我就回答你的问题。还挺合理的吧？我想地球人管这个叫公平交易。”

我低头看着自己的盘子，还有盘子里等着我进食的那团浅淡的肉。我想起六号、九号和其他加尔德，寻思此刻若是换作他们又会怎么做。希特雷库斯·雷似乎是想道出原委，所以我也许该让他说下去。也许他在努力耍花招争取我的时候，会无意泄露打败莫加多尔人的秘密——前提是这种秘密确实存在。不管怎样，如果这意味着能收获些重要情报的话，吃上一口盘子里煮过的这团恶心东西似乎是必须付出的代价。我不该把自己当作被俘的囚犯，情况其实更像是我正在敌后执行任务。

我是一个该死的间谍。

我拿起刀叉，从那块肉的边缘切下四四方方的一小块来，塞进嘴里。那东西几乎没有什么味道，吃起来就像是在咀嚼一个纸团。真正要命的是肉质——那肉一触碰到我的舌头就开始冒泡融化，我都不用咀嚼它就化掉了。我不禁想起莫加多尔人被杀时化为烟尘的样子，拼命忍住作呕的感觉。

“这跟你习惯吃的东西不同，但这是‘阿努比斯’号上能做出来的最好的食物了，”希特雷库斯·雷几乎带着歉意对我说，“一旦我们占领了地球，伙食会有改善的。”

我对他毫不理睬，对莫加多尔饮食的奥秘并不在意：“我都吃了，现在回答我的问题吧。”

他前倾着头，貌似对我的直率颇为高兴：“我选择这副模样，是因为地球人会觉得这让人舒服。他们交出自己星球的时候，我会穿着这身衣服去受降。”

我瞠目结舌地看着他：“他们不会向你投降的。”

他笑着说道：“他们肯定会的。地球人跟喜欢做徒劳无功的反抗的洛林人不同，他们有过很多被征服的历史。他们喜欢看到强势力量展现威力，还会非常乐意接受莫加多尔式的进步理念。不接受的那些将会灭亡。”

“莫加多尔式的进步？”我嗤之以鼻，“你在说些什么啊？你打算让每个人都喜欢你？一个怪……”

我没把话说完。我本来是想称他为怪物的，但我又想起了我的梦境。我无情地当着约翰、萨姆的面下令将六号处死。如果像希特雷库斯·雷那样的玩意儿已经潜伏在我身体内了呢？

“我想你的这些尖刻之词中至少有一个问题吧。”希特雷库斯·雷说道。他脸上还挂着那让人愤怒的微笑，现在这副英俊的地球人面目使得那微笑更恶心了。他指了指我的盘子。我低头又吃了一口那可怕的食物。他干咳了一声，像是正要发表一番演说。

“我们有着同样的血脉，孙女儿，所以你才不会落得跟不识好歹反对我的加尔德一样的下场。因为你跟他们不同，你擅长变化，”希特雷库斯·雷解释道，“我也许曾经是洛林人，但这几个世纪以来，我把自己变成了更好的形态。一旦控制地球，我就会拥有改变几十亿生命的力量。他们所要做的只是接受莫加多尔式的进步即可。那时我的努力终会有结果的。”

我斜睨了他一眼：“力量？哪里来的力量？”

希特雷库斯·雷冲我微微一笑，触碰了一下挂在他脖子上的吊饰。“时机成熟你自然会看到的，孩子。那时你就会知道了。”

“我已经知道了，”我回答道，“我知道你是个让人恶心的、屠戮成性的怪胎，把自己变成一副糟糕的莫加多尔人模样。”

希特雷库斯·雷的微笑抽动了一下。有那么一会儿，我不知道自己的好运是否到头了。他叹息了一声，用手指摩挲着喉部，他的化身的皮肤裂开了，露出了喉部周围深紫色的伤疤。

“庇塔库斯·洛尔企图杀死我的时候在我身上留下了这个，”他说道，声音冷酷而平静，“我是他们中的一员，但他和其他长老将我驱逐了出去。就因为我的理念，他们将我逐出了洛林星。”

“怎么回事？他们不愿意选你作为最高统治者吗？”

希特雷库斯·雷再次用手摩挲了他的喉部，疤痕消失了。

“他们已经有统治者了，”希特雷库斯回答道，他放低了声音，仿佛被这些回忆激怒了，“他们只是不愿意承认。”

“什么意思？”

这一次，他没再逼我吃东西。他现在已经停不下来。“亲爱的，长老们是被星球本身所统治的。洛林星为他们做出了选择——选择谁当加尔德，谁当塞邦。他们认为我们应该充当看护人的角色，让自然去决定我们的命运。我并不同意。洛林星赋予的超能力不过就是一种资源，跟其他东西一个样。你会让海洋里的鱼儿自己指定可以被谁吃，或是让土地中的铁自己决定何时被锻造？当然不行了。”

我努力消化所有这些信息，并将它们与我从克雷顿那里听到的以及在他信里看到的信息进行比较。

“你无非是想当统治者罢了。”隔了一会儿，我说。

“我想要进步，”他说道，“莫加多尔人明白。他们不像洛林人，他们是一个愿意进步的民族。”

“你真是疯了。”我推开盘子说道，不想再这样一问一答了。

“你是一个无知孩童，”他回答道，那种假惺惺的耐心又回来了，“当你开始了学习，当你看到我为你成就的一切，还有洛林人拒绝给予你的东西，你就会明白了。你会慢慢爱戴我，尊重我。”

我站起身，虽然无处可去。希特雷库斯·雷到目前为止对我颇为客气，但他也明确说了，在他允许的时候，我也只能在“阿努比斯”号沉闷的走廊上转悠。如果他想把我留在这里，强迫我吃完晚饭，他是会这么做的。我要是听凭他这样肆意扭曲真相，摆出些半真半假的信息，也许我会少遭些罪，但我不能这么做。我想起九号、六号和其他人。我知道面对这只怪物的时候，他们是不会保持缄默的。

“你毁掉了我们的星球，你唯一的成就就是伤害人，”我说道，努力学着我的祖父装出一副耐心的样子，“你就是只怪物。我永远都会恨你。”

希特雷库斯·雷叹了口气，他英俊的脸庞扭曲起来。

“愤怒是无知者最后的庇护所，”他举起手说道，“让我给你看看他们拒绝给予你的东西吧，孙女儿。”

一股猩红的能量波开始在他高举的手中旋转。我紧张得后退了一步。

“长老们选出可以逃离洛林星的人选，而你原本并不在其列，”希特雷库斯·雷继续说道，“你没有得到其他加尔德那样的好处。我会纠正这一点。”

那股能量在希特雷库斯·雷的手掌前汇成了一个噼啪作响的圆球，在那儿盘旋了片刻之后，直接朝我呼啸而来。我猛冲到一边，圆球改变了轨道，朝我径直扑来，像是有自主意识似的。我滚到冰冷的地板上，想避开这道能量波，但它的速度太快了。它烧穿了我的裙裾，附着到我的脚踝上。

我尖叫起来，疼痛难忍，皮肤像是被一根带电的电线割到了似的。我把腿往里一缩，努力拍打圆球击中的地方，就像身上着了火要扑灭火苗那样。

此时我第一次看见了它。那股扭曲盘旋的红色能量不见了，在我脚踝上留下了一道边缘参差的粉红色疤痕。这让我想起我看到过的蚀刻在几十个莫加多尔人头颅上的那些棱角分明的文身，但这一个有着一种令人不安的熟悉感。

这个伤疤跟加尔德们身上象征洛林符咒的疤痕非常相似。

我抬头看着希特雷库斯·雷，不得不咬住嘴唇忍着尖叫。他的一条裤腿的下半部分已经被烧掉了，他自己的脚踝上也出现了一个类似的新鲜烙印。

“现在，”他兴高采烈地笑着说，“跟他们一样，我们也是紧密相关的了。”

第六章

我想，从某种程度上说，我们算是绑架了戴尔，但他似乎并不介意。这个瘦兮兮的乡巴佬正开心地躺在他那条几十年船龄的旧趸船的船尾，喝着他那细长瓶里的威士忌，觍着脸色眯眯地看着我和玛丽娜。他的这条船有些地方还真是用宽条防水胶布和鞋带给勉强固定住的，我们无法在蜿蜒的沼泽地溪流中行进得太快，怕的是发动机过热。九号还得时不时用一个水桶将深褐色的沼泽水从船里舀出去，免得我们脚下积聚太多水而弄沉了船。这趟旅行不是太顺利，但玛丽娜一直坚信戴尔撞见的是一个莫加多尔人的营地。所以目前戴尔是我们的向导。

昨晚戴尔坚持说天色太暗不宜乘船穿过沼泽，但他答应一定会在早晨带我们去那个废弃的航天航空局基地。原来捕手酒吧的酒保将酒吧周围的小棚屋出租给路过的沼泽地居民。他让我们免费借住了其中一间，还给我们供应了一顿饭——也许是感觉到如果不帮我们就会惹来更多麻烦吧。

我们都觉得戴尔一有机会肯定会逃跑，所以决定轮流盯着他。九号值第一班，结果却和戴尔坐在我们的小屋外头，听他讲了许多故事，讲的都是他从沼泽里搜寻到的千奇百怪的东西。

玛丽娜和我并肩躺在小屋地板上摊开的长了跳蚤的床垫上，除此之外，屋里仅有一个煤气灶、一个锈得都坏掉了的没连接任何水管的洗涤槽，还有一盏煤油灯。想想我们过去两天一直在沼泽里跋涉，几乎没怎么休息，这屋子算得上几天来我到过的最舒适的地方了。我们躺在那里，我注意到玛丽娜不再散发八号被害之后就一直散发的寒气。我以为她睡着了，哪知她在黑暗中开始对我轻声说话。

“我感觉到他就在那里，六号。”

“你指的是什么?”我迷惑不解地悄声回答，“八号已经……”我犹豫了，无法说出明摆着的事实。

“我知道他已经死了，”她翻过身看着我回答道，“但我依然能感觉到他——我说不好，他的灵魂或什么的。他正在呼唤我。我不知道为什么，也不知道他是怎么做到的，我只知道这确实发生了，而且很重要。”

我默不作声，记起八号说起过他躲藏于印度的时候遇到过一位神秘的老人。我想他名叫天谭①。那位老人向他教授有关印度教的一切，还教他习武，最终又回到他来时的地方。八号非常珍惜他学习到的印度教的教义，我想那在他的塞邦死后帮助他平复了情绪。见鬼，也许那些转世的说法确实有些道理呢。八号是我们当中很有灵性的一个，如果真有一个人能在死后发出呼唤，也许就是他。

“我们会找到他的。”我悄声说，虽然对此我也不甚有把握。我想起九号那一夜在激动之中所说的话，说我们已经输掉了战争，只是没

---

① 详见洛林传奇第三部《九号崛起》第十一章。

人来得及告知我们。“我只是不知道以后我们要怎么做。”

“船到桥头自然直。”玛丽娜平静地回答道。她捏了捏我的手，那个我认识的有责任心的玛丽娜又回来了，不再是过去两天与我相伴的充满愤懑、一心只想复仇的人。“我知道一定会的。”

于是今天早上，我们又回到了沼泽地。雾气氤氲的水面两边都是葳蕤茂密的树木，我们不时减速行驶，以便绕过伸展到水里的盘曲纠缠的树根。我们头顶的树冠非常浓密，阳光从缝隙间洒下，斑斑点点。不时有腐朽的圆木漂过，有时很难分清树皮和水里游过的鳄鱼那皱巴巴的鳞皮。至少臭虫不再叮咬我——也许是我已经习惯了被叮咬。

玛丽娜站在船头，直视着前方，空气中的潮气湿润了她的脸庞和秀发。我看着她的后背，心想不知道是她糊涂了，还是她对八号遗体的第六感就是她所激发出来的另一项超能力。像这样的时候，我们真需要一位塞邦。玛丽娜控制不好她的冰冻超能力。九号和我还没有跟她提起这事——他也许是怕她会将自己的脑袋给拧下来，我则指望着她平息怒气的同时能够学着控制好超能力。所以这次重返沼泽要么是缘于一项可能失去控制的超能力、一种老派的直觉或是出于悲痛，要么就是缘于跟亡魂世界的通灵。也许是四者兼而有之。

其实这都不要紧。反正我们已经在路上了。

仅仅在几天之前，五号才带领我们走过与此类似的水域。彼时我们也比此时更开心——我记得玛丽娜和八号相偎相依，某种情愫在慢慢滋长，而九号每次看到一只鳄鱼就高声叫喊、大惊小怪。我捋了捋头发——潮气将它们打湿了，这些天在沼泽地的跋涉又让它们打起了结——我暗自提醒自己，这不是回忆的时候。我们就要以身犯险，至少这次我们事先都知道。

“还要走多远？”我问戴尔。

他耸耸肩。他现在比玛丽娜昨晚将他的脸半冻住时自在多了。也许是那个酒瓶里的东西给他壮了胆吧。

“大概还要一小时。”他说道。

“你最好别糊弄我们，”我对他说，“如果你说的都是胡扯，我们就把你丢在那里。”

这话让他稍微坐直了一点。“我发誓绝对是真的，姑娘。我在这里看到一些很怪异的外星人。真的。”

我注视着他。九号也做完了将水从船舷泼出去的工作，他一把抓住戴尔手里的酒瓶。

“你这里头装的是什么？”九号闻了闻酒瓶问道，“闻着像涂料稀释剂的味道。”

“不是涂料稀释剂啦，”戴尔说，“你尝尝。”

九号翻了个白眼，将瓶子递还给他，然后转身看着我。

“不是吧？”他压低嗓子问道，比起戴尔，他其实更怕坐在一旁的玛丽娜听到，“我们就靠这家伙？”

“不只是他，”我看了一眼玛丽娜说，“她感应到了某些东西。”

“她什么时候开始……”九号突然闭上了嘴，难得地停下来思考自己的措辞，“我还是觉得这事不靠谱，六号。就这么回事。”

我还没来得及回应，玛丽娜就冲我们挥了挥手，引起我们的注意。

“熄火！”她悄声说道。

戴尔吧嗒一声关闭了引擎，心里还是不想惹恼玛丽娜。我们的船悄无声息地往前漂着。

“怎么回事？”我问道。

“前面有人。”

这时我也听到了发动机的声音，那条船不像戴尔的船那么老“打嗝”。随着船慢慢地靠近，声音越来越大了。这条溪流在沼泽地的树丛里蜿蜒流淌，我们暂时还无法看到另一条船。

“这么幽僻的地方还有其他像你这样邋遢的沼泽地居民出没吗？”九号审视着戴尔问。

“有时候吧，”戴尔回答，他来回打量着我们，好像刚刚想起了什么，“不，等等。我们是有危险了吗？我可没答应要参与什么危险的事哦。”

“你没答应参与任何事。”九号提醒他。

“嘘，”玛丽娜呵斥道，“他们来了。”

我本可以让大伙儿隐身的。我想拉着玛丽娜和九号，启动我的超能力，伪装成船上只有戴尔一个人的样子。但我没有这么做。玛丽娜和九号看样子也没有拉手的心情。

如果那边有莫加多尔人，我们正好想打一仗。

我看到一个黑色的影子穿过杂乱的树丛，慢慢滑到我们面前的水域。那是一条趸船，跟我们的差不多，只是更簇新闪亮，也许裂缝也少了几十处。一看到我们，另一条船也立刻熄火。它在我们面前漂了大概三十码，船尾荡起的涟漪弄得我们的船也跟着轻轻浮沉。

船是由三个莫加多尔人控制的。因为天气闷热，他们脱掉了那傻气的黑色皮风衣，只剩下了背心。他们苍白的胳膊泛着光，激光枪和匕首就插在皮带上，清晰可见。不知道他们在这里干什么，光天化日之下这么厚颜无耻地跑出来，接着我意识到他们也许是在寻找我们。毕竟我们出现的上一个地点就是沼泽。这些倒霉的莫加多尔探子肯定是被派到沼泽侦察来了。

每个人都一动不动。我们瞪着那些莫加多尔兵，不知道我们现在这个样子，他们是否认得。莫加多尔兵也瞪着我们，没有试图重新启动引擎给我们让路。

“他们是你们的朋友吗？”戴尔口齿不清地问道。

他的声音打破了僵局。两个莫加多尔兵同时伸手去拿激光枪，另一个则转身启动引擎。我用心灵传动向前一推，用尽力气击打他们的船头。船头翘了起来，离开了水面。那个去启动引擎的莫加多尔兵从船舷边跌了出去，其他两个则摇摇晃晃地往后退。

我用心灵传动隔空攻击之后不一会儿，玛丽娜倚在船舷上，将手伸进了沼泽水里。一片冰层立即从她身边延展至莫加多尔人的船边，水面猛地结冰，发出了“咯吱”和“砰砰”的声音。大块的浮冰出现在船体四周，他们的船半翘着被冻结在水里，一半露出水面。

九号跳出船，轻盈地跑过玛丽娜冻结出来的浮冰表面，又跨过莫加多尔人的船舷，卡住了最近的一个莫加多尔兵的脖子。他这一下猛冲，加上船体甲板倾斜，使得两个人一起趔趄着冲到了船尾。另一个莫加多尔兵举起激光枪，瞄准了九号，但他还没来得及开枪，九号就稳住脚步，将第一个莫加多尔兵朝他的同伴掷了过去。

那个落水的探子努力从水里爬出来，爬上了玛丽娜的冰面。那是个错误。一根布满锯齿的冰柱从冰块边缘凸起，刺穿了这个莫加多尔兵。在莫加多尔兵灰飞烟灭之前，我用心灵传动将冰柱从他身上推了出去，插进了船上另一个莫加多尔兵的身体。最后的莫加多尔兵抽出匕首，朝九号扑过去。但九号握住他的手腕扭到身后，又用自己的佩剑刺穿了他的眼睛。

就这样三下五除二，一切都结束了。整个战斗持续了不到一分钟。即使现在这么萎靡不振，我们还是能将莫加多尔兵杀个片甲不留的。

“真是痛快！”九号从另一条船上向我咧嘴一笑说。

我听见身后有水花飞溅的声音，扭头只见戴尔正拼命游过沼泽地的水域。他一定是从船上跳了下去，现在正以最快的速度用两条瘦胳膊刨着水。

“你要上哪儿去，蠢货？”我在他身后喊着。

戴尔抓住一团伸出水面的裹着烂泥的树根，用力攀爬上去喘口气。他睁大眼睛惊骇地看着我和其他人。

“你们这些人都是怪物！”他尖叫道。

“这话说得可不够客气。”九号大笑着说道，一边小心翼翼地走回来上了戴尔的船。玛丽娜冻结出来的浮冰层在佛罗里达的炎热空气中已经开始融化。

“你的船怎么办？”我冲着戴尔喊道，“难道你打算一路游回捕手酒吧去？”

他斜着眼睛看了我一眼：“我会想出法子来的，用不着异形帮忙，非常感谢你。”

我叹了一口气，举起一只手，正打算用心灵传动将戴尔这个蠢货拉回他的船上来，但玛丽娜按住我的肩膀阻止了我。

“随他去吧。”她说。

“但我们需要他帮忙找到基地呢。”我回答道。

“我们已经很接近了，”玛丽娜摇着头说，“再说……”

“啊，该死的。”九号打断了她的话，手搭凉棚看着天空。

“我想我们可以跟着那玩意儿。”玛丽娜把话说完。

天色突然变得很暗。我抬头之间一道阴影掠过头顶，遮挡住了从沼泽地上方的树叶中透出来的有限光线。从树叶的缝隙间，我只能看到一艘莫加多尔飞船的钢板表面。飞船正在下降。这不是那种我用几道闪电瞄准就能打下来的小型飞碟式飞船。这是艘巨型飞船，有航空母舰那么大，吓人的枪支炮塔从它的底部伸出来。这里的鸟儿叽喳乱叫，纷纷展翅从这个可怕的巨人身边飞走。

我本能地伸出手抓住了九号和玛丽娜，将我们三个都隐身起来。一艘莫加多尔人的逗船是另外一回事，我觉得我们没做好对付这样一个庞然大物的准备。我们头上的这艘飞船却是毫不在乎。它根本没注意到我们。对一艘那么庞大的飞船而言，我们就像蚊子那么不起眼。飞船掠过沼泽地上空，光线又慢慢地照射下来，我感觉自己缩小了，就像是又变小了。

像是变回了一个孩子。

接着我想起了在洛林星的最后一天。我们九个和我们的塞邦跑向能将我们送至地球的飞船。四周尖叫连连，还有城市中烈焰的热浪以及空气中激光枪的嗞嗞声。我记得当时我抬起头看着夜空，看到的是很多像这一艘一样的飞船飞过，遮蔽了星光，他们的炮塔发出强光，货舱舷门洞开，放出了一群群嗜血的派肯兽。我意识到在我们头顶的是一艘莫加多尔人的战舰。他们正打算以此来彻底征服地球。

“他们就在这里，”我说道，几乎喘不过气来，“战争就要开始了。”

第七章

慢慢地，华盛顿特区的郊区开始不一样了。房子越来越大，间隔也越来越远，最后在路上已经完全看不见房子了。从小货车的窗户往外望去，看到的都是维护得极好的草坪，或是一些微缩景观公园。那里的树木之间都留有一定间隔，非常刻意地等距离栽种，这是为了使树木后面的房屋不会受到窥视。从大路两边延伸出去的街道都有着听起来蛮威风的名字，像什么栎树羽冠街或是金桦树大道，所有的街道都竖着严肃的警示牌，上面写着“私人财产”。

萨姆坐在后座吹了一声口哨：“简直不能相信他们竟像阔佬似的住在这种地方。”

“还真是呢。”我回答道，握住方向盘的双手直冒汗。我跟萨姆想的一样，却不想说出口，担心没法掩饰语气中的嫉妒。我长这么大一直在逃亡，做梦都想着能住进这样的地方——安稳宁静的住处。而这些莫加多尔人，煞费苦心地为他们的上层原生人打造出这样的正常生活，在一个他们一心只想掠夺与破坏的星球上过着一种奢侈的生活。

“人心不足蛇吞象。”马尔科姆说道。

“说了可能让你们宽慰点，其实他们并非乐在其中。”亚当静静地说。在去往他原先的家园艾什伍德庄园这几英里的路上，这是他所说的第一句话。“他们受到的教育是：拥有才有乐趣。”

“说到底那是什么意思呢？”萨姆问道，“比方说，如果一个莫加多尔人走到一个公园……”

“如果不能拥有它，你就无法从中获得满足，”亚当背诵道，背完他忍不住讥讽道，“这是希特雷库斯·雷的圣典里的话。莫加多尔人才不会在乎你们的公园呢，萨姆，除非那里的树是他的，可以任由他砍伐。”

“听起来确实是一本宝典。”我冷淡地说。

我瞥了一眼坐在我旁边副驾驶座上的亚当。他正看着窗外，脸上是一副心不在焉的表情。不知道这感觉对他来说是否有些奇怪，他算是重归故里，虽然他不是地球人。亚当回过头，注意到我在看着他，露出尴尬的神色。他的表情迅速又变成了我熟悉的那一种——莫加多尔人惯有的冷漠与镇定。

“在这里停车，”他发出了指令，“还有一英里就到了。”

我将车停靠在路边，关闭引擎。没有了车子发出的噪音，我身后传出的叽叽喳喳的声音更响了。

“老天，各位安静点吧。”萨姆对着放在他和马尔科姆之间坐板上的一箱子兴奋不已的变形兽说。

我扭身低头看着那些变形兽，它们现在都是鸟雀的模样。“帝王”的常态是一只威严的苍鹰，现在正栖息在三只更寻常些的鸟儿身边——一只鸽子、一只斑鸠、一只知更鸟。还有一只健硕的灰色猎鹰应该是“尘尘”，胖乎乎的猫头鹰准是斯坦利。所有鸟儿的脖子上都套着轻便的皮项圈。

那是我们计划的第一步。

“一切还顺利吧？”我问萨姆。他从搁在大腿上的笔记本电脑上抬起头，冲我咧嘴一笑。

“你看。”萨姆自得地说着，将电脑调转过来对着我。把变形兽变成这些模样正是他的主意。

电脑屏幕上是六个模糊的视频画面，每一幅上都是我的脸，但角度却都略有不同。摄像头工作顺畅。

从巴尔的摩来华盛顿的路上，我们在一家叫“密探”的黑漆漆的小店稍事停留。那家店专营监控摄像头和家庭安保装备。店员没问马尔科姆为什么需要购买十来个最小型号的无线摄像头。他看上去为了这笔生意而满心感激，甚至还教我们怎么在一台笔记本电脑上安装必要的软件。之后我又在一家宠物店购买了那些项圈。我开着车一路向南朝华盛顿挺进，其他人则忙着在项圈上小心地装上摄像头。

莫加多尔人费尽心机监视我们、跟踪我们。现在，我们要扭转局面。

“到了艾什伍德庄园周围就散开，”我对变形兽们说，又停下来提取大脑中自昨天起一直在研究的艾什伍德的卫星图像，并用心灵感应将它们发送给这些变形兽，“要努力全方位覆盖。特别留意有莫加多尔人的地方。”

变形兽们扑扇着翅膀，热情地叽喳乱叫回应着我。

我朝萨姆点了点头，他打开了面包车的侧门。接下来的场面一阵混乱，我们那六只变了形的鸟儿侦察兵立刻飞了起来。它们飞出车子的时候，聒噪着扑棱翅膀，遮天蔽日。尽管现在形势严峻，这一幕还是让人觉得颇为壮观。萨姆一副笑呵呵的样子，甚至连亚当也微微一笑。

“这一定会奏效的。”马尔科姆拍着萨姆的后背说。萨姆的笑意更浓了。

电脑屏幕上的画面乱哄哄的，变形兽们向着不同的方向飞扑滑翔。最早栖息到树上的几只选择了艾什伍德庄园铁门上的位置。这扇门建在一道砖墙里，这道围墙延伸到几码开外的地方，大概一旦到了从大路上看不到的地方就变成看起来很可怕的铁丝网篱墙。

“卫兵。”我指着三个莫加多尔人说道。只见两个卫兵正坐在岗亭里，另一个则在大门口踱着步。

“就这些？”萨姆问道，“只有三个吗？简直不足挂齿。”

“他们没料到会遭遇正面袭击。其实他们根本没想过会遭到任何袭击，”亚当解释说，“他们的目的只是要吓走走错道的司机罢了。”

余下的变形兽落到枝头和房顶上，视频画面稳定起来，我能够更清楚地看到艾什伍德庄园的布局。前门后面有一条很短却蜿蜒曲折的小路，几乎没有什么遮蔽。小路尽头是一个很大的场地，四周有大概二十间设备完善的屋子，中间是一个休闲区。莫加多尔人在里头放置了些野餐桌、篮球架，还有一个游泳池。总之那里就是典型的田园牧歌式的市郊住宅区，只是附近并没有人。

“看来很安静啊，”我看着监控视频说道，“一直都是这个样子吗？”

“不是的，”亚当承认，“情况有些不对劲。”

有一只变形兽飞了起来，重新找了个地方栖息，拍到了一间我们之前看不到的屋子。路边停着一辆垃圾车，引擎已经熄火。

“有人。”萨姆放大了图像说。

一个莫加多尔人拿着一台平板电脑站在卡车旁边。他将某件东西按进电脑里，一副百无聊赖的样子。

亚当看着那个莫加多尔人头皮上的文身。“是个工程师。”他说道。

“你能看出来？”我问道。

“标记就在文身里。对于原生人来讲，那是荣誉的象征，也是他们成就的体现。生化人的文身则表明其工作身份，”亚当解释道，“这样命令他们做事情就更方便些。”

“还有人。”萨姆指出。

我们看到四个莫加多尔兵抬着一件冰箱大小的计算机设备从房子里出来。他们将它往路上抬，然后放在那个工程师面前，之后等待他绕着机器走上一圈进行检查。

“看着像是台服务器，”马尔科姆推测，转身问亚当，“他们是不是要更换被你毁掉的设备？”

“很可能。”亚当回答，但他的语气并不肯定。他指着一幢与那些莫加多尔人忙活的地方隔着几座房子的两层带门廊的屋子说：“那是我原来的家。我非常肯定那里有个地方可以进入穿过屋子底下的隧道，但其他房子可能也都有入口。”

亚当说话这会儿，工程师已经检查完了服务器。他摇摇头，其他莫加多尔人就抬走了设备。他们将它放进垃圾车里，然后回到房子里去。

“我想他们不喜欢循环使用，对吧？”萨姆说道。

第一批莫加多尔人还没进入屋子，第二批人就出现了。他们抬着的东西像是烂科幻片里的理发椅，那玩意儿既前卫又吓人，椅子里垂下些电线和接口，晃晃悠悠的。工程师匆匆上前迎接这第二批人，帮他们将那设备轻轻地放在前院的草地上。

“我认得那东西。”马尔科姆说道，语气有些愤怒。

“阿努博士的机器，”亚当转身对我说，“他们在马尔科姆身上做实验用的就是这种机器。对我也用了。”

“现在他们要用它来干什么呢？”我问道，一边看着工程师开始检查设备。

“这像是一支救援小队，”亚当解释道，“上次我对这些隧道进行了一些破坏。现在他们要尽可能地抢救些设备出来，再把其他的丢掉。”

“那些本该在这里的原生人呢？”

亚当一脸厌恶：“他们也许已经被疏散了，等这个地方恢复秩序再回来。”

我冲着亚当瞪大了眼：“那我们就白跑一趟了？原生人已经走了，机器也坏掉了。”

“不。”他说道。从他的目光中，我看得出他心里有什么打算。“如果能趁他们发出求救信号前将这支救援小队歼灭，那我们就可以畅通无阻地进入艾什伍德庄园的其余地方。在那里我们可以进入他们的网络……”

“那样的话，我们又能有何收获？”

“就好比我们的人可以开启你们的洛林箱，约翰。我们就会知道他们的秘密，了解他们的计划。”

“我们就能领先一步。”我说道。

“是的，”亚当点点头，一边看着工程师检查着阿努博士的机器，“但我们必须进到里面去。这支救援小队决定要销毁的东西可能对我们还是很有用处的。”

“好的，”我说道，一边看着那支莫加多尔人的救援小队撤回屋子里，“那么，这里是有个秘密入口什么的吗？”

“此刻我觉得直接发动袭击胜算最大。”他看着我说，“你同意吗？”

“当然了。”我回答。本来，我们是打算用变形兽监视网先对莫加多尔人进行一阵观察，再想出最有效的攻击方式。但现在到了这里，我发现自己迫不及待地想打一仗。我要他们为所做的一切付出代价——他们掳走了埃拉，毁掉了九号的家，又杀死了我的一个朋友。如果亚当说我们应该冲进去，我随时都可以动手。

马尔科姆从座位底下拿起一个盒子。他从里面拿出两个耳塞，一个给我，一个给亚当。这两个装置连接着萨姆和马尔科姆即将启用的两个步话机。我将耳塞塞入耳朵，亚当也如法炮制。

“我们需要当心本地警方吗？”马尔科姆问道，“大白天发生交火一定会引来一些关注的。”

亚当摇摇头。“他们都被收买了，”他说道，然后看了看我，“不过我们动作得迅速。趁他们没招来执法人员之前，把他们全干掉。如果我能瞒着他们偷偷溜进我的旧屋，应该可以切断他们的通信。”

“我下手可以很快。”我回答道。

我将我的洛林匕首缚在小腿上，藏在裤腿底下。接下来，我将红色手镯扣在手腕上。手镯中央的琥珀膨胀起来，形成了一层防护罩，在中午的阳光下闪着微光。顷刻间，手镯发出冰冷的刺痛感，警告我这一带有莫加多尔人。这个自然不消它提醒，我身旁就坐着一位。亚当在场会大大影响我的危险感应。

“准备好了吗？”我问他。

亚当站在我身旁，背起一把肩挎式激光枪，两边腋下则各挂着一把消音手枪。他点了点头。

“哇，等等，”萨姆说道，“来看这个家伙。”

我和亚当转身看着电脑，又一个莫加多尔人从那支救援小组搬运东西的屋子里走出来。他个子高大，熊腰虎背，比其他人更壮实，气势也更威严。跟其他人不同，他背负一把巨剑。我们兀自看着，他对着工程师叫喊着发出了几句命令，然后回到了屋子里。我看了一眼亚当，发现他的脸不知怎的越发苍白了。

“怎么了？”

“没什么，”他回答道，答得很快，“要留神那一个。他是一个原生人将军，是希特雷库斯·雷的亲信之一。他……”亚当犹豫了一下，看着监控画面上那位将军刚刚站立的地方，“以前有加尔德死在他手里。”

我感觉掌心突然一阵发热。如果之前我还没有做好作战准备，此刻绝对准备好了。

“他死定了。”我说道。亚当只是点了点头，打开了他那边的车门，下了车。我看着萨姆和马尔科姆说道：“我们要徒步接近，干掉守卫，然后你们就停下来掩护我们。”

“我知道，我知道，”萨姆说，“我会盯着监控，一旦发现危险就用步话机通知你们。”

马尔科姆已经把他的狙击步枪从枪盒里拿了出来。我以前在阿肯色州看见过他使用那玩意儿——当时是他救了我一命。比起其他人，我更愿意由古德父子来掩护我。

“小心点，”马尔科姆提高嗓门说道，好让亚当听见，“你们俩都要小心。”

我和萨姆互相击掌。“狠狠教训他们一顿。”他说道。

我下了车，步履轻快地跑向莫加多尔人的据点。亚当跟在我旁边。

我们跑在道路一侧的沙砾地上，发出嘎吱嘎吱的声音。“约翰，”他说道，“还有一件事该让你知道。”

原来如此。我正要对这家伙卸下防备之心，和他一起并肩投入战斗，他却打算对我说些出乎意料的话。

“怎么了？”

“那个将军是我爸爸。”

第八章

我差点想猛然停住脚步，但亚当似乎丝毫没有慢下来的意思，所以我紧跟着他。

“开玩笑吧？”

“不。”亚当盯着前方的道路，皱着眉头说，“我们关系不太好。”

“你打算……”我都不知道这话该怎么说，“你是否能够……”

“跟他搏斗吗？还是杀了他？”亚当回答，“是的。对他毫不手软，因为他也不会对我们仁慈的。”

“他可是你爸爸啊，伙计。我是说，就算是对莫加多尔人来说，这也太冷酷无情了。”

“到了这一刻，在战斗中击败他可能是让他为我感到骄傲的唯一办法了。”亚当回答道。“倒不是说我会在乎他怎么想。”他又软弱无力地补充了一句。

我摇了摇头：“你们关系真够糟的。”

我们陷入一阵沉默。此刻我们已经可以看得到艾什伍德庄园的大门了。门口的那个莫加多尔兵发现了我们，他手搭凉棚，努力想看得更清楚些。我们保持着步伐，没打算隐藏起来。我们离大门大约有五十码，并且正快步跑近，但在那莫加多尔人眼里，我们也许看起来像两个慢跑者。他还没注意到亚当身上携带的枪支。

“等我们靠近点再说。”我咬着牙齿悄声说，亚当点了点头。

在我们离大门还有三十码的时候，那个莫加多尔兵转过了头，对岗亭里的两个同伴说了句什么，警告他们有异常情况。我看见他们站起身来，凑近窗前往外张望，看着我们。前门的莫加多尔兵慢慢后退了一点，将手缓缓摸上了藏在大衣底下的激光枪。但他又犹豫了一下，也许觉得自己有些疑神疑鬼了。

他们确实从未料到我们会找上门来。他们并没有做好准备。

在距离大门还有二十码的地方，我启动了掌中流明，火焰在我的双手中升腾。在我身旁，亚当冷静地拔出两把手枪，举枪瞄准。

离我们最近的莫加多尔兵试图拔出他的激光枪，但他的动作实在太慢了。亚当两把手枪同时开火，一边一枪，枪声都被消声器消除了。莫加多尔兵胸口中了两枪，踉跄了一阵，然后化为一团烟尘。

我冲岗亭抛出了火球。里头的莫加多尔兵四处逃窜，但跟他们的朋友一样反应迟钝。火球穿过窗户爆炸，玻璃四溅。其中一个莫加多尔兵全身着火，另一个想从门口冲出来，但火苗在他背上跃动着。他就站在艾什伍德庄园紧锁的大门前，所以我用心灵传动扯掉铁门，抓住了他。

“你觉得其他人听到我们的动静了吗？”走过艾什伍德庄园弯曲的铁门时，我问亚当。

“咱们这样闯入确实不够低调。”亚当评价说。

我的耳边突然响起了萨姆的声音。

“有四个莫加多尔兵正跑上大门后的通道，”萨姆警告说，“手上有激光枪。”

这条通道是上坡路，顶上有个小弯道，绕过弯道我们就到了房屋群。这一路上并没有什么遮掩。

“待在我身后。”我对亚当说。

说时迟那时快，那些莫加多尔兵从拐弯处冒了出来。他们二话不说，直接拿激光枪给了我们一梭子。亚当跳到我身后，我则展开了防护罩，它像一个降落伞在我胳膊上伸展开来，红色的罩子似涟漪荡漾开去，将激光尽数吸收。亚当揪住了我的衬衣后襟。

“往前走。”他说道。

我继续走着，朝莫加多尔兵走过去，防护罩化解了更多的激光火力。手镯此刻在我手腕上持续稳定地发出让人发麻和疼痛的嗡鸣声。我小心翼翼地行进，避免被枪打中，亚当突然从防护罩的边上蹿出来，用枪打倒了其中的两个莫加多尔兵。其他两个见势不妙，正打算撤退，我放低防护罩，抛出一个火球。火球在他俩中间炸开，将他们炸翻在地。亚当瞄准，几枪便结果了他们。我们脱离了危险，我的防护罩也缩回我的手镯中去。

“干得不错。”我对他说。

“我们这才刚刚开了个头。”他回答道。

我们沿着通道往前跑，绕过转弯处，艾什伍德庄园华丽的屋子终于映入眼帘。屋外一个人影也没有，所有的窗户里头都黑漆漆的，整个庄园就像一个鬼城。在我们的右侧，是亚当的旧屋，几间屋子以外是那辆垃圾车，还有之前那工程师正在查看的高科技椅子。现在那两个救援小队、工程师和将军都没了踪影。

“他们从后院过来了！”萨姆喊道。

我和亚当迅速转过身去，正好看到一群莫加多尔兵从两间屋子之间向我们悄悄逼近。如果我们没有在他们的树上安插了侦察兵，那这次偷袭绝对就让他们得手了。他们正要举起激光枪，亚当已经做好了准备。他跺了跺脚，震荡波就朝他们涌了过去，步道和一块块草皮被震得飞了起来。最靠近我们的莫加多尔兵被震得东倒西歪，其他人也都趔趔趄趄，其中一个还意外地一枪打中了另一个的后背。

“我要把他们全干掉！”我对亚当说，“你负责确保他们不要呼叫警方。”

亚当点点头，跑过草坪向他的旧屋冲去。此时，我站在目瞪口呆的莫加多尔人旁边，注意到一个原来连接着一间房子的金属罐松动掉落下来。我专注地听着，听到罐子里隐隐发出一阵咝咝声。这样的好运差点让我大笑起来。

那是一条煤气管道。

没等那些莫加多尔兵站起身来，我又朝他们抛出了一个火球。它呼啸着从领头的莫加多尔兵身旁飞过，一瞬间那士兵还得意地冲我笑了一下，以为我打偏了。接着煤气罐爆炸了，将他们全都烧成了灰。两侧房子的窗户被冲击波炸进了屋子里，屋外留下大片大片焦黑的痕迹，草坪也燃烧起来。我不得不阻止自己欣赏眼前的这片狼藉。莫加多尔人一次又一次断送了我过寻常日子的念想。摧毁这个地方，将他们所建立的一切完全破坏，这种感觉简直是酣畅痛快。

“见鬼了，兄弟，”萨姆在我耳边说，“我们在这里都能感觉得到。”

我一把将步话机从牛仔裤的后兜里拿出来：“现在是什么情况，萨姆？”

“你很安全，”他说道，“真是怪事。我还以为会有更多莫加多尔人呢。”

“他们可能在隧道里。”我回答道，向亚当冲进去的屋子跑去。我边跑边往空荡荡的窗户里张望，警惕着莫加多尔兵的埋伏。真是太安静了。

“那个大块头将军，”萨姆又说，“被你炸死的家伙中没有他。”

我正穿过草坪朝亚当的屋子跑去，突然前面的窗户碎了，亚当的身体从窗户里飞了出来。他的双腿重重地撞在门廊栏杆上，整个人像一个破娃娃一样倒栽葱跌落在前院中。我赶紧朝他跑去，而他则晃晃悠悠地挣扎着，想站起身来。

“出什么事了？”我大喊。

“爸爸……很不高兴。”我在他身边蹲了下来时，他抬头看着我呻吟道。一大块玻璃插进他的脸颊，一道黑血一直淌到他的脖子上。他一把将玻璃拔了出来，扔到一边。

“你能站起来吗？”我扶住他的肩膀问道。

亚当还没来得及回答，一个声音像一声炸雷响了起来：“四号！”

将军志得意满地从前门走了出来，站在门廊下低头注视着我。他高大威猛、肌肉发达。他苍白的光头上遍布文身，其复杂精致的程度在我所见过的人中仅次于希特雷库斯·雷。我感觉到他身后有动静——那是其他莫加多尔兵，但我说不准有多少。他们没有从屋里出来，似乎将军希望自己处理此事。

我站起身来直视着他。我的双手闪亮炽热，一团火焰飘浮在我的掌心上。

“你知道我是谁，对吧？”我问他。

“当然。我一直期待能见到你。”

“哼！如果你了解我，就会知道你不是我的对手。”我伸长脖子往他身后看去，“你们也一样。”

将军竟然微微一笑："很好。你很会虚张声势嘛。我很喜欢换换口味。我遇到的上一个洛林人逃跑了。我不得不往他背后来上一剑。"

我决定不再废话，直接将火球掷向他。将军见火球朝他飞过去，急忙猫下身子，以让人吃惊的行云流水般的身手拔剑出鞘。火球靠近的时候，他挥剑往面前一劈，莫加多尔剑闪亮的利刃化解了我的攻势。

情况不妙。

将军从门廊上一跃而下，宝剑高举过头顶，恶狠狠地划出一道弧线，朝我劈过来。他动作迅猛，比任何与我搏斗过的莫加多尔人都更迅速，我的防护罩几乎来不及展开。他的剑差点把我劈成两半。此时防护罩迎住剑锋，发出咣当一声巨响，但这一剑的力道还是把我震得连连后退，跌倒在地上。

"约翰！"亚当大叫。将军正好落在亚当身边，停下来狠狠地踢了一下他儿子的脸。亚当尖叫着翻滚开去。

"你简直让人失望透顶，"将军冲亚当咆哮着，声音低沉得我几乎听不清他的话，"给我趴着，也许我会饶了你。"

我迅速跪起来，又掷出一个火球。将军挥剑指着我，我感到一阵劲风拂过，剑锋正吸收着它周围的能量。我的火球摇曳着缩小了，我不得不集中意念将它变大。将军脚边的草由绿变褐，剑锋吸走了它们的生命力。自从在天堂镇高中校外树林的那一战之后，我从没见过一个莫加多尔人配有这么一把武器。

"别让剑锋击中你！"亚当吐出一口鲜血，警告我。

但他的警告太迟了。一道匕首状的能量像霹雳般从将军的剑锋射出，呼啸着朝我袭来。那道霹雳是黑色的，或者更确切地说，根本没有任何颜色。它所到之处，生命力与氧气都被吸附而去，周围的空气随之改变，就像一个微型的黑洞。

我完全来不及躲闪。我的防护罩展开呈通常的雨伞状，但被将军的霹雳击中之后，它马上发黑变脆。防护罩变得硬邦邦的，慢慢开始碎成粉末，像莫加多尔人的尘灰一样被吹得烟消云散。手镯上则出现了铁锈一样的黑色裂纹，我急忙将它折断，免得裂纹接触到我的皮肤。手镯掉到地上，断为两截。

将军又冲我微微一笑，说道："这下看你还能往哪里逃。"

第九章

藏在屋子里的莫加多尔兵开始大笑起来。他们慢慢鱼贯而出，走上门廊，急着靠近看看他们伟大的将军结果掉一个加尔德。一共有二十几个兵——那支救援小队加上一些战士和探子，他们全部都是生化人，不是我们之前希望消灭的高级将领。但现在也无所谓了。在艾什伍德庄园里只有两个原生人——一个是亚当，他就躺在草坪上，距我几码之遥，黑色的血从他脸上滴落。

另一个则正要朝我扑来。

将军飞扑过来，剑尖直指我的喉咙。有那么一刻，我觉得我们也许太不自量力了，单凭亚当和我就想端掉一个莫加多尔人的据点。

但接着我突然想起，其实并非只有我们两人。

此时，苍鹰模样的“尘尘”发出一声凄厉的叫声，朝将军俯冲下来。它的鹰爪深深地插进将军脸中，这个莫加多尔巨人痛得喊出声来，反手将“尘尘”赶走了。

这一下让他分了神，正合我意。我匆忙又生成了一个火球，朝将军掷过去。这次他来不及挥剑，火焰击中了他的胸膛。我料想他至少会被击倒在地，但将军只是踉跄着后退了几步。他的制服前襟都烧光了，底下露出了一身黑曜石铠甲。

“尘尘”受到这一击的惊吓，扑扇着翅膀跌落在将军脚下的草坪上。将军用力向这变形兽劈出一剑，但“尘尘”在千钧一发之际变成了一条蛇，避过剑锋，从草丛间爬走了。新鲜的爪痕赫然出现在将军脸上，他再一次盯住了我。

“让你的宠物帮你出头！”将军怒吼着，“真不要脸。有种跟我真刀真枪干一仗，小子。别再耍花样了。”

看到那些鸟儿从四面八方飞扑过来，我举起手，冲他笑了笑：“等等。还有一个花样呢。”

正在此时，一头犀牛从天而降。

前一刻，那只变形兽——我说不上是哪一只——还是一只在莫加多尔人头顶忘情飞翔的知更鸟，下一刻就变成了一头重达半吨的非洲犀牛，肚子朝下向他们压下来。门廊上有两个莫加多尔兵被砸个正着，木头断裂，碎屑纷飞，屋子的前部被这野兽压得都下沉了。另一个莫加多尔人则被乱窜的犀牛刺伤。其他莫加多尔兵逃散到院子里，拿着激光枪开起火来。他们不再哈哈大笑。将军让他们观赏的庄严的行刑仪式被我们这支变形兽小分队给搅和了。

场面一片混乱。在我们身旁，鸟儿们正变幻为更厉害的化身——一头熊、两只丛林猫和一只笨重的像蜥蜴一样的东西，我想应该是一只科莫多龙①——撞倒那些莫加多尔兵。我看到有些变形兽被激光枪烧伤，因为拼命重新聚集的莫加多尔兵朝它们疯狂地开着火。这些兵撑不了多久的。这一次，我们有了意外的惊喜。

---

① 即科莫多巨蜥，已知现存种类中最大的蜥蜴。

“看来要逃的应该是你啊。”我冲将军喊道。我决计与他决一死战。说真的，我不知道该拿他怎么办。毕竟他是亚当的父亲。亚当让我不要手软，但当着儿子的面杀死他的父亲始终是不对的，即使他们是莫加多尔人。我瞥了亚当一眼，希望他好歹向我示意一下，但他还是倒在草地上，挣扎着要站起身来。“尘尘”化身为一头狼，正在亚当身边轻轻舔着他的脸，看起来也有点疲惫。

“作为一名加尔德杀手，我早已名垂青史了！”将军冲我吼叫着，毫不在意他身后的手下纷纷被歼灭，“如果今天是我的死期，我一定会让你给我垫背。”

他朝我扑过来，剑锋直插我的胸膛。我举起胳膊，希望防护罩能够展开，将这一击挡回去。瞬间，我突然意识到我的手腕空荡荡的，防护罩已经被毁掉了。我过度依赖我的手镯，差点被将军一剑刺穿。情急之下，我不得不转身避到一边。我能感觉到情况有多危急，他的剑锋划破了我的衬衣后襟。

将军的剑也许是刺偏了，但他的手肘却没有。他猛然转身，顺势一肘击中我的太阳穴。他一定是全身都披着莫加多尔铠甲，因为他的手肘感觉就像一把锤子。我趔趄着侧过身子，眼冒金星。将军又猛击我一下，我仅能运用心灵传动将他推到一旁。他稳住不动，脚跟铲起一团团草。

将军没有再向我扑来，而是平举着他的剑，有一个小型旋涡在剑尖上形成。我被逼入绝境——没有防护罩，没有任何遮挡——我知道我不能听凭那吸收能量的霹雳打中我。我振作精神，准备好向侧面扑倒。

剑锋还没来得及释放能量波，将军的右手突然被炸穿了。他大叫一声丢下剑，举起手看着被炸出一个硬币大小的洞的手掌；片刻之前，那手掌还是完好无损的。

“爸爸说‘不客气’。”我的耳边响起萨姆的声音。

我回头看到我们的车停在通道上。马尔科姆·古德就站在驾驶座的侧门边，用门作为掩护，从他的步枪瞄准镜往外张望。

“多管闲事的人来了。”将军咆哮道。马尔科姆还没来得及再开一枪，将军迅速跑到垃圾箱后头隐蔽起来。他这么大的块头，又穿着一身铠甲，跑起来却快得不可思议。

好吧，我倒希望他跑掉。

我追着他，脑子里闪过他追捕并杀害加尔德的情形。我用眼角余光看到一个莫加多尔兵用激光枪瞄准了我。他甫一开火，一头黑豹模样的变形兽就跳到了他的背上。这一枪偏得厉害，最终将阿努博士用于实验的椅子打成了两半。我知道我们原来的目标是要确保这项莫加多尔人的技术完好无缺，但现在我觉得这也不要紧了。我现在满心愤懑。这个将军亲手杀死过加尔德，杀死过一些孩子，还为此无比自豪。

他的历史，最后一章要由我来书写。就在此刻。

我绕过垃圾箱，看到将军已经来到篮球场并停下了脚步。他招手让我上前，站在中心球场上等着我。我冲了进去，心里多少知道他已经为我设下陷阱，但我毫不在意。什么样的陷阱都阻止不了我。

将军用莫加多尔语吼叫了几句，听起来像是在发号施令。在我脚下，在沥青场地底下，某个像是发动机的东西振动了起来。

一个穹顶状的能量力场从篮球场上升起来，将我和将军围在里面，我能感受到一阵静电通过。一切突然十分安静，变形兽们猛揍莫加多尔兵的声音被这个力场阻挡在了外面。

我感觉到一股电流在涌动，就是我们在西弗吉尼亚的基地中所遇到的那种电流。我从最近的一堵墙边挪开一步。我记得当时被电流击中之后，我病得很厉害，好些天才恢复过来。我知道我不能靠墙太近。

我正暗自思忖，一头老虎模样的急性子变形兽朝将军猛扑过去。蓝色的能量波击退了发动突袭的变形兽。它昏死过去，在能量力场外面的地上抽搐着。

“我们以前常在这个地方跟派肯兽搏斗，”将军冲着这个密闭的空间挥了挥手，回忆道，“那是一种对生化人的奖励。可惜今天不能有更多生化人来这里观赏这场对决。”

“你想跟我分享独处的时光，对吧？”我嘲弄着将军，同时留心让自己不要接触到这个力场。

“我想安静地结果你，”他回答道，“而你的朋友们只能无助地看着。”

“那祝你好运了。”

我毫不犹豫地向将军扑了过去，一边朝他掷出火球。每一个火球都被他吸收化解了。他制服上大片大片的地方都被烧掉了，但底下的铠甲似乎完好无损。将军没有流露出一丝痛苦的神色，而是直接朝我冲过来，像是要撞入我怀里。

穿着铠甲的他也许比我重至少两百磅。但我顾不了那么多了。

我们撞在一起，我几乎喘不过气来，但还是努力站住了。我将裹着流明火焰的手掌按在将军一边的脸颊上，他发出一声痛苦的呻吟。但对于我烧着他的脸庞，那是他唯一的反应。他苍白的皮肤被烫得焦黑，爆裂开来。他用一双大手扼住我的喉咙，手指交叠在我颈后。

他用力卡着我的脖子，我立刻眼冒金星，无法呼吸。我用那只没有烧灼将军脸庞的手掰开他的手指。如果我再任由他抓紧一点，我的喉咙可能会被彻底捏碎。

他扼住我的脖子，我很难集中精神，但我还是提高掌中流明的亮度，同时启用了心灵传动。我用意念将匕首从裤腿底下抽出来，因为两只手都腾不出空，我只好用尽所有的意念力将匕首尖对准将军的心脏插过去。

匕首刚触碰到他的铠甲就偏离开去。我还没来得及再刺他一次，他就更用力地扼住了我的喉咙，我也无法再控制我的心灵传动。我一阵头晕目眩，唯一能做的就是用我的流明继续烧灼他的脸颊。

“你觉得我们之间谁会先死呢，小子？”将军冷冷一笑，他一开口，烧焦的脸颊冒出的烟便从他嘴里慢慢溢出。我奋力后退，想从他手里挣脱出来，但他用尽全力向下压，迫使我跪了下来。

就在此时，一把莫加多尔人的剑朝我的脸庞直刺过来。我脑袋动弹不得，只得往后一缩。发光的剑锋就在我眼前停下。将军的手劲松了下来，接着两只手都放开了。我侧身跌倒在地，喘着粗气，想弄清楚刚刚发生了什么事情。

“背后偷袭。你不就是这么做的吗，父亲？”

亚当用两只手握住将军的剑柄——这把剑对他来说似乎太重了——将剑从他父亲的后背一把拔了出来。他把剑刺入将军的胸膛，发光的剑锋轻而易举地穿透了莫加多尔人的铠甲，就好像铠甲是锡纸糊成的一般。我光顾着保护自己的性命，没留意到能量力场崩塌了。好在将军也一样忙于搏斗。他瞪着亚当，震惊不已。将军一定是意识到自己的错误了，在场所有的莫加多尔人都能听明白启动力场的声音指令，但其中有一个却不是他那边的人。

将军抚摸着胸口的伤口，我差点以为他还要继续扑过来。但接着他踉跄了几下，伸手抓住亚当，像是要拥抱他一般——也可能是要勒死他，这很难说。

亚当一脸超然地让到一旁，任由将军脸朝下扑倒在地上。场地外的搏杀也已经结束了，莫加多尔兵全部死光了。在亚当的前院里，萨姆跪在一头受伤的变形兽身边，马尔科姆站在离我们几英尺外的地方旁观着。看到将军倒下的这一幕，他脸上露出担忧的神色。我站起身来，与亚当并肩而立。

“亚当，你是不是……”我声音嘶哑，嗓子发痛。亚当举起一只手，截住了我的话头。

“看吧。”他语气平淡地说。

在我们脚下，将军开始解体。分解过程并不是很快，不像我所看到的被我杀死的生化人探子和士兵那样。将军是慢慢地腐化的，有些部位扁得比其他部位快些。有些地方的肉化掉了，但底下的骨头还好好的，地上留下了一根竖着的手肘骨头，旁边是一副胸腔骨架，连着一个腐烂了一半的头颅。

“你可以看到希特雷库斯·雷是怎么强化他的，”亚当解释道，声音客观而冷静，“愈合伤口，治愈疾病，增强他的力量和速度。他许诺他得以永生。但非自然的部位都会腐化，就像生化人那样。剩下的那些才是原生的，是真正的血肉之躯。”

“我们现在可以先不谈这个。”我费力地说道，还是觉得有些透不过气来。我不是不感激他告诉我这些信息，但亚当的爸爸就死在我们脚下，他却像没事人似的侃侃而谈，说着莫加多尔人的遗传结构。

“他们陷得太深，根本没有意识到。但这是希特雷库斯·雷许给我的同胞们的命运——化为尘土，还有一些零散的肢体。”亚当盯着他父亲的遗骸说道，“都是那伟大领袖毒害了他的身体与思想，不然他现在可以有更多遗骨留下来。”

亚当放开了那把剑，它哐当一声重重地落在地上。我把手搭在他肩上，过去两天对他的憎恶都被抛诸脑后。他刚刚杀死了自己的父亲，救了我一命。

“亚当，没事的。”我开口道，面对这疯狂的局面，我也不知道该说些什么好。

“我恨他。”他回避着我的目光回答道。他看着那烧焦的制服，看着那曾是将军身躯的一堆堆尘灰和散落的骨头。“但他是我爸爸。我其实希望我们所有人都能有不一样的结局。”

我蹲在将军的遗骸旁边，小心翼翼地将他斜挎在背后的纯黑的皮革剑鞘捡了出来。皮套有点焦，但还是完好的。我把亚当抛下的剑捡起来，插入剑鞘，递给了他。

“我不要。”亚当厌恶地盯着那把剑说。

“我们可以有不一样的结局，”我对他说，“以你父亲从未用过的方式去使用这把剑。帮我们赢下这场战争，改变你我同胞的命运吧。”

亚当犹豫片刻，从我手中接过了那把剑。他双手举剑，低头凝视着它。沉思了好一会儿之后，亚当将剑挎在肩上。剑身之重让他嘟哝了一声，但他还是努力站直了身子。

“谢谢你，约翰，”他平静地说道，“我向你发誓，这把剑不会再被用来对付洛林人了。”

萨姆向我们走了过来：“你们俩没事吧？”

亚当点点头。我摸了摸喉部的皮肤，被将军卡住的地方已经开始肿胀。

“是，我没事，”我回答道，又看了一眼亚当，“不过我们这算是完事了吧？还是会有更多的莫加多尔兵出现？”

他摇了摇头：“我切断了他们的通信，就在我的……就在将军捉住我之前。不会再有援军了。”

“很好，”萨姆看了看艾什伍德庄园那些空荡荡的窗户说道，“这么说，我们刚刚占领了一个莫加多尔人的基地。”

我还没来得及感受成功的喜悦，就看到亚当的脸上露出阴沉的神色。他不再低头凝视着他父亲，而是眺望着远处的地平线，像是觉得前路随时会有不祥的事情发生。

“怎么了？”我问他。

“还有一件事，”他慢慢说道，小心翼翼地选择自己的措辞，“我只在他们的通信网络上逗留了一会儿，但已经听到了一些通信内容——有关部队的调动。许多原生人被重新调遣到西弗吉尼亚的军事要塞。很多士兵队伍被派往人口稠密区域。”

“哇，哇，”我举起双手问道，“这些都意味着什么？”

“入侵，”亚当回答道，“入侵行动即将到来。”

第十章

希特雷库斯·雷让他的几个手下把我关到一个没有窗户的阴冷房间中。我想不会再有恶心晚餐时彬彬有礼的交谈了。这房间非常小，我站在中央伸出双臂，指尖几乎就能够得着两边的墙壁。天花板正中间有个小小的半碗状的东西，肯定是一个摄像头。一面墙边放着一张金属小桌，旁边还配了一张看起来极不舒服的椅子。桌面上放着一本《莫加多尔进步圣典》。

按理我应该坐在这儿，研读我爷爷的杰作。读上三个章节，每章读完至少得沉思二十分钟。

还是算了吧。

我不知道这是不是我第一天到这儿时用来击打那位莫加多尔女士的书。在“阿努比斯”号上，四处都放着很多这样的书。这似乎是莫加多尔人唯一阅读的书籍。不过，他们把这本书用链子拴在桌子上，以免被我再次当作武器来使用。

我没有开始学习，而是靠在远离桌子的那面墙上，等待着莫加多尔人失去耐心。刚刚烧灼在我脚踝上的那个莫加多尔符咒疤痕一阵阵发痒，但我努力不去理睬它。如果他们正监视着我——其实我差不多可以肯定他们一直在监视我——我不希望他们看见我不自在的样子。

我绝对不想让他们知道我是多么厌恶跟希特雷库斯·雷发生血缘关系。莫加多尔人憎恨洛林人，但他们愿意纡尊降贵来取悦他们“敬爱的领袖”，即使他曾经也是一个洛林人。从他晚餐时跟我说的那些话来看，希特雷库斯·雷自己就是一个畸形的杂交产物，他既有一位长老强大的超能力，也有莫加多尔人进步技术的威力。也有可能那都是他的自我吹嘘。他的话真假莫辨。不管他现在是什么身份——洛林人、莫加多尔人，还是两者兼有——希特雷库斯·雷苦心经营几个世纪，让莫加多尔人视他为救世主，视他为上帝。他的出身对他们来说不再重要。虽然在“阿努比斯”号上也有一些士兵对我侧目，但对飞船上的大多数人来说，我跟希特雷库斯·雷一样尊贵。

我是一个自诩为上帝的统治者的孙女。目前来说，这确保了我的安全。

光有血缘关系好像还不够，现在还有他印刻的像洛林符咒那样的疤痕将我们联系在一起。当我发现其他的加尔德都被一样的符咒联系在一起时，觉得自己像是个局外人。他们都曾经受到同一种力量的呵护。我也想成为其中一员。现在我的脚踝上却有了两道深深的参差不齐的疤痕。

要当心你自己的欲望，埃拉。

我正独自出神，想着如何在不伤害自己的情况下设法测出这个符咒的用处，这时房间里响起噪声，听起来就像是烟火警报的声音。起初感觉像是耳边的喁喁细语，但不一会儿，声音越来越响，吵得我没法思考。我捂住耳朵，但声音更大了，从四面八方穿墙而来。

“关掉它！”我对着那些一定正在监视我的莫加多尔人嚷道。但回应我的是更大的响声，吵得我脑袋都要炸开了。

我趔趄着离开墙边，那噪声的音量立刻降低了，从震耳欲聋的尖厉之音变成了有穿透力的哨声。我又往圣典的方向挪动了一步，音量又降低了一些。我明白了其中意味。等到我最终打开书，噪声又变成了讨厌的嗡鸣。

这么说，这就是希特雷库斯·雷用来“教育”我的手段——我只有在他的那本莫加多尔百科全书中才能找到宁静。

也许我该充分利用这一点。也许在希特雷库斯·雷那讨厌的无聊透顶的书里，有着某些我能用以对付他的信息。稍微翻翻也无妨，反正我是不可能相信书里那连篇谎话的。

我开始看第一页的时候，响声彻底停了。虽然不想这么做，但我还是如释重负地长舒了一口气。

对于一个物种而言，没有什么成就能比得上承担起自己种族繁衍的责任。因此，莫加多尔民族应该被视为宇宙所有生命体中最高尚的种族。

哦……简直无法相信这样的东西能写上五百页，而且这本书还是整个种族的指定读物。我肯定是找不到任何有用的信息了。

我将视线从书本上移开，那可恶的嗡鸣声立刻响了起来，而且比之前更为刺耳。我咬咬牙，又将目光投到书上，匆匆浏览了几行字，突然想到了一个法子。

我抓起前面的大概三十页纸，一把将它们撕了下来。耳畔刺耳的嗡鸣声大作，吵得我眼泪都快掉下来了，但我强迫自己继续撕书。我举起那些书页，好让监视我的莫加多尔人看个明白。我将书页从中间撕开，接着叠在一起，撕成更小的纸片，最后我把手中的两捧圣典纸屑撒向空中。

“现在我怎么看？”我喊道。

警报声又响了两分钟，直听得我双肩高耸，好像要去捂住耳朵似的。我的脖子和背部也因为这个姿势而疼起来。我撕下更多的书页，但警报声大得连纸片撕裂的声音都听不到了。

紧接着，噪声一下子停了。我脸上的骨头，还有我的牙齿，全身没有一个地方不疼。但我已经挫败了他们。这间狭小难受的房间里的寂静，是我曾有过的最美妙的体验。

我得到了两小时宁静的独处时光。其实我也说不上到底经过了多少时间。我坐在那张很不舒服的椅子边缘，将头枕在书桌上，想打一会儿盹，脑子里却乱哄哄的，而耳畔的铃声也让我睡不着觉。除了铃声，还有那种被监视的感觉。我睁开双眼，感觉房间真的变小了。我知道那都是我的胡思乱想，但心里开始有点害怕。

脚踝痒得让人受不了。我掀起我那黑色的莫加多尔式长袍的裙裾——这件是新的，不是被希特雷库斯·雷点着的那一件——看着腿上红肿的地方。我没法不流露任何感情了，我控制不住自己。我弯下身，摩挲着脚踝，用尽力气深深叹了一口气。我用手心按住那个烙印，希望将手拿开时，伤疤会消失无踪。当然它依然存在，但至少我手心里涔涔的汗水让发烫的皮肤舒服了些。

这时我有了一个想法：不如我用我的埃特努斯①返回一个更小的年纪，那样我脚踝上的皮肤就能痊愈吧？

我决定姑且一试。我闭上眼睛，想着自己两年前的样子。还童的

① 能够逆生长的超能力。

感觉就像屏息之后舒了一口气。至少这一次当我睁开眼时，房间似乎变大了。

我低头看了看自己。我矮了几英寸，人更瘦了，过去几个月练出来的肌肉都不见了。可是锯齿状的莫加多尔印记依旧在我的腿上，还像之前一样粉红生疼。

“埃特努斯。我们都有这种超能力。”

是希特雷库斯·雷。他站在我那小小书房洞开的门口，还是那副让人抓狂的体格英挺的地球人模样。他倚着门，双手交叉在胸前，仔细打量着我，脸上带着轻松的微笑。“毫无用处。”我遮住脚踝，愤懑地回答道。我闭上双眼，又变回了现在真实的年纪。“我跟你有血缘关系，就得到了这最没用的超能力。”

“等你到了我的年纪，就不会这么想了，”希特雷库斯·雷无视我的挑衅，继续说道，“你会永远年轻美丽，如果你愿意的话。看到自己的领袖容光焕发、长生不老，你的臣民们会备受鼓舞。”

“我没有什么臣民。”

“目前还没有。不过很快就有了。”

我知道希特雷库斯·雷所指的让我永远统治的人是谁，但我拒绝承认这一点。我很后悔使用了还颜术。现在他对我有了更多的了解，这让他觉得跟我有共同之处，就像我们是同类人似的。

“这个符咒让你难受吗？”他温和地问我。

“没事，”我迅速回答说，“就像根本不存在似的。”

“嗯。再过一天左右就不疼了。”他顿了顿，一只手托着下巴沉思着，“我知道你现在很痛苦，埃拉。但总有一天你会为自己现在所学的这些课程而心怀感激。你会感谢我的慷慨仁慈。”

我冲他皱了皱眉，知道不管我说什么都会引来他的长篇大论，所以索性不再开口。

我抬头瞪着他："那又怎么样？你想用这个来保护我，是这个意思吗？"

"我不想看到你受伤害，孩子。"希特雷库斯回答道。

"这符咒的作用跟加尔德的一样吗？"我朝他和门口的方向上前一步说，"如果我从这里跑出去，你的手下若是想阻止我，他对我的伤害会反弹到他自己身上吗？"

"不会的。我们的符咒没有这个作用，"希特雷库斯耐心回答，"而且我会亲自阻止你，孙女儿。而不是我的一个手下。"

我又朝前走了一步，想看看他是否会后退。可他没有。"如果我太靠近的话，符咒会解除吗？"

希特雷库斯一动不动。"每个符咒的作用不尽相同，所以每一个也有自己特有的弱点。如果我及早发现让加尔德相聚会更早地破解长老们那个胆小可鄙的符咒的话，我早就把加尔德都除掉了。"他摸了摸颈上三个闪闪发亮的洛林吊饰，"不过，我必须承认，我很享受追捕的过程。"

我竭力让语气显得随意而真诚："应该让我知道弱点在什么地方吧？我不想无意间破坏我们之间联系的纽带，祖父大人。"

希特雷库斯·雷还真冲我咧嘴一笑。我开始意识到我曲意逢迎的时候，他还是蛮喜欢的。接着，他的目光落在那本圣典撕碎的书页上，笑容立刻隐没了。

"也许很快会告诉你的，当你准备好了，当你相信我的动机纯粹的时候。"他回道，然后突然转换了话题，"告诉我，乖孙女，除了埃特努斯，你还有什么其他超能力？"

"只有我在道西基地用来伤害你的那种能力。"我扯了个谎，觉得还是不让他知道我会意念传音为妙。我试过用它来联系加尔德，但“阿努比斯”号到地球的距离一定是太遥远了。等我们一着陆，我会再试一试。在那之前，希特雷库斯·雷对我知道得越少越好。“而且那个超能力我还控制不好。我其实都不知道那是什么样的能力。”

“我当时几乎没受伤，”希特雷库斯·雷讥笑了一声，“你其他的超能力很快会形成的，亲爱的。现在，你愿意我向你展示你的能力极限吗？”

“好的。”我回答道，声音中的迫切差点让自己也吃了一惊。我对自己说，学习如何使用自己的超能力是明智的做法，即使我的老师是宇宙间最大的怪物。

希特雷库斯·雷报我以一笑。他好像以为已经打动了我。其实他没有，但让他继续以为我是一个迫不及待的学生吧。他冲我撕书留下的那堆碎纸片挥了挥手。

“首先要把这些清理干净，”他命令道，“等你的未婚夫一到，我就会给你机会练习你的超能力的。”

我的什么？

第十一章

大沼泽地的落日本来挺美的，可惜莫加多尔人的飞船挡住了地平线。这艘飞船不知道是用什么外星金属做的，什么光线也反射不出来，黄昏天际浅红与橙色的霞光都被船身吸收了。这只庞然大物没有着陆——沼泽里的空地不够大，没法让它降落，不然它就会撞上停在底下狭窄小道上的更小型的莫加多尔飞船。飞船盘旋着，腹部开启，几条金属舷梯伸到了地面。莫加多尔人在舷梯坡道上来回奔忙，将设备搬上飞船。

“我们应该把他们都干掉。”玛丽娜斩钉截铁地说。

九号冲她眨了眨眼：“你不是开玩笑吧？我看至少有一百个莫加多尔兵，还有这艘我所见过的最大型的飞船。”

“那又怎么样？”玛丽娜说，“你不是很喜欢打仗吗？”

“是打有胜算的仗。”九号回答道。

“那如果没有胜算，你就只是说说罢了，是吧？”

“够了。”趁着九号还没接话，我压低声音说。我不知道玛丽娜对九号的怨气还要持续多久，也不知道怎样才能缓和这紧张的局面，但现在绝对不是斗气的时候。“再吵也解决不了任何问题。”

我们匍匐在烂泥里，躲在高高的草丛中不被那些忙碌的莫加多尔人发现。这里正好是那块人工开辟的空地与沼泽的交界处，我们前面是两幢建筑物，一幢是一层楼高的玻璃钢铁建筑，看起来像一个温室；另一幢是飞机库，有一条狭长的着陆跑道，非常适合螺旋桨飞机和莫加多尔人的飞船升降，但跑道不够大，盘旋在我们头顶的飞船无法降落。就像戴尔溜走前跟我说的那样，整个地方像是废弃已久，只是近来才有人使用。沼泽已经开始侵蚀过来，沥青路面开裂，温室的金属柱子也都锈迹斑斑，飞机库侧面的航天局标志几乎完全看不见了。当然，这些状况并没有让莫加多尔人打消在这里建立一个小型基地的念头。

但现在他们似乎正要收拾物品撤离。

“玛丽娜，你有没有什么感应?”我问道。此刻除了她的直觉，我们已经没有什么可以凭借了。她的直觉引领着我们走了这么远——深入莫加多尔人的一个巢穴。不妨让它带我们继续前进。

“他在这里，”她说道，“我不知道我是怎么知道的，但他就是在这里。”

“那我们就进去吧，”我说，“但要巧妙一些。”

我伸出手握住他们的手，让我们三个都隐身。如果现在有个莫加多尔兵朝这边看过来，只会看到淤泥里有三个奇怪的凹痕。我们一齐站起身来，深知这伙莫加多尔兵肯定看不到我们。

“玛丽娜，你带路。”我悄声说。

我们正要走出沼泽，九号被一段树根绊了一下，差点跌倒，我们的手也差点松开。那样的话，这就成了史上最短命的行动了。我用力握紧了他的手。

“抱歉，”他轻声说，“只是看不到自己的腿感觉有点怪。”

“下不为例。”我警告他说。

“我要重新考虑冲进去把他们全干掉这件事，”九号回答，“鬼鬼祟祟并非我的强项。”

玛丽娜生气地哼了一声，我赶紧紧握住她的手。

“我们得共同进退，”我咬着牙说道，希望我们可以重振之前跟莫加多尔侦察兵交手时那种自然迸发的团队精神，“慢慢来，别出声，也别再绊到脚了。”

说完这话，我们开始慢慢行进。我并不太担心我们在崎岖不平的步道上发出的脚步声。莫加多尔兵正忙着从温室里搬出重型装备装载到飞船上，手推车的车轮碾过路面嘎吱作响。我习惯了隐身前行，相信自己的直觉，但我知道这对他们俩来说并不容易。我们紧紧握住彼此的手，尽可能安静地慢慢走上前去。

玛丽娜带着我们先朝温室走去。莫加多尔人都集中在那边，正将手推车推出来，车上装满了各种怪异的像是科学仪器的东西。我看到一个莫加多尔兵推着一个带轮子的棚架，上面乱糟糟地堆放着盆栽植物——花儿、草皮、树苗——全是在地球上找得到的东西，但叶脉都是奇怪的灰色。它们都蔫蔫的，半死不活，不知道莫加多尔人在拿它们做什么实验。

通向飞船的移动舷梯末端站着一个高大的莫加多尔人。他的制服与其他普通的士兵服装不同——那些莫加多尔兵至少还显出一副想融入地球的样子，虽然穿的都是哥特式的奇装异服。这一位绝对是军官级别，他的服饰正规又朴素，一身黑色，衣服上挂满亮闪闪的勋章和打了饰钉、带流苏的肩章。他光头上的文身比我见过的都要精细。他正用手指在手里的笔记本电脑上摩挲，查点着莫加多尔兵搬运上飞船的物品，还不时用刺耳的莫加多尔语向其他人发出命令。

玛丽娜试图让我们进一步接近那间温室，但我紧紧地握住他们的手，原地不动。九号撞到了我的背上，生气地嘟哝着说怎么停了下来。我们前面的小道就像是一条布满莫加多尔人的障碍赛道——他们无处不在。再靠近些的话，我们也许会被游荡的莫加多尔兵撞上。如果八号就在温室里，跟他们的实验对象和货物在一起，那我们肯定要发动袭击才能找到他。我还没做好这么做的准备。玛丽娜感受到了我的不情愿，她的手在我手里变得冰冷了一点。

“现在还不行，”我对她低声说，声音低得跟轻柔的呼吸声差不多，“我们先去看看机库。”

我们大概又走了十步，一声动物的呻吟让我们停下了脚步。一队莫加多尔兵从温室里推出一个大笼子。里头的动物原先也许是一头奶牛，现在已经被变形成一头非常丑怪的东西。那只动物的双眼发黄，流着泪，头上伸出两只角，一副痛苦的样子。它的乳房胀得厉害，上面也布满了我在植物上看到的灰色脉络。这头动物一副昏昏欲睡、垂头丧气的样子，已经奄奄一息。莫加多尔人在这里进行的实验肯定令人作呕。我跟九号一样，也开始重新考虑玛丽娜所说的干掉所有这些混蛋的提议，不管那架巨型飞船存在与否。

“等等，”九号在我耳边低语了一声，“我有主意了。”

到了这一步，我不知道现在是否该倾听九号的什么疯狂的主意。就在他拦住我们片刻之后，笼子里的那头奶牛又呻吟了一声，还蹒跚地站了起来。它摇摇晃晃地倒向一边，整个身子撞上了笼子的侧面，那些推笼子的莫加多尔兵喊叫着要其他人过来帮忙，因为笼子很有可能要掉下来。接着那头怪物用巨大的蹄子踢笼子的栏杆，差点把一个莫加多尔兵的脸踢烂了。

"我请它帮我们转移他们的注意力，"九号悄声说道——越来越多的莫加多尔兵靠近笼子，试图安抚他们的实验对象，"可怜的家伙很乐意帮忙。"

九号的动物心灵感应术神奇般地发挥了作用。那头奶牛就像终于发现了生活的目的一般，在笼子里乱蹦乱跳，顶着笼子的四面栏杆，甚至还把角插进了一个莫加多尔兵的肩膀。这一团混乱给了我们可乘之机，我们穿过温室门前的人群，朝机库走去。

一声莫加多尔兵的激光枪响让我们都停下了脚步。我转过身去，正好看到那军官将他的激光枪插入枪套，奶牛的头部侧面则有个洞在冒着烟。它跌倒在笼子里，动弹不得。而军官则吆喝着发出几句命令，莫加多尔兵开始将奶牛的尸体搬上飞船。

我全身一阵发紧，九号冲我悄声说道："这倒是更好的结局。它之前疼痛难耐。"

我们与那群莫加多尔兵隔着一段距离，我也放心地悄声回应道："他们之前把它怎么了？"

九号顿了顿才开口回答我的问题："我没法跟它倾心交谈。但我想他们是想弄清楚能否让它更厉害。他们……是在做生态学实验。"

"简直疯了。"玛丽娜嘀咕了一声。

我们快速地朝机库走过去。我们右侧的飞机跑道边上停着三架更小型的莫加多尔碟状飞船。五个莫加多尔维修工正挤在一架飞船的周围，将一些电路板从飞船腹部拿出来，看上去都一脸茫然。看来莫加多尔人也会碰到机械难题。除了这五个人，这边就再没有人了。

机库那扇足够一架小型飞机出入的巨大金属板门只敞开了几英尺，只够一个人通过。里面灯火通明，但我从缝隙里看到里面空荡荡的。

我们走到门边时，玛丽娜放慢了脚步，接着完全停下来往里窥视着。这时我也扭头张望。一切都还像之前那样——莫加多尔兵还在忙着将材料搬上飞船，对我们混入他们的队伍一事浑然不觉。

“有发现吗？”九号压低了嗓子问道。我可以感觉到他伸长了脖子，努力从机库的门缝往里瞧。我还没来得及回答，就听见玛丽娜倒吸了一口气，一股寒流穿过我的手掌。我的手一阵发麻，像是突然握住了一块寒冰。

“见鬼了，玛丽娜！”我低声喊道。但她根本没听见，反而冲进门去。我的手毫无知觉，只好用尽意念力来牵住她。我用力拖住身后的九号，他的肩膀撞上了钢门，金属嘎吱作响的回声掩盖了他因疼痛而发出的嘟哝声。

机库几乎空空如也，莫加多尔人已经把所有的装备都搬了出去。椽上吊着几盏大型的探照灯，照在房间中央的金属台金属凳上。这套桌椅是机库里仅剩的物品，上面的灯在水泥地面上投下长长的影子。

台子上是八号的遗体。

他裹在黑色的裹尸袋中，拉链拉至腰部。他上身赤裸，胸口还可见被五号刺中心脏留下的硬币大小的伤口。他的褐色肌肤苍白且没有光泽。但八号还是原来的那副模样，就像是随时会瞬移离开那张台子，搞些烦人的把戏捉弄我。他的太阳穴上贴着些带着又短又细的天线的黑色电极，还有些贴在他的胸口上。这些电极产生了某种肉眼几乎看不到的磁场，像是有一股稳定的低频电流正穿过八号的身体。我想莫加多尔人往八号的身体上贴这些东西，是要保持他的遗体完好无损，以备实验之用。除了电极，他身上的血迹也被擦干净了。奇怪的是，他颈上的洛林吊饰却被留下来，上面的宝石在他胸口闪着黯淡的微光。看到他这个样子，我心痛欲裂，但八号看起来十分安详。

当然，玛丽娜硬生生地闯进机库，现在又将我的手冻得发痛，为的都不是八号。

八号的旁边坐着的，是双手抱头的五号。

五号蜷成一团，前倾而坐，像是要把自己缩起来似的，在沼泽地里被玛丽娜刺中的那只眼睛上蒙着厚厚的纱布，一层淡红色的血正开始渗出来。他那只完好的眼睛眼眶泛红，像是哭过或是一直没合过眼，抑或两者皆是。上次见过他之后，五号把头发都剃光了，不知道他还要多久就会给自己弄上一些莫加多尔式的文身。他现在身穿莫加多尔人的正规服饰，衣服与在飞船那边指挥交通的军官相似。不过，他的制服皱得厉害，领口的纽扣也都没扣上，看着有点紧巴巴的。

这个独眼叛徒不可能没听到我们进来。因为玛丽娜，我们穿门而入的时候动静很大，而机库的空荡又使声响显得更大，我一下子连自己的呼吸声都听到了。更糟的是，我听到玛丽娜发出一声低吼，像是在努力克制，不让自己高声尖叫起来。她随时要向五号扑过去。我可以感觉到九号在我身后屏住了呼吸。

五号的那只好眼冲我们的方向眨了几下。他绝对听到我们的动静了，但他看不见我们。也许他以为是外头的莫加多尔兵弄出的声响而不以为意。我也想揍一顿这个变节的加尔德——这次他要是想在战斗开始之前就把我打晕，门儿都没有——但那样的话，我们就会挑起战斗。在封闭的空间跟五号搏斗，背后则是莫加多尔人的飞船，这绝对不是我们想要的。我们需要想出另一个办法带走八号的遗体。

我原来冰冷刺骨的手现在已经完全麻木。我拉了拉玛丽娜的胳膊，想告诉她蛮干是不可取的。她跟我拉扯了一下，但之后我感觉到她开始冷静，因为我的手渐渐暖和起来。

但就在玛丽娜慢慢而又安静地长呼一口气时，我看到她面前泛起一团白雾——她周围的空气实在是太冷了。一个隐身女孩面前泛起的这团白雾，在机库明亮的光线下飘浮。

五号看到了，他觑起眼睛，从凳子上站起身来，直视着我们站立的位置。

“我不是故意的。”他说道。

第十二章

我紧握着玛丽娜和九号的手，希望这样可以拦着他们不去回应五号的话，因为那样会完全暴露我们的位置。我暂时还不想放弃我们的隐身优势。谢天谢地，他们都克制住了自己。五号话说出口，却没有得到回应。

“我知道你们不相信我的话，”五号继续说道，“但原本是不会死人的。”

五号那恳切的目光还是落在我们这个方向，所以我慢慢地、悄悄地把他们两个人带到一边去。我们一次只挪动几英寸的距离，小心翼翼地不互相挨挤，也不弄出任何声响。我们渐渐地离开了五号的视线，走到了他的侧面。他瞪着一个真正空荡荡的地方，傻傻地等待回应。

五号嘟哝一声转过了头，像是之前从没跟我们说过话似的。他开始对着八号的遗体说起话来。

“你不该那么做的，挡在九号的前头，”五号教训他说，声音阴郁，“我想那确实很英勇。我都有点敬佩你了。但那并不值得。不管怎样，莫加多尔人都会获胜的，你知道吗？像你这样头脑清醒的家伙应该知道自己的立场。你本来可以助重建与统一大业一臂之力。不过九号就……他太愚蠢了，自己落败也不会知道的。他对谁都没有好处。”

我感觉到九号胳膊的肌肉一阵发紧，但他努力克制扑向五号的冲动。很好——他学乖了。也可能像我一样，他震惊于五号这样旁若无人的自言自语。

五号将手轻轻地搭在八号的肩上。他制服的袖子往上缩，我看到缚在他胳膊上的皮质刀鞘，那是装那把针形弹簧匕首用的，他正是用那把匕首杀死了我们的朋友。

“他对我说……”五号继续对八号说着，声音微微有些颤抖，“他说可以给我机会说服你们一起加入。如果你们接受莫加多尔人的进步计划，没有人会受到伤害。他之前也信守过诺言，我是说，我正是活生生的证明啊，对吧？符咒被打破时，他本来可以杀了我，但他没有。”

五号所指的一定是希特雷库斯·雷，说的是他跟那个莫加多尔魔头所达成的交易。他绕过那张台子，背对着我们。玛丽娜朝他走近了一步，但我不让她再靠近了。我不知道五号为何这么多废话，但他一定是知道我们在这里。我不知道这是不是陷阱，不知道他是否在引诱我们，也不知道这到底是怎么回事。但我倒是想好好听听。

“我没想到你们都被洗脑洗得那么彻底，”五号俯身对着八号说，他弓起的后背是个绝佳的标靶，“把一切都想得这么黑白分明，以为不是英雄就是恶棍。”

五号伸手托起了八号的吊饰，把那块宝石捏在手中。他的超能力——迁移力，他是这么说的，就是他触碰到什么物质，皮肤就会变成相应的材质——出现了。五号的皮肤呈现出洛林石的深蓝色，闪闪发亮。过了一会儿，他叹息一声放开了吊饰，他的皮肤也恢复了原状。

“不过话说回来，我也许才是被洗脑的那个，对吧？你们不都是这么对我说的吗？”五号低低地笑了一声，然后伸手小心调整了一下他那只坏眼上的纱布，“他们往你脑子里灌进一堆胡说八道——长老啊，圣典啊，还有我们本来身份中自带的那些规矩。但我全都不在乎。我只是想努力生存下来。”

我感到九号的手在我手心里冒汗，他一定在努力克制不让自己出手。玛丽娜则不再散发之前那种彻骨的寒意，也许是因为我们面前的这一幕是如此错乱又可悲。如果说五号的这番话——显然是对我们好意相劝——揭示出什么的话，那就是他已经疯了。

五号轻轻掸去八号前额上的一点东西，然后摇了摇头。

“不管怎么说，我想说的是，我很抱歉，八号。”五号说道，还是那副自以为是的语气，但又夹杂着一些真诚，“我知道这没有任何意义。我余生都会是一个懦夫、一个叛徒、一个杀人犯。这一点不会改变。但你要知道，我希望一切原本可以不是这个样子。”

在我们身后，有个人清了清嗓子。我们全都沉浸在五号失常的自言自语中——五号自己也是如此——以至于都没留意到那个莫加多尔军官走了进来。他小心翼翼地望着五号，身体僵硬，姿势刻板。看着他像一个准备汇报情况的士兵，我突然想到这个莫加多尔人也许是听命于五号的。如果真是那样，那五号就更让人讨厌了。

“我们把东西都装上飞船了。”军官说。

莫加多尔人等着五号表示知悉，但五号别扭地沉默了好一会儿。他一直俯身看着八号的遗体，呼吸缓慢。我紧张起来，不知道他怪诞的把戏是否结束，不知道他现在是否在想着发出警报。

莫加多尔军官掩饰不住对五号沉默不语的迷惑。“派出去追捕的小组有一个没有回复，”他继续说道，“机械师们没法让其中一艘侦察飞船恢复运作。”

五号叹了一口气。“算了，”他说道，“那些我们就不带走了。”

“是，我也是这么命令他们的，”军官回答道，看不出一丝威严，“你准备好了吗？”

五号扭过头看着那军官，仅剩的那只眼里闪烁着恶毒的光芒：“好了。咱们走吧。”

五号朝着机库门走去，行动缓慢得可笑。我们站在一旁保持安静，看着他发泄不满。军官耸起一边眉毛，没有给五号让路。

“你没忘了什么吧？”两个人几乎面对面的时候，军官问五号。

五号挠了挠头问：“啊？”

“尸体，”军官气恼地说道，“给你的指令是要你将洛林人的尸体带过去——还有吊饰。”

“哦，那个啊，”五号回答道，回头看了看那张安息着八号的金属台，“尸体不见了，机长。一定是加尔德溜进来把他给带走的。这是唯一的解释。”

莫加多尔机长不知道说什么好。他很夸张地伸长了脖子，从五号的头顶向安放八号遗体的台子望过去。接着他盯着八号的脸看了一会儿，不耐烦地眯着眼睛。

“你这是要耍什么花招吗，洛林人？”机长不满地问，“还是你现在两只眼睛都瞎了？那个加尔德不就在那边吗？”

五号毫不理睬机长的挑衅，冲着他摇摇头又咂咂舌。

“而且还是在你当值的时候发生的，”五号说，“你任由他们在你眼皮底下偷走了我们的战利品。这其实就等于通敌谋反了，兄弟。投敌罪要受到什么样的惩罚，你是知道的。”

莫加多尔人难以置信地张口刚想辩驳，五号突然从袖子底下抽出他的利刃，咔嚓一声拦住了他的话头。五号毫不犹豫地将匕首插入那军官下巴下方的前颈窝，向上刺穿了他的脑袋。莫加多尔人露出一脸吃惊的神色，之后身体就开始消散。

莫加多尔人化为灰烬时，五号一动也不动。那个人消散的速度比我见过的莫加多尔人都要慢，化完之后还有些参差不齐的骨头从皱巴巴的制服里戳了出来。五号将匕首插回前臂上的刀鞘中，把军官的残骸从门边踢走，之后往身上掸了掸，又扯直了大衣。

从我们所站的地方，只能看到五号的侧面，能看到的眼睛正好是遮盖着纱布的那只，所以他脸上的表情也无从捉摸。

“祝你们走运。”五号说道，之后就走到机库的门外去了，随手掩上了身后的门。

大家默不作声了一会儿，甚至连动都没动一下。我们都有点担心随时会有一群莫加多尔兵冲进来。终于，九号甩开了我的手，现出身来。

“好了。这到底是怎么回事？”他大声喊道，“那小子是想讨好我们呢，还是只是在说疯话？”

“无所谓啦，”我回答道，“我们已经找到了八号，这才是最重要的。对付五号，我们可以另找机会。”

“他孤零零的，又很茫然。”玛丽娜温柔地说，也放开了我的手。那种冰冷的感觉依旧，我摩擦双手，想让它们暖和起来。她注意到了，皱了皱眉说：“抱歉，六号。都是他激发出了我的超能力。”

我摆摆手表示没关系，此刻我不想谈论玛丽娜对超能力的控制问题。我蹑手蹑脚地走近机库门口，将门打开了一条缝隙，正好看到五号消失在移动舷梯的顶端，登上了飞船。他是最后一个登船的。他一上飞船，移动舷梯就缩回飞船的肚子里。这艘巨型飞船开始升空，发动机发出轻柔的咕噜声——这么一个庞然大物发出这样的声音简直是不可思议。上升到某个高度之后，飞船开始忽隐忽现，我都没法在紫色的晚霞中辨认出它的轮廓。这么庞大，根本没有什么声音，而且还配备某种隐形装置——这样的东西，我们如何能敌得过呢？

“听起来你还挺同情他的。”九号对玛丽娜说。

“我没有，”她厉声对九号说，但我听出玛丽娜语气里的犹疑，她一直展现出来的坚强外表也有所动摇了，“我……你看到他的眼睛了吗？”

“我看到他头上有个贴着创可贴的洞，”九号回答说，“那家伙是咎由自取，更多报应也是活该。”

“你觉得八号希望如此吗？”我问道，其实心里也一直在思考这个问题，“他是因为想阻止我们自相残杀才牺牲的。”

那艘飞船一直上升到完全消失在天际，我转身面对他们两个。九号咬着嘴唇，盯着地板，思索着我刚才说的话。玛丽娜在五号坐过的八号身旁的椅子上坐下。她试着碰了碰那些电极，又将手指穿过能量磁场。发现什么事也没有发生，玛丽娜轻轻用手指捋着他的鬓发。她的双眼泛着泪花，闪闪发亮，但她还是忍住没让眼泪落下来。

“我就知道我会找到你的，”她悄声说，“真对不起，我当时撇下了你。”

我走过去与玛丽娜并肩站在台子边，凝视着八号。也许只是我的想象，但他的嘴角似乎浮现了一个浅浅的笑容。

“我真希望之前能更了解你，”我对八号说，伸手轻轻地搭住他的肩膀，“真希望我们能有不一样的生活。”

九号犹豫着，但最终还是走到台子边，站到玛丽娜的身旁。一开始他不敢直视八号的遗体，他噘着嘴唇，颈上的肌肉抽搐着，像是要举起什么重物似的。我意识到他是心怀愧疚。他似乎做出了极大的努力，片刻之后，终于看了看八号。他立刻伸手将裹尸袋上的拉链拉上去一点，遮住八号的伤口。

“兄弟，”他轻轻地说，“我非常抱歉，因为……”九号摇了摇头，一只手捋着头发，“我是说，谢谢你救了我的命。五号说得对，哦，你也许是不该那么做。如果我不多嘴，你也许还……见鬼，对不起，八号。我真的很抱歉。”

九号突然啜泣了一下，显然是要把眼泪忍住。玛丽娜将一只手轻轻放在他背上，靠紧了他。

“他会原谅你的，”她轻轻说道，然后补充道，“我原谅你了。”

九号用一只胳膊搂住玛丽娜，抱得那么紧，让她都叫出声来。他将脸埋在她的头发中，掩饰自己的眼泪。我的脑子本来一直转个不停——想起约翰、萨姆和其他人，考虑我们该如何想办法找到他们，不知道他们是否还活着，是否被俘——但看到玛丽娜和九号冰释前嫌，我心中开始涌起希望。我们是坚强的民族，我们可以克服任何困难。

“我们得走了。”我轻轻说了一句，虽然不情愿结束这一刻的场面，却知道自己应该怎么做。

九号终于放开了玛丽娜，我将八号裹尸袋的拉链小心地拉好。九号伸出手，也一样小心翼翼地将八号的遗体抱在怀里。

我们转身正要往机库的门口走去，门突然嘎吱一声打开了。

是之前在侦察飞船边忙活的那群莫加多尔兵。我都把他们忘得一干二净了。他们站在门口，正要把那艘坏了的飞船推进机库。他们看到我们，就跟我们看到他们一样吃惊。

我们还没来得及做出任何反应，一个机械转台从飞船里升了起来。它的前部——确切地说，至少是飞船的侧面直接瞄准了我们——开启了，一个激光炮塔哐当一声出现，旋转着发出嗞嗞的电流声。里面肯定有个莫加多尔兵。

“趴下！”九号大喝一声。

除了那张金属台子，这个空荡荡的机库里根本没有可以隐蔽的地方，而且要隐形也为时已晚了。玛丽娜一把将台子翻倒，九号抱着八号的遗体蹲了下来，我则扑到一边，希望炮塔开火时，我们能够及时躲开。

第十三章

“你觉得格拉希什·沙尔玛的名字耳熟吗？”萨拉问道。

我想了一会儿，努力在记忆中搜索这个名字。“听着有点熟。怎么了？”

我此刻就站在亚当旧屋外头的院子里，萨拉的声音透过即弃型手机从远方传来。在空荡荡的篮球场那一头，太阳开始没入地平线下。一只大鸟飞过橘色的天际，我不知道它是不是“自己人”——我们派变形兽飞上天去，对整个艾什伍德庄园的地面进行警戒，还命令它们若是有人闯入，要赶紧通知我们。目前为止，一切都很平静。如果有人不清楚内情，一定会以为我正在特别宁静的城郊闲逛，这里的人都上班去了。

“他是印度人，”萨拉解释说，“是一支叫‘毗湿奴民族主义者八号’的军队的司令官。”

一听到八号，我突然想起了这个名字。我打了一个响指说道：“哦，对了。就是那个在喜马拉雅山上保卫八号的军人。”

“嗯，”萨拉说，“这么说他的事迹是真的。”

我踱着步子走过草坪，脑中浮现出萨拉的样子——她的金发很仔细地扎成了发髻，几支钢笔和铅笔插在发髻间——她正在“他们走在我们中间”网站的新办公室里认真看着一些文件。我不在乎那个办公室坐落在一个距离亚拉巴马州的亨茨维尔五十英里的废弃牧场上；也不在乎萨拉是由她的前男友马克陪着到那里去的——他其实在这场秘密行动中能干得让人吃惊。我一心只想着萨拉的样子。

“什么事迹?”

“是这样的，我们不想去理睬谣言和网络上的奇谈怪论。但这个叫沙尔玛的声称击落了一架外星人的飞机，还俘虏了机组人员。”

“也许是盯上八号的莫加多尔人。”我回答道。

“是的。说是把他们都活捉了。虽然这事发生在印度，但也至少该上全国新闻吧，结果没有。有人想捂盖子。马克正试着和沙尔玛取得联系。他想在‘他们走在我们中间’上发表这则报道，希望能向广大民众揭露这些莫加多尔人。”

“是吗，”我摩挲着颈后，大声地自言自语，“要是情况恶化的话，这也许能帮我们召集些援手。”

“情况会恶化到什么地步呢，约翰?”

我使劲地咽了下口水。虽然战斗过后不久我就使用超能力为自己疗伤，但还是能感觉到将军的手指卡住我的喉咙留下的疼痛感。

“我不知道。”我说道，心里也不清楚为何要瞒着萨拉，不把亚当说的入侵迫在眉睫的事情告诉她。我想也许是我还要极力保护她吧。我很快转换了话题：“话说回来，马克的情况如何?”

“他很好，”萨拉回答道，“他变了很多。”

“哪儿变了?”

萨拉犹豫了一下：“我……这很难解释啦。”

我没再细想马克·詹姆斯目前的状况。我想聊的不是这个。其实，经过今天下午的九死一生，我只想听到萨拉的声音。

“我想你。”我说。

“我也想你，”萨拉回答道，“经过漫长的一天，抗击外星入侵者，揭露惊天的国际阴谋，我真希望我们能依偎在我那地下室的旧沙发上，一起看场电影。”

这话让我笑出了声。我想象着如果我们不用忙着去拯救世界的话，我和萨拉有可能过上的那种普通生活，心里涌起一种苦涩又甜蜜的感觉。

“快了。”我对她说，尽力显得信心满满。

“希望如此。”她回答。

我感觉到背后有动静，转过身来发现萨姆站在亚当屋子前被毁掉的门廊上。他示意我进屋去。

“萨拉，我得挂了。”我说道，心里很不情愿。我们一直按照之前说定的那样，每隔八小时联系一次。每次听到她的声音，我心里总是有种如释重负的感觉。每次一挂掉电话，我就开始盼着下一次，生怕下一次她就无法再接电话了。“小心点，好吗？情况也许很快就会恶化。”

“难道现在的情况还不够糟吗？”她问道，“你也要保重。我爱你。”

我向萨拉道了别，把头转向萨姆。看样子他挺激动的，就像是过去五分钟里听到了什么好消息似的。

“出什么事了？”

“过来，”他说道，“我们查到些情况。”

我爬上了下午小型战斗后残存的门廊，跟着萨姆穿过半下陷的门道，进入起居室。房子的内部和外部十分一致——典型的地球人郊区住宅——不过家具似乎是完全照着产品目录摆设的，根本不像住着人的样子。我试着想象亚当是如何在这里成长的，想象他与小派肯兽在地板上翻滚厮打的情形，但是想象不出来。

起居室后面是一扇巨大的金属门，被很多道锁锁住了，这些锁的开关是一个覆着莫加多尔标志的袖珍键盘。这扇门打破了郊区庄园的表象，其实莫加多尔人没有将它隐藏于书柜什么的背后，倒真叫我感到有些意外。我想他们从来没想过他们的敌人能走到这里。这门已经开了，是亚当先前打开的，我和萨姆穿过这道门进入了艾什伍德庄园的地道。

我们走下一条长长的金属楼梯，上面那种虚伪的家庭气息荡然无存，取而代之的是毫无生气的不锈钢和嗞嗞作响的白炽灯。艾什伍德地下迷宫般曲折的地道跟我对莫加多尔人的印象更吻合，实用且冰冷。这里不像西弗吉尼亚州那座被掏空的山体那么宽敞异常，但它绝对让道西基地相形见绌。不知道他们花了多少时间才开凿出这些地道。在我跟着亨利四处逃亡的岁月里，莫加多尔人就在地球上挖掘地道，神不知鬼不觉地扩展着他们的地盘。

楼梯半道的墙上有一条长而参差的裂缝，一直延伸到地道深处。萨姆伸出手抚着裂缝，手指头蒙上了一层水泥尘灰。

“这地方确定不会坍塌，是吧？”

“亚当觉得不会，”萨姆回答着，拍去手上的尘灰，拍手声在地道里回荡，“不过这里真让我毛骨悚然，让人产生严重的幽闭恐惧。”

“别担心。我们不会在这底下久留的。”

我们在弯弯曲曲的地道中行进时，又看到了其他裂缝，这些地方均出现了地基断层，断裂的水泥块相互挤压。这些破坏都是亚当上次在这儿时造成的，当时他发挥地震冲击波超能力去救马尔科姆。有些地道的顶部完全坍塌了。

在地道尽头，我们经过了一间宽敞的灯火通明的房间，看起来曾经是一间实验室，有很多喷嘴、控制杆和工作台，但没有任何设备。所有的一切应该是在亚当袭击时被毁坏了，莫加多尔救援队还没来得及将其复原。实验室的隔壁是一排让人压抑的长宽均为八英尺的房间，有着厚重的防弹玻璃门——牢房。所有的房间现在都没有人。

“档案室在这边，”萨姆对我说，“爸爸一直在里头干个不停。莫加多尔人把一切都记录下来了。”

我们在一间小房间里驻足——这房间像个办公室，有非常多的监控器。马尔科姆坐在房间里唯一的计算机终端面前，睡眼惺忪，因为他看了不知道多少个小时的监控录像。屏幕上，有一个莫加多尔侦察兵直接对着镜头说话。

“三天前有人散播谣言说有洛林人出现在布宜诺斯艾利斯，”侦察兵报告说，“迄今尚未发现加尔德的踪迹，但监视还在进行中……”

马尔科姆注意到我们。他暂停了录像，又擦了擦眼睛。

“发现有用的资料了吗？”我问道。

马尔科姆摇摇头，从计算机中提取了一串文件。他用手指刷着屏幕，文件开始没完没了地滚动起来。一共有几千份文件，文件名都是用莫加多尔文写的。

“从我目前能找到的看，这相当于莫加多尔人五年的情报，”马尔科姆解释说，“我需要一整组的人手来浏览这些文件。就算亚当将文件名翻译出来，也很难说清该从何下手，这些文件名基本上都是日期和时间。”

“也许我们可以聘用些实习生，”萨姆提出了一个建议，又扯着我的胳膊说，“快点，我们得去看看亚当。”

“要倾尽全力，”我对马尔科姆说，“哪怕是最微不足道的信息说不定也会有帮助。”我刚说完，就被萨姆拉走了。

沿着走廊往前走几步，我们就到了亚当所说的控制中心。这间房间基本上没怎么受到破坏，所以我们就在这里忙活起来。这里的墙上满是监控器，有些上面是艾什伍德庄园的安保摄像画面，但也有其他地方的监控画面，还包括被封锁的约翰·汉考克中心外的一个安保摄影机录像。监控器下面是一排电脑，用起来其实不那么方便，因为所有的按键都是莫加多尔文的。

我双手叉腰，审视着这个地方，看着这些不久前本来会对着我的监控录像。出现在另一头感觉挺怪的。跟萨姆一样，这地方让我很不自在。

“我们在这里安全吗？”我问道，“所有的这些摄像头……都没有对着我们的吧？”

“我把它们都关了。”亚当回答说。他坐在其中一台计算机面前的转椅里，打出了一连串指令，转身对着我说：“利用将军的权限，我向在西弗吉尼亚的一个莫加多尔兵司令部发出了一个密码，报告说救援小队发现了一处毒气泄漏，清理需要一段时间。他们会以为监控摄像头停止运作跟救援小队的工作有关。”

“那样我们能争取到多少时间？”

“两天？一周？”亚当回答说，“将军一直不汇报，他们最终还是会起疑的，但到那时我们早就逃之夭夭了。”

“现在我们要寻找什么？”

“你的朋友们，”亚当回答说，“其实我觉得我已经找到他们了。”

“是啊，在佛罗里达，”我说道，“我们已经知道了。”

“不，他确实找到了他们确切的位置，”萨姆冲我咧嘴笑着回答道，“所以我刚刚才去找你。来看看这个。”

萨姆指着其中一个屏幕，上面是一幅美国地图。地图上布满了大大小小的三角形。在我们所在的位置上有个小三角形，在美国还有大小相当的几处标志。在中心城市则闪烁着些更大的三角形。纽约、芝加哥、洛杉矶、休斯敦——这些城市都在地图上标注了出来。其中最大的一个三角形在我们西面，就是隐藏在西弗吉尼亚山里的莫加多尔人基地。

“这是一个，哦，”萨姆看着亚当问，“你管这个叫什么来着？”

“战术目标资源一览图，”亚当回答道，“这展示了我们的人现时的行动地点。”

“他们要在大城市里集结。”我研究着地图说道。

“是的，”亚当闷闷不乐地说，“为入侵做好准备。”

“我们暂时别再提入侵的事了，好吗？”萨姆说道，“看看这个。”

萨姆已经将显示其他加尔德位置的平板插到了其中一台计算机上。他将平板递给我，我的眼睛立刻瞧向弗吉尼亚州。我的心倏地沉了下去，只有一个点在地图上闪烁。过了一会儿，我才意识到代表其他加尔德的四个点挨得那么近，几乎都重叠在一起。

“他们几乎堆在一起了，”我说道，“四个人都是。”

“是的，”萨姆一边回答，一边将平板拿回去，“看看这个。”

他将平板举起来，放在显示莫加多尔人活动位置的地图旁边。四个点和佛罗里达州更小的橙色三角形中的一个并排在一起。

“他们落到了莫加多尔人手里了，”我咬牙切齿地说，“亚当，那里是什么基地吗？”

“是个科研站，”他回答说，“记录显示那里在进行一些基因实验。

不是我们通常关押俘虏，特别是加尔德的地方。”

“现在这个时候干吗还要抓俘虏呢？”萨姆问道，“我是说，我能理解希特雷库斯·雷对埃拉有某种奇怪的感情。但其他人……”

“他们不是被抓了，”我激动地捶着萨姆的胳膊说，一下子想明白了，“而是在进行什么行动。他们在袭击敌人。”

“我想办法让我们能看到基地里的情况。”亚当说道，手指在键盘上飞快地敲击着。

“你打算怎么做？”我问道。

我坐在亚当旁边的转椅里，看着他的手指快速击打着莫加多尔文的键盘。他所做的事情对他而言简直是一种本能。

“我锁住了一艘侦察飞船，让他们没法操控。那是轻而易举的事。进入并隔离飞船上的监控系统，同时保证飞船无法使用，这一步要更棘手一些。”

“你侵入了飞船的系统？”萨姆从亚当的椅子背后探过头来问道。

我听着亚当面前的监控器发出的静电噼啪声，说道：“那样做对我们有什么用？”

“这个控制室就是一个神经中枢，约翰，”亚当解释道，停住了手中的敲击比画起来，“其他所有基地的信息都往这里发送。我们只需要进行信息处理就可以了。”

“怎么处理？”

“追捕洛林人这么多年，我们的人都变得神经质了，不肯放过任何一条可能的线索。每一次行动都会被拍录下来。监控摄像到处都是。”亚当用力敲击了一个按键，眼里露出成功的喜悦，“我们自己的飞船也不例外。”

头上的监控器都忽闪起来，接着就显现出一处沼泽中央的一条飞机跑道的粗糙画面。

“如果加尔德们就在附近，我们也许可以看到他们。”亚当解释说。

“前提是他们没有隐身。”我瞥了一眼监控器说道。

在镜头下方，几个莫加多尔兵一脸焦虑地拆下侦察飞船船身的发动机零件。他们清洁了零件，再将它们安回去。发现一切如常，他们又开始拆卸另外一件东西。

“他们在干吗？”萨姆问道。

“想修复我制造的故障，”亚当兴奋地回答道，看起来对智胜自己人颇为满意，“他们认定是发动机故障，而不是自动控制系统瘫痪。要弄清这一点，他们得费上不少时间。”

另外一个莫加多尔人走近了他们。他穿着气势不凡的制服，跟将军的制服非常相似。他冲着那些机械师嚷嚷了几声，气冲冲地走出了画面范围。

“这个镜头能动吗？”我问道。

“当然了。”

亚当按下一个按钮，镜头开始向一侧转动，跟随着那个穿着气派的莫加多尔人。一开始，画面中除了步道和远处的沼泽地就没什么好看的了。但是，走了一小会儿之后，盛装的莫加多尔人进入了一间飞机库。

“你觉得他们在里头吗？”我问道。

“这个镜头一定装了热成像仪，等我弄清怎么使用再说。”亚当回答道，一边试着敲击面前的几个按键。

亚当还没弄清怎么操作，五号从机库门里走了出来。虽然之前在埃拉的梦境中，我已经猜到他是个叛徒，但还是一直傻傻地盼着这不是真的。或者说，虽然这念头有点阴暗，但我还盼着在战斗中丧生的就是五号。但他就在那儿，穿着一套皱巴巴的莫加多尔制服，右眼上还缠着一条绷带。

我听到萨姆倒吸了一口凉气，他非常震惊。关于我的梦境，我唯一没有告诉任何人的情节就是看到了五号，我不想因为自己弄错而毁了他的名声。

“他是……”萨姆摇了摇头，“那个龟孙子叛徒。一定是他把我们在芝加哥的地点告诉给莫加多尔人的。”

“你们中的一位，”亚当悄声说道，“真是想不到啊。”

我不得不将视线从五号的图像上移开，以免自己热血上涌。“你都不知道吗？”我咬着牙问亚当。

“不知道，”他摇着头说，“知道的话早就告诉你了。希特雷库斯·雷对他的事一定是守口如瓶的。”

我强迫自己再看着屏幕。我保持着冷静，打量着我的新对手，打量着他耷拉的肩膀，新近才刮过的脑袋，还有他剩下的那只眼睛里阴郁的神色。到底是什么让一个自己人堕落到现在这种地步呢？

“我就知道那混蛋有什么不对劲，”萨姆说着，一边踱起了步，“约翰，伙计，我们拿他怎么办呢？”

我没有回答，主要是因为此刻看到五号穿着敌人的制服，我能想到的唯一解决方法就是杀了他。“他要去哪里？跟着他。”我对亚当说。

亚当照办了。镜头跟着五号穿过跑道，一直来到一座金属舷梯边上。这座坡道舷梯通向我所见过的最巨大的飞船，船体大到镜头都没法把它全部拍进去。

“见鬼了，”我吸了一口气，睁大了眼睛，“那到底是什么玩意儿？”

“战舰，”亚当看了一眼屏幕回答道，眼里流露出一丝敬畏，“我说不上是哪一艘。”

“哪一艘？”萨姆喊道，“这样的东西，他们还有多少？”

“十几艘吧？也许更多，也许少点。他们用的燃料来自莫加多尔星球，还有些开采自洛林星球。这种飞船不是最高效的，而且行动迟缓。我小时候一惹麻烦，我妈妈就会威胁我说要将我禁足到舰队到达的时候……”他突然意识到自己已经跑题了，抬头看着我们问道，“你们都不爱听这些，对吧？”

“也许现在不是缅怀的时候，”我回答道，一边看着五号登上了飞船，“但有关舰队的事，你还有什么可以跟我说说的？”

“自从洛林星球衰落之后，舰队一直在飞行，”亚当继续说，“莫加多尔的战略家们认为舰队的火力足够进行最后一次围攻。”

“围攻地球？”我说道。

“是的，”亚当回答，“然后我们的人就要在这里定居下来。也许等到希特雷库斯·雷想到一个什么理由，就会重组舰队。”

“你是说，如果宇宙中还有什么生命体需要他去征服的话吧。”我说道。

萨姆摇了摇头，依旧为这艘缓慢移动的飞船惊叹不已。“这么说它们有着一个不为人知的弱点，对吧？比如你可以在‘死星’① 上冲着某个点开火，然后整个玩意儿就被炸毁了？”

亚当皱起了眉头问：“‘死星’是什么？”

---

① “死星”是《星球大战》中月球般大小的球形空间站，它可以用一束能量摧毁一个星球。

萨姆猛地举起双手："我们完蛋了。"

"如果他们被俘虏，又被带上了那样一艘……"我没有把想法全说出来，因为我没有想到能如何行动。占领一个基本上已经废弃的莫加多尔人基地是一回事，想办法登上一艘巨大的飞船则绝对是另一回事了。

特别是现在那艘巨型飞船正在缓缓升空。也许萨姆说得对，我们是完蛋了。

我们四个默默地看着飞船升空。在驶离画面之前，飞船的外壳闪烁了一下，整艘船就从我们的视野里消失了。也不算完全消失，飞船的轮廓还是若隐若现的，仿佛它周围的光线发生了奇怪的扭曲。这种扭曲变形就像我们看到的水中物体折射成像那样。

"隐形，"亚当说，"所有的战舰都有这项技术。"

"喂，看看平板，"萨姆说，"也许一切还不是那么令人绝望。"

就在隐形飞船上升的时候，平板上的一个点和其他点分开了。那是五号的光点。过了一会儿，它开始在屏幕上跳跃而过。我们现在有两个代表加尔德的光点在地图上跃动。

"跟埃拉一样。"萨姆蹙着眉说。

"这艘战舰一定会重新进入运行轨道，"亚当说，"那就意味着……"

"埃拉已经登上了其中一艘战舰，"我接过他的话，"他们把她带到舰队上去了。"

"我们怎么能登上那些东西呢？"萨姆问。

"不必如此，"亚当回应道，"舰队会自己送上门来的。"

"哦，对了，"萨姆说道，"全面入侵地球。那我们的计划就是坐等它们找上门吗？"

我用手指敲打着平板，指着三个仍旧在佛罗里达的光点说："原计划是要找到其他人。他们还在那里。我们只需要……"我又看了看屏幕，打住了话头。跑道的画面开始动了起来。"我还以为你将飞船弄瘫痪了呢。我们的镜头怎么在动？"

亚当急匆匆地连续敲击起键盘，将镜头调低。从这个角度，我们可以看到那群莫加多尔兵扭曲痛苦的脸，他们正推着这艘侦察飞船往机库去。

"我想他们是放弃让它重新启动的念头了。"萨姆评论道。

一个莫加多尔兵跑到前头去推开金属门，在空荡荡的机库中央，出现了九号、玛丽娜和六号的身影。萨姆激动地大喊一声，接着赶紧闭上了嘴。清点人数让人难受，本来应该是四个加尔德，现在却只有三个了。而且九号怀里抱着的，一看就知道是个裹尸袋。

"是八号，"萨姆吞咽了一下说道，"该死的！"

我转身对着亚当，现在还不是伤心的时候。

"被你黑了系统的这艘飞船上有枪吗？"

第十四章

在机库的开阔地上一阵震耳欲聋的激光枪扫射之后，这艘侦察飞船神秘莫测地沉默了下来。玛丽娜和我一起缩在翻倒的金属台后面。我们交换了一个眼色——这桌子根本就承受不住激光枪的一击。不过其实这飞船的炮塔开火时，准星与我们离得很远。

“瞄得好，笨蛋！”九号笑着喊道。他躲在台子侧面，趴在地上，用自己的身子半掩着八号的遗体。

我从台子后面探出头去。在我们和那艘侦察飞船之间是几堆尘土，就是原先那几个莫加多尔机械师。飞船的炮塔正在冒烟，但现在一点动静也没有了，对我们根本没有兴趣。我小心翼翼地站起身来。玛丽娜也跟着站了起来。

“到底是怎么回事啊？”我问道。

“管他呢，”九号抱起八号的遗体说，“咱们离开这里吧。”

“也许是出故障了？”玛丽娜说出了她的猜测，慢慢地靠近还拦在我们前面的飞船。我们三个人分散开来，确保不会直接对着枪口。

“只打中了莫加多尔人，”我说道，“这样的故障倒真是好极了。”

飞船的驾驶舱发出了一种液压驱动的嗞嗞声，然后打开了，我们三个都跳了起来。驾驶舱里的麦克风发出一阵电流声，然后响起了一个熟悉的声音。

“伙计们，你们听到我说话了吗？”

“约翰？”我大喊一声，简直不敢相信自己的耳朵。我上回离开的时候，他还跟埃拉一起昏迷着。我朝飞船飞奔过去，跳上了它的前部，站在开启的驾驶舱舱口边，想把他的声音听得更清楚些。

“是我，六号，”约翰说，“见到你真好。”

“见到我？”我问道，接着注意到驾驶舱入口安着一个小小的镜头。它来回转动着，就像是点头问好一般。

“兄弟，这是怎么回事啊？”九号一脸狐疑地看着驾驶舱说道，“你的脑子现在被困在一艘莫加多尔飞船上了吗？”

“什么？不是啦，别傻了，”约翰回答道，我可以想象他脸上那种既好气又好笑的表情，“我们夺取了一个莫加多尔人的基地，又利用他们的技术侵入了这艘飞船的系统。”

“好极了。”九号回答，好像听到这句话就足够了。他毫不费力地跃上飞船的外壳，站到我身边，手里依然抱着八号。我们所在的这一侧被他这么一跳，沉了一下，之后稳住了，着陆设备发出了嗡鸣声。九号用后跟踢了踢金属船体，试探了一下。“这么说，这就是我们的交通工具了？”

作为回应，飞船的发动机开始在我们脚下转动起来。我低头往驾驶舱里看，只见里面有六张硬塑座椅，还有一个闪烁着的仪表板，上面都是杂乱无章的莫加多尔标志，还有一些控制按钮，跟普通飞机上看到的差不多。其实我从来没开过飞机，更别提莫加多尔人造的飞船了。

“我们看到芝加哥事件的新闻了。”玛丽娜说着也爬上了飞船。

“大家都还好吗？”

“是的，”约翰迅速说道，接着好像犹豫了一下，“他们抓走了埃拉，不过我想她暂时不会有事。”

玛丽娜惊慌失措地扬起了眉毛，我感到寒意重新袭来。“你说他们抓走了她是什么意思？”

“等你们起飞之后，我再详细解释，”约翰说道，“现在我们先来把你们弄出去。”

“听着不错嘛。”九号应了一声，跳进驾驶舱，轻轻将八号的遗体横放在两张椅子上。

“对了，约翰，还有个问题，”我跟着九号上了满是消毒水味的莫加多尔飞船，“我们怎么操控这艘飞船呢？”

约翰那边沉默了一下，之后出现了一个完全不同的声音，这声音带着一种刺耳的腔调，让我的肩膀为之一紧。

“我可以远程帮你们飞行，但我担心侵入飞船的电脑系统已经破坏了自动导航程序。如果你们按我的指示进行人工驾驶，会比较稳妥些。”那个莫加多尔人快速地说着。之后，像是意识到我们可能吓坏了，他补充了一句：“嘿，我是亚当。”

“就是马尔科姆跟我们说起的那个。”我说道，记起了那次晚餐时的谈话。

“别担心，六号。”萨姆的声音插了进来——听到这声音，我忍不住莞尔一笑，“他完全没有恶意。”

“那好吧，那样的话，我们就开始飞行吧。”九号嘲讽说。不过他还是坐到了一张硬塑靠背的座椅上去。我则跳上了驾驶座。玛丽娜犹豫了一会儿，很不信任地瞪了一眼传出莫加多尔人声音的控制台。

“我们怎么知道那人真的是约翰？”她问道，“希特雷库斯·雷擅长变身。这也许是某种陷阱呢。”我听到约翰和萨姆的声音是那么激动，压根没有想到这可能是一个阴谋。九号在我后面冲着对讲机喊：

“小翰，记得在芝加哥的时候吗？你自称是庇塔库斯·洛尔的化身，我们还就去不去新墨西哥州大吵了一架！”

“是的。”约翰的声音听起来像在咬着牙根说话。

“那件事我们是如何解决的？”

约翰叹了一口气：“你把我推到房顶的边缘。”

九号笑了，像是听到最美妙动听的话一样：“绝对是他。”

“玛丽娜，”约翰说道，也许是觉得九号的小考验还不够，“我们第一次见面时，你帮我医治了脚踝上的两个弹孔。之后我们还差点被一颗导弹击中。”

玛丽娜脸上露出一个浅浅的笑容，这是几天以来她头一回笑：“我当时觉得你是我所见过的最酷的家伙了，约翰·史密斯。”

听到这话，九号扑哧笑出了声，又摇了摇头。玛丽娜爬进船来，选了八号遗体旁的一个座位。她用一只手护住裹尸袋，坐了下来。

“小心你们的头。”亚当警告说。这时我们头顶上的驾驶舱门吱呀一声关上了。有那么一会儿，因为坐在一艘莫加多尔飞船中，我心里有点发慌，但我强压下这种感觉，紧紧地抓住了操纵杆。导航屏很昏暗，屏幕像茶色太阳镜片。很多扁平的莫加多尔字符直接投射在玻璃上，这些信息要莫加多尔飞行员才能看得懂。

“好了，”我问道，“现在怎么办？”

“等等，”九号凑上前来插嘴道，“怎么是你来开飞船？”

亚当的声音传了过来，清晰、耐心却威严十足：“转动你面前的方向盘，飞船就会转向。”

我照他的指令行事，方向盘很轻易地转了起来，飞船的船身转了个一百八十度，而轮子却纹丝不动。飞船对准了机库出口，我也就不再转动方向盘。

“很好，”亚当说道，“现在，你左边的拉杆是操控轮子的。”

我握住拉杆，向前推进了一点点。飞船几乎立刻就向前行进起来。这些控制装置都非常灵敏，我们不费多少力就把飞船慢慢地开上了跑道。

“加点速度，六号，该死的，”九号抱怨道，“快点开，要有偷了飞船的样子。”

“别听他的。”玛丽娜环抱着双臂说。

“如果你们开出了机库，就可以停下来。”亚当指示道。

我抬头看看驾驶舱的玻璃舱门，只看到了天空，于是我放开了拉杆。飞船嘎吱一声停了下来。

“好了，”亚当说道，“现在握住你面前方向盘的左右两端。摸到启动键了吗？”

我又握住了方向盘，摸到了嵌在底下的两个按键。“找到了。”我回答道，按了按左边的按钮测试了一下。我刚按下按钮，飞船发动机立刻发出了让人毛骨悚然的轰鸣声，我们顷刻间就升到了空中。

“老天爷！”九号大叫一声。我身边的玛丽娜蜷缩得更厉害了，闭上了眼睛。

“小心点，六号。”她低声说道。

我松开按钮，飞船轻轻松松地保持了目前的高度。我们在离地二十码的空中盘旋着。

“你还不能这么做。”亚当警告了一句。

“知道了，抱歉。这是第一次开飞船。”我回答道。

“没什么大不了的，”亚当说，“你左边的拉杆用来拉升高度，右边的则用来降低高度。”

“左升右降。明白了。”

“还有，”亚当说，“你们坐的这艘飞船，我们的人称之为‘掠行者’。不是用来星际穿越的，所以算不上一艘太空飞船。”

九号重重地哼了一声：“这家伙打算给我们上一堂莫加多尔航空学什么的吗？搞什么鬼？”

“你知道你说话我能听到的，对吧？”亚当对着麦克风说，“不过，我没这打算。”

“抱歉，九号的话你别往心里去，”我扭头瞪了他一眼说，“这艘飞船有弹射座椅吗？”

“当然有了。”亚当回答道。

“哇，好了，”九号撅起屁股靠上前来说，“你想都别想哦，六号。”

我听到飞船腹部传来哐当哐当的声响，便示意九号别再出声了。

“什么声音？”我问道。

“别担心，”亚当说道，“我刚刚远程将你们的起落架收起来了。”

哐当声停下来之后，方向盘上两块小仪表板滑动到旁边，两个拇指大小的按钮露了出来，这样飞船在爬升的同时，我也可以按这两个按钮。

“你应该看到两个按钮了，”亚当继续说道，“按下就可以加速。放开就能刹住。”

我比之前更小心翼翼地握住方向盘，轻轻地按下按钮，留心不要触动方向盘底下的启动按钮。这艘“掠行者”号向前疾驰，我一放开按钮它马上停了下来。

“就像玩电子游戏，”九号靠到我椅背上说，“傻瓜都能开。不是说你，别介意哦，莫加多尔小子。”

“没事。”

我稍微用力按加速键，飞船向前冲了出去。屏幕上有个信号开始闪烁起来——这在任何语言中都是警告的意思——“掠行者”号的底部掠过一棵树的树冠顶端。我听到树枝折断的声音，伸长脖子正好看到它们跌落到地面。

“哎呀。”我瞥了一眼旁边的玛丽娜说道。

“六号，你再这样我可不客气了。”她略显惊慌地看了我一眼说。

“你们得再升高些，”亚当说，“还有，要加点速。”

九号大笑起来，往后靠去。我拉动爬升杆，我们升高了些。我们一飞离沼泽地的丛林，地平线就露了出来。一条激光般的虚线出现在导航屏幕上，像一条轨迹叠印在这景色上。

“我已经设定好你们的航线了，”亚当说，“跟着这条线飞就好。”

我点点头，加速跟着这条激光轨迹朝北飞去。

“好了，兄弟们，”我说道，“我们来了。”

从佛罗里达到华盛顿的行程花了两个小时。在亚当的指导下，我尽可能低空飞行，躲过卫星雷达，避免意外飞入其他飞机的航线上，但也保持一定的高度，以免在东海岸引发一连串 UFO 目击事件。不过，考虑到莫加多尔人全面入侵地球的严重威胁，也许我们该让人们看到我们偷来的这艘飞船，放一些烟花，警告一下地球人。

一开始听到约翰和萨姆的声音，知道我们的朋友都还活着，我们都激动不已。激动消退之后，谈话就变得不愉快起来。他们通过无线电向我们讲述了约翰·汉考克中心所发生的一切。之后，约翰说起了他在埃拉的梦境里所看到的情景，解释了他为何觉得希特雷库斯·雷不会伤害她。约翰的推理是埃拉可能与希特雷库斯·雷有某种血缘关系，而且这个莫加多尔领袖可能就是某个变节的洛林人，是克雷顿在信里提到的被驱逐的洛林长老。这些话我一下子有些难以接受。

约翰向我们说明了情况之后，就轮到我们把在佛罗里达的经历跟他们说了。即使是在无线电上，我也能感觉到约翰不太想催促我们。我想起约翰之前备受煎熬的那些日子，脚踝上有了个新疤痕，心里不知道我们中哪一位再也回不去了——虽然谈论这个经过让人痛苦，但他有权知道八号身上所发生的一切。但是，玛丽娜和九号都不愿意开口，所以担子就落在我的肩上，由我来讲述五号是如何背叛我们，又是如何在企图杀死九号时，失手夺走了八号的性命。搏斗过程中，我大部分时间都昏迷着，所以具体经过我只能简要地说说，只说事实，没有添油加醋。之后我向他们详细描述了我们从莫加多尔人的驻地抢回八号遗体的经过，把五号对他的莫加多尔同伙所做的事情也告诉了他们。我话音刚落，驾驶舱里的气氛霎时凝重起来，之后我们一路无言地飞到了华盛顿的郊区。

我把飞船降落在一个篮球场中央。我们身处郊区的一个高级住宅区，但看上去确实无比诡异，因为所有的窗户都是黑洞洞的，整个地方空空荡荡。驾驶舱自行打开了，玛丽娜站起身来，如释重负地看了我一眼。九号小心翼翼地抱起八号的遗体，爬出了飞船。玛丽娜紧跟在他身旁，一只手托着九号的手肘，确保八号不会被推挤得太厉害。很难相信我们的朋友就在那个裹尸袋中，抬着他长途跋涉让人颇觉内疚。

“你的旅程就快结束了。”我听到玛丽娜对着八号的遗体说。她一定跟我有着相同的感受。

我和玛丽娜跳到地上，转身想从九号那里将八号的遗体接下来。

九号没有将八号交给我们，而是瞥了一眼我们周围的黑暗世界。

“哇，”他说道，“就像是有什么怪兽在暗中偷窥我们似的。”

“怪兽?”我抬头看着他问道。九号一下子变得面无表情，比平时更甚，他一使用动物传心术就总是这副表情。

“哦，我忘了说我们找到些新朋友了!”

是约翰的声音，他从一幢房子歪歪斜斜的门口跑了过来，房子半边快坍塌了，就像是地面努力要吞噬它，却还没全部吞下去似的。萨姆在他身后几步远的地方，朝我眉开眼笑。不过发现我在注意他，他迅速收敛，换上了一副没那么热切的笑容。在约翰和萨姆后面，推着轮床的，是马尔科姆和一个脸色苍白、又瘦又高的家伙，我想他一定是亚当。他的黑发遮掩着脸庞，使他看着有些像莫加多尔人，又有些情绪摇滚①明星的味道。

“这么多变形兽啊，”九号说道，望着黑暗兴奋地点着头，“好极了。”

“我们用你的名字给那只胖乎乎、懒洋洋的家伙起了名。”萨姆回答道。

“那可就没那么好了。”

约翰走到我们身边，紧紧地抱住了玛丽娜。外面很暗，但我还是看到这几天的忧心忡忡让他有了黑眼袋。我记起在高中时看到的那个跟莫加多尔人搏斗的大眼睛男孩，不知道约翰是不是又有了当时的感觉，觉得回到了孤身一人活在这个世上的状态。我们大家又聚在一起了，这真是让人颇觉安慰。但我们失去了一个人，而且我非常了解约

---

① 情绪摇滚，诞生于二十世纪九十年代初中期，一种从硬核朋克中延伸出来的极具另类艺术气质的音乐形式。

翰，知道他这些天一定为八号的死不停自责。

“你总算回来了。”约翰放开玛丽娜，接着拥抱了我。他放低声音，只对着我一个人说：“我不知道我该怎么做，如果……”

“你什么也不用说，”我拍了拍他的背回答道，“现在我们来了。我们要一起战斗。我们会赢的。”

约翰后退了一步放开我，脸上闪过一丝宽慰的神色，像是他需要有人来对他这么说。他冲我点点头，然后向飞船走过去，把八号的遗体接到自己怀中，好让九号从飞船上跳下来。马尔科姆把轮床推了过来，让约翰将尸体摆放好，大家都陷入了沉默。

“莫加多尔人往他身上安插了些东西，”玛丽娜说道，趔趄着上前一步迎向轮床，“某种电磁场。”

亚当犹豫着上前一步，清了清嗓子说道：“是电极吗？心口上有？太阳穴上也有？”

“是的。”玛丽娜回答道，没正眼瞧亚当一下，她的目光一直停留在八号的裹尸袋上。

“莫加多尔人用这个法子来……”亚当停顿了一下，笨口拙舌地把话说完，“给实验样本保鲜。这样做不会损害遗体，只是为了保存好。”

“实验样本。”九号冷淡地重复道。

“你们朋友的死，我很遗憾，”亚当轻声说，一只手捋着头发，“我只是认为应该让你们知道……”

“没事的。谢谢，亚当，”约翰说道，一只手搭在玛丽娜的肩上，“来吧。咱们把他推进去。”

“你……”玛丽娜哽咽了一下，深吸一口气，“你打算把他怎么样？”

“我们在里头清理出了一个安静的房间，”马尔科姆温和地回答道，“我不知道洛林人有什么下葬的风俗……”

我先看了看约翰，他蹙着眉陷入沉思；又看了看九号，他则是一脸茫然。

“我们也不知道，”我说道，“之前根本没有机会对牺牲的同伴进行适当的哀悼。”

“不过我们不能把他埋在这里，”玛丽娜说，“这是莫加多尔人的地盘。”

马尔科姆点点头表示理解，然后轻轻地拍了拍玛丽娜的肩膀：“你要来帮我们把他推进去吗？”

玛丽娜点点头。她和马尔科姆一起把八号的遗体推进了那座下陷的房子中。亚当跟在他们后面，恭恭敬敬地保持着一段距离，他的双手怪异地交叉背在身后。过了一会儿，九号猛击了一下约翰的背，打破了僵局。

“是我在对讲机里听错了，还是你真的把女朋友派去跟她的前男友一起执行一个超级性感的秘密行动了？”

“我们是在打仗，九号，这可不是开玩笑的。”约翰严肃地回答道。一阵尴尬的沉默之后，他的脸上浮现一丝微笑。“还有，别胡说八道。那不是什么超级性感的任务，都不知道你在说什么。”

“哇，你真需要我来给你指导指导，”九号说着，揽住约翰的肩膀，拉着他往房子里走去，“行啦。我来跟你解释什么叫性感。”

“我知道性感的意思，哦，我干吗要跟你聊这些？”约翰很不高兴地推了一下九号，九号却将他揽得更紧，“放开我，傻瓜。”

“行了，小翰，你现在比以往任何时候都需要我感情上的支持。”

这一对活宝相亲相爱地朝房子走去，我冲他们翻了一个白眼。这会儿就剩下我跟萨姆，他站在几英尺开外的地方，殷切地看着我。我看得出他努力想找些话说，或是努力克制自己不把话说出来。这家伙也许独自花了几个小时反复构思，想着对自己都不知道能否再见的姑娘说些什么。

“嘿。”最后他只说道。

“嘿。”我回答道。没等他再多说一句话，我一把抱住他，给了他一个激吻，也许差点让他背过气去。萨姆一开始似乎有些错愕，但过了一会儿他开始回吻我，努力像我那般热烈。我揪住他衬衫的前襟，两个人紧紧地贴在“掠行者”号的机身侧面——这里算不上世界上最浪漫的地方，但我也将就了。我抓住萨姆的双手，让他搭住我的双胯，之后捧住他的脸颊，手指往上捋着他的头发，所有的激情不顾一切地迸发出来，融入这浓浓一吻。

两分钟过后，萨姆挣脱开去，气喘吁吁地说：“六号，哇，你这是怎么了？”

萨姆脸上的表情出乎我的意料。是的，他意乱情迷得满脸绯红，但其中还夹杂着一种暗暗的担忧。我不由得扭过头去。

“我就是突然间很想这么做，”我实话实说，“我也不知道会不会再有这样的机会。”

我把脸贴在萨姆的颈侧，用脸颊感受着他的心跳。过去几天我一直显出一副坚强的样子，努力保持冷静，因为玛丽娜和九号几近崩溃。终于，至少当我们身处外面这黑暗之中时，我可以稍微软弱一下了。萨姆用双手揽住我的腰，我整个人都靠在他的怀里，倚着他微微地喘息着。

“生命无常，可能转眼间就会逝去……”我轻轻说道，抬头看着他，“我不想留下遗憾，你知道吗？我才不管事情会不会因此而变得复杂。”

“我也是，”萨姆说道，“确实如此。”

我们又开始亲吻起来，这次轻柔多了，萨姆的手从我的腰际慢慢向上抚摸着。突然一阵嘹亮的狼嚎在近处回荡起来，我的第一个本能反应就是九号在屋子里偷看我们，发出这讨厌的叫声。但又有两头狼加入了嚎叫的队伍，变成了一阵群嚎，我松开怀抱看了看萨姆。

“怎么回事？”我问道，“郊区有狼吗？”

“我不知道……”他开口正想回答，突然间睁大了眼睛，“是变形兽。他们在警告我们。”

他说完这话不多久，我就听到我们头顶上传来至少三架直升机轰隆轰隆的声音。我觑着眼睛，可以看到夜空中飞机的轮廓，它们正在靠近我们。接着，庄园唯一的进出道路上出现了蓝色的闪光。那是一支黑色的 SUV 车队上探照灯射出的灯光，车队正朝着我们这边疾驰而来。

第十五章

在一阵急刹车声和直升机螺旋桨的转动声中，我和九号冲到外面来，跃过房子破损的门廊，跳到了草坪上。我们正好看到一束闪电划破夜空，那是六号运用了她的超能力。这是一种信号，闪电击中一辆横冲直撞的黑色 SUV 前的地面，掀起一块沥青，车子被迫侧转。

“怎么回事啊?”九号大叫着，“我还以为不会再有联邦特工来了呢。”

“亚当说他们应该不会插手这里的事情，”我回答道，“他们跟莫加多尔人达成了某种协议。”

“我想你把他们都干掉了，协议自然就失效了，对吧?”

头顶上有三架直升机像秃鹰一般盘旋。它们一定能互相传递信号，因为它们同时开启了探照灯。其中一架的光束瞄准了我们，另一架对准我们背后的房子入口，还有一架则照着六号和萨姆。在强光之中，我注意到手无寸铁的萨姆迅速爬进“掠行者”号躲藏起来。向天空伸出双手、正在呼风唤雨招呼那些不速之客的六号，则在灯光照射到她之前就隐身了。

与此同时，一支没有被闪电吓退的黑色 SUV 车队停在了庄园的通道上，挡风玻璃下方闪烁着蓝色的光束。它们挨挨挤挤地停靠在一起，形成了一道防弹玻璃和闪亮的超高强度汽车钢板组成的路障。车门猛然打开，一群穿着相同的海军蓝风雨夹克的特工跳了下来。没有拿对讲机的那些人将枪口对准了我们，所有特工都隐蔽在车门后面。整个过程不到一分钟时间，他们就这样把我们堵在了一个死胡同里。

“他们真以为这样就能阻止我们吗？”九号问道，一边背朝房子向前迈出一步，像是在挑衅那些特工朝他开枪。

“我不知道他们是怎么想的，”我回答道，“但他们对变形兽一无所知。”

我可以感觉到变形兽们正在通道外的阴影中埋伏着。这些政府特工也许以为他们已经把我们包围了，但黑暗中闪烁的眼睛说明情况正好相反。变形兽各自坚守岗位，等待着攻击信号。

我听到背后传来一声咯吱，半转过身发现玛丽娜站在门廊上，两根锯齿状的冰柱从她手里伸展出来，像一对匕首。这种能力倒是挺新鲜的。在她身旁利用门道进行掩护的是亚当，他手里还握着一把莫加多尔人的激光枪。

“我们怎么做？”玛丽娜问。

我注意到头顶的天空乌云涌动。一旦需要，六号随时准备出手。但到目前为止，那些政府特工除了制造噪音，什么行动也没有。他们没有开枪射击，因此我也没有发射我的掌中流明。

“除非万不得已，否则我不想伤害他们，”我说道，“但我们没时间再废话了。我可不想被他们拉去审讯。”

九号显然把我的话当成了出手的信号。他大步向前，一把抓起阿努博士椅子的底座。这把椅子在下午的交火中已经被激光劈成两半，它的底座少说也有一百八十斤，但九号轻而易举地单手将它举起，示威般地来回挥动着它。

“你们侵犯的可是私人产业！”九号叫喊着，“我也没有看到你们有任何搜查令！”

我还没来得及阻止他，九号就将手里的东西扔到空中，差点击中最近的那架直升机。从我这个位置看，直升机显然不会有任何危险，但我想那个地球人飞行员并不习惯有个超级壮硕的加尔德朝他投掷废旧金属块。飞行员拉动了操纵杆，直升机摇摇晃晃地爬升起来，探照灯在草地上拖出歪歪扭扭的光迹。那半张破椅子碎落在街心，发出一声巨响。

“没必要这么做。”亚当站在门口看着说。

“哦，各有看法，求同存异。”九号说道。

就在他弯腰拾起另一半碎裂的椅子时，我听到那排 SUV 车上有举枪的声音。六号站在她所在的位置，一定也听到了，我看到一层雾气突然涌过艾什伍德庄园的草坪，使我们更加难以被瞄准。

我启动掌中流明，上前一步挡在九号和那排 SUV 之间。我举起双手好让特工清楚地看到他们已经被火焰笼罩。

“我不知道你们为何而来，”我朝着那排车嚷道，“但你们这是在犯错误。这一仗你们必败无疑。聪明的话，就乖乖回去告诉你们的上司，跟他们说这里没什么异状。”

为了强调，我用心灵传动向变形兽们发出命令。那排 SUV 车两侧的阴影里突然传来了嚎叫声。有些特工被这突如其来的动静惊吓，将手中的枪对准了阴影处。一架直升机则开始用探照灯搜索通道两侧的区域。我们把他们吓坏了。

“最后一次警告！”我喊道，手掌中跃动着一个篮球大小的火球。

“老天爷啊！”一个女人的声音从车队后面传出来，“大家退后！”

汽车边上的特工一个接一个放下了武器。此时其中有一人从两辆SUV中间挤了出来，向我们走来。她举起双手做投降状。在雾色之中，我认出她那呆板的身形和朴素的马尾辫。

“沃克特工？是你吗？”

我身旁的九号笑出声来：“哦，不是吧。你又要来逮捕我们了吗？”

沃克走近时做了个鬼脸，瘦削的脸越发棱角分明了。她脸色苍白，红发中露出一缕触目惊心的灰白头发。我回想起她在道西基地时伤得有多重。那次经历是否给她留下了后遗症？

沃克还没走到我们面前，六号突然出现在她身后，一把抓住她的马尾。“不许再向前一步。”她大喝一声。

沃克吃惊地睁大了眼睛，顺从地停住脚步。六号伸手把她胯后别着的枪夺过去，扔进了草丛里。

“抱歉，搞出这么大动静，”沃克说道，因为六号那样扯着她的脑袋，她的声音听起来有点压抑，“我的特工们看到莫加多尔飞船着陆，以为你们也许受到了袭击。”

我熄灭了掌中流明，歪着头看着她：“等等。你们这么忙不迭地冲进来，是因为你们以为我们受到了袭击？”

“我知道你们没理由相信我，”沃克声音嘶哑地说道，“但我们是来帮忙的。”

九号在我身边哼了一声。我死死地盯着沃克，等着她说出某个暗号或是发出秘密信号，示意她的手下开火。

“拜托，”她说道，“请听我把话说完。”

我叹了一口气，朝房子走过去。“把她带进去，”我对六号说，接着转向九号，“如果其他人出现任何可疑的行动……”

九号把指节拗得咯嘣响：“我知道该怎么做。”

六号推着沃克走上亚当房子那破烂的台阶，从前门走了进去。我随后跟上，余下的朋友们则留意着这伙政府特工的动静。

“我在外面看到的那个是莫加多尔人吗？”沃克被六号推进起居室的时候问道，“你们把他们中的一个抓来当俘虏了？”

“他是盟友，”我说道，“此刻你才是俘虏。”

“明白了。”沃克说道，听起来一副疲惫不堪的样子。用不着六号推搡，沃克就重重地坐到了一张沙发上。借着起居室的灯光，我发现她绝对有些古怪，也许是因为那缕奇怪的灰白头发，不过沃克看上去精疲力竭。她注意到莫加多尔人的地道入口，但没有显出特别感兴趣或是惊奇的样子。

“哟，来客人了，”马尔科姆出现在起居室和厨房之间的门边，肩上挎着他的来复枪，“她还带了很多朋友啊。一切还好吗？”

“我还不清楚。”我回答道，声音有一点激动，也提高了警惕。六号绕到沙发的后边，站在沃克看不到她的地方。

“嗯，”马尔科姆说，“我正要煮一壶咖啡呢。有谁想喝吗？我想我还在厨房里看到茶叶了。”

沃克的脸上露出一丝不安的笑容。“这是一个唱红脸一个唱白脸的套路吗？”她看看马尔科姆又看看我，“他是你们的一个……怎么说来着？塞邦吗？”

六号朝马尔科姆伸出了一只手：“其实我倒真想喝一杯呢。”我生气地瞪了她一眼，她耸了耸肩：“怎么了？相信我，如果需要的话，我可以一边喝咖啡，一边把这位女士给干掉。”

沃克特工扭头看着六号：“她说的话，我相信。”

我走上前去站在沃克面前，冲她的脸打了个响指："行了，别再浪费时间了。想说什么就说吧。"

"珀迪特工死了，"沃克抬头看着我说，"在道西基地突发心脏病。"

"哦，我记得他，"六号说道，"非常遗憾。"

我也记得沃克特工的那个搭档——一个年纪更大的家伙，白头发，塌鼻子。我耸耸肩，不知道这跟我们有什么关系："我想我们该表示哀悼。那又怎么样？"

"那家伙是个混蛋，"沃克回答道，"问题不在他的死，而是之后发生的事情。"

沃克张开手让我看了看，接着慢慢地把手伸进她那件联邦调查局的风衣制服的口袋中。她取出一个用橡皮筋系住的卷曲的褐色文件夹，打开来，从里面拿出一张宝丽来①快照。沃克将照片递给我，我看到的是珀迪特工尸体的近距离照片——或者说是他的一些遗骸。他的半边脸已经化掉了，化为他身下水泥地上的一堆尘灰。

"你刚刚不是说突发心脏病吗？"我问道。

"是的，"沃克回答，"问题是，之后珀迪开始化为尘灰，就像莫加多尔人那样。"

我摇了摇头："什么意思？怎么会那样？"

"他一直在接受治疗，"沃克说道，"强化疗法，莫加多尔人是这么说的。几年来，许多上年纪的'莫进'人都在接受这种治疗。"

"莫进"这个词我在"他们走在我们中间"网站上看到过，但我不知道跟之前亚当讲过的强化疗法相比，这有什么新鲜的。

---

① 即时成像相机。

“倒回去慢慢说，”我对她说，“从头说起。”

沃克下意识地摸了摸她那一缕灰白头发，有一刻我以为她不想说出实情了。但接着她把一直紧握着的文件夹递给我，盯住了我的眼睛。

“第一次接触是在十年前，”她说道，“莫加多尔人声称他们在缉捕逃犯。他们希望借助我们的执法网络，可以在这个国家自由行动，作为交换，他们愿意向我们提供武器和技术。这一切发生时，我刚刚从警校毕业，所以未能获邀参加与这些外星人的会面。我想没人希望惹恼他们，也不想拒绝比我们见到过的威力更为强大的武器，我们的政府很快就妥协了。当时的局长本人就参加了谈判。之后他获得升职。也许参与谈判正是他升职的原因。”

“我猜猜，”我说道，心里记起马克网站上提到的名字，“原来的局长叫巴德·桑德森，现在是国防部长。”

沃克瞬间露出钦佩的神色：“是的。你要是仔细想想，就会发现十年前跟莫加多尔人谈判的许多人在那之后都平步青云了。”

“总统呢？”六号问道。

“那家伙吗？”沃克嗤之以鼻，“小角色而已。竞选获胜的人，在电视上做报告的人，都只是些所谓的名人罢了。真正有权势的是被委以重任的人，那些后台老板。都是你从未听说过的人物。这些人才是莫加多尔人想拉拢，而且一直留在身边的人。”

“可他还是总统啊，”六号说道，“他干吗不采取行动？”

“因为他还被蒙在鼓里，”沃克说，“再说了，副总统就是个莫进派。等时机一到，总统要么跟莫加多尔人合作，要么被赶下台。”

“不好意思，”我举起双手说道，“‘莫进’到底是个什么玩意儿？”

“莫加多尔进步，”沃克解释说，“他们就是这么叫的，用他们的原话说，指的是我们这两个物种的交融。”

“你知道，如果你想改行的话，我认识一个网站，你可以给他们写稿。”我对沃克说道，一边翻看起了文件夹里的文件。里面有莫加多尔激光枪的图纸，还有政客之间的谈话记录文本，还有政府的头面人物和穿制服的莫加多尔人握手的照片。这些文件正是“他们走在我们中间”这样的网站梦寐以求的。

其实，很多资料已经在马克的网站上发布过了。沃克是不是给他提供情报的人之一呢？

“这么说，你们的上司为了先进武器就出卖了人性？”六号从沙发后头凑过来盯着沃克问道。

“一言以蔽之是这样。我们也不是唯一签署合作协议的国家，”沃克语气愤懑地继续说道，“他们知道怎么吊我们的胃口。武器之后，他们又承诺提供先进的医疗技术。他们称之为基因强化疗法，宣称可以治愈从流感到癌症的一切疾病。他们还提出长生不老术。”

我从文件中抬起头来，手上正翻到一张照片，上面是一个卷起袖子的士兵，前臂的静脉发黑，仿佛他的血液已经变成了煤灰。

“疗效如何？”我点着照片问道。

沃克伸长脖子看了看照片，然后看着我说：“你所看到的就是停止注射莫加多尔人的基因药物一周之后的样子。这就是疗效。”

我把照片拿给六号看，她厌恶地摇了摇头。

“这么说，他们其实是在慢慢地杀死你们，”六号说道，“或者把你们变成莫加多尔人。”

“我们那时不知道自己陷入了什么局面，”沃克说，“不过，看到珀迪那样化作尘灰，我们很多人开始觉悟了。莫加多尔人不是救世主。他们是在把我们变成某种非人的怪物。”

“可你们的人还是在跟他们做交易，对吧？”我回答道，“我听说有人想把捉获的莫加多尔人的照片刊登出来，但被某个人给压了下来。”

沃克点了点头：“莫加多尔人声称他们的基因强化疗法是年纪越大越显疗效。华府许多老先生们就想坚持下去。我想他们是从未见过一个地球人化为尘灰。像桑德森那样的家伙，还有其他莫进派的权贵已经开始接受更先进的治疗。莫加多尔人想要的回报只是我们不断的合作而已。”

“怎么合作？”

沃克惊讶地看着我：“如果你们还没弄清楚这一点，那我绝对是看错人了，而且我们必死无疑了。”

“应该说，如果几年前你看对了人，而不是助纣为虐去追杀一些小孩……”我看到六号对我使了个眼色，便控制住了自己的怒火，“算了。我们知道他们要来。他们不打算再躲在暗处或是郊区。他们要大规模进军了，对吧？”

“是的，”沃克承认道，“他们希望我们把开启地球门户的钥匙拱手相让。”

马尔科姆去了趟厨房回来，手里拿着两杯咖啡。他把一杯递给六号，另一杯则给了沃克。特工露出意外却又感激的神色。

“不好意思插一句，那怎么能行得通呢？”马尔科姆问道，“在第一次接触的时候，一定会发生普遍的恐慌。”

“再说，他们看起来就像脸色苍白的异形，”六号补充道，“人们一定会吓得魂飞魄散。”

“别言之过早。”沃克回答道。她举着杯子指了指我手里的文件夹。我又翻看了几页纸，发现了一组照片。照片上是两个西装革履的人在一家高级餐厅用午膳的情景。一个是将近七十岁的男人，稀疏的灰白头发，还长着一张猫头鹰似的脸，我记得在马克的网站上看到过：他就是国防部长巴德·桑德森。另一个是英俊的中年男人，看起来有点像电影明星，我之前从未见过他。他的脖子上挂着什么东西，大部分被他的西装遮住了，而且拍摄的角度不好，无法看清。我依稀觉得有些眼熟，所以把照片递给沃克。

“桑德森我认得，”我说，“另一个家伙是谁？”

沃克吃惊地看着我：“怎么？你不认得他吗？这倒是不奇怪。那家伙显然有好几副不同的样貌。至于我，他在道西基地努力要消灭你们这些孩子的时候，我倒是没认出他来。他那时身形高大得像座房子，手里还挥舞着烈焰熊熊的皮鞭。其实我想就是在那个时候，我断定莫进派的东西不适合我。”

我睁大了眼睛，又看了一眼照片。那些吊饰掩藏在西装大衣底下，但这人的脖子上确实挂着三条链子。“你开玩笑吧。”

“希特雷库斯·雷，”沃克摇了摇头说道，“在缔结莫加多尔人与地球人的和平协议。”

六号从沙发后面走过来，从我手里拿走了照片。“该死的变形人，”她说道，“我们在逃亡的时候，他一直就是这么做的，总是趁乱给我们下套。”

“他也许是有些优势，但我们也并非穷途末路了啊。”马尔科姆说。

“这话确实有着振奋人心的乐观精神，”沃克抿了一口咖啡说道，“但两天后一切都会结束。”

“到那时会出什么事？”我问道。

“联合国大会，”沃克解释说，“到时候总统恰巧会无法出席，所以桑德森将取而代之。他会在那里向全世界介绍希特雷库斯·雷，并且做一段动人的政治演说，说这些可爱的小外星人对我们是毫无伤害的。到时候他们会提出动议，允许莫加多尔人的飞船舰队进入地球，让它们在这里停泊，彼此做星际社区的好邻居。被他收买了的全球领袖们自然会支持动议。相信我，他们占了大多数。一旦莫加多尔人来到这里，一旦我们放他们进来……”

“我们在佛罗里达看见过其中的一艘战舰，”六号忧心忡忡地看了我一眼说道，“就算是一支早已做好作战准备的军队也无法打败他们。”

“但仗是打不起来的。”我说出了她的想法，“地球人根本就不会抵抗。等到他们意识到自己引狼入室，就为时已晚了。”

“没错，”沃克说道，“政府里倒也不是每个人都跟桑德森是一伙的。在联邦调查局、中央情报局、国土安全局和军队当中，大概有百分之十五的人是莫进派。他们确保自己有很多有权势的盟友，但大多数人依旧被蒙在鼓里。我想莫加多尔人在其他国家的支持者也是这个比率。他们知道需要控制住多少地球人才能使他们的计划得逞。”

“那你是什么？打算反抗的那百分之一？”我问道。

“不到百分之一呢，”沃克回答道，“如果你没有超能力，那要应对的局面就会非常棘手。而且，外面那个是什么来着？一支野狼军队吗？不管怎么说，我的人一直在艾什伍德庄园外蹲守，等待时机发动攻击，或是，我也说不好做些什么。当我们看到你们占领了这个地方……”

“好了，沃克，我明白了，”我说道，打断了她的话，把文件夹放在一旁，“我相信你的话，虽然我还没有真正信任你。但我们该怎么做呢？我们要怎么阻止这一切？”

“去找总统吗？”六号建议说，“他应该可以做些事情。”

“那是一个法子，”沃克说道，“但他只是一个人，而且警卫森严。就算你们能到他面前，向他解释外星人的事情，再说服他站在你们这边又如何？还是有很多莫进派的混蛋等着发动一次政变。”

我盯着沃克，知道她其实心里早有打算，只不过是在跟我们兜圈子罢了：“直说了吧。你想要我们怎么做？”

“我们要争取那些还蒙在鼓里的人。要达到这个目的，我们就需要做件大事，”沃克说道，语气非常轻松，好像倒垃圾一样，“我要你们跟我去纽约，刺杀国防部长，揭露希特雷库斯·雷。”

第十六章

战舰渐飞渐近时，我站在瞭望平台上观察着。起初那艘飞船只是蓝色地球前面的一个黑色小点，但它慢慢地越来越大，直到把底下的星球完全遮挡住了。战舰相对接近“阿努比斯”号之后，就慢了下来。之所以说“相对接近”，是因为从这里看，我们可能相隔几英里，太空的浩瀚使得在这里深度和距离都很难估算。我现在远离地球，远离我的朋友们——只有这个距离才是最要紧的。

战舰上的一个舷门打开了，一艘小型的接驳飞船冒了出来。它是白色的正圆形球体，就像一颗珍珠漂浮在太空黑色的洋面上。小飞船朝着我的方向轻移过来，我可以听到传动装置发出的嘎吱声，还有低气压的空气发出的嗖嗖声。“阿努比斯”号飞船上的太空对接舱就在我脚下，已经做好了迎客的准备。

“终于来了。”希特雷库斯·雷拥着我的肩膀说道。听得出这个新来的人物使他非常激动，他那张偷来的地球人脸上绽放出一个灿烂的笑容。我们并肩站在对接舱正上方的瞭望平台上，一排排侦察飞船和一批规模更小的球形接驳飞船就停泊在我们下方。

我们等待的是我的未婚夫。只是想到这个词都让我作呕。希特雷库斯·雷像个父亲般用手拥着我的肩膀，使我的这种恶心感更加强烈。

我保持着一副泰然自若的样子。我现在越来越擅长掩饰情绪了。我决心不再对这怪物流露任何感情。我假装既激动又有点紧张。让他以为我的《莫加多尔进步圣典》课程学习有了效果，以为我就要变成在我的未来梦境中的那个可怕的鬼魅一般的人物。

我知道，我迟早会有机会逃走，或者在试图逃跑时被杀害。

我从窗前转过身来，从瞭望平台的阳台往下看，看到飞船到达泊船舱的门口。下面的灯光开始闪烁起来，对莫加多尔兵发出了警告——若是不把位置让出来，他们就会被吸到太空里去。希特雷库斯·雷已经忙活了起来，他将那些莫加多尔技术员都打发走了，这样我们才能亲自欢迎来人。厚重的舱门打开了，在瞭望室密闭的过渡舱中我都能感觉到太空的吸力；气压有了改变，如同有水从我耳朵里汩汩地冒出来似的。接着，接驳飞船飞了进来，后边的门关上了，一切又恢复了平静。

“来吧。”希特雷库斯·雷命令道。他大步走出瞭望平台，穿过现在大门敞开的过渡舱，走下螺旋楼梯来到对接舱。我遵命紧跟在他身后。我们经过那一排排的侦察飞船，脚步声在金属平台上回荡。飞船舱门打开的时候，我小心翼翼地从希特雷库斯·雷身后探出头去张望了一下，不希望显得过于感兴趣。我一心以为会看到一个年纪更轻的莫加多尔原生人——由希特雷库斯·雷亲自挑选的某个级别很高的接班人，就像我之前看到的惴惴不安地向他们“敬爱的领袖”汇报情况的那些人。

虽然我努力保持冷静，可是当五号踏出飞船的时候，我还是忍不住倒吸了一口凉气。

希特雷库斯·雷回头看着我问："你们俩对彼此都挺熟悉了，对吧？"

五号的一只眼睛遮着一条样子恶心的纱布条，中央是一块深褐色的血迹，边缘都是汗渍。他看上去衣冠不整、疲惫不堪。当他将那只好眼转向我，他那厚实的肩膀耷拉得更厉害了。他在希特雷库斯·雷面前站住，目光低垂。

"她怎么会在这里？"五号轻声问道。

"我们现在总算相聚了，"希特雷库斯·雷握住五号的肩膀回答道，"被解放者和被启迪者相聚于莫加多尔进步即将全面成功的时刻。这都多亏了你啊，我的孩子。"

"好吧。"五号嘟哝着说。

我记得五号在我的梦境中出现过——他押着六号和萨姆走向行刑台，六号还往他脸上啐了一口唾沫——但我想当时我没太在意，而是因为我和希特雷库斯·雷之间的血缘关系而懊恼不已。现在他到这里来，受到了莫加多尔领袖的亲密接待，未来的景象就都说得通了。显然我被许配给了他，要举行什么可怕的莫加多尔式婚礼。不过现在，我最担心的还不是这个。因为现在五号在这里，似乎还刚进行过搏斗，那么……

"你……你都干了些什么啊？"我问道，声音比我预想的更尖锐，"其他人怎么样了？"

五号又看了我一眼，双唇紧闭。他没有回答。

"你给过他们机会了，对吧？"希特雷库斯·雷问五号，但我看得出他这是替我问的，"你努力启发了他们。"

"他们不肯听，"五号轻声说，"他们让我别无选择。"

“瞧瞧他们是怎么报答你的好意的，”希特雷库斯·雷说着，用手指摩挲着五号脸上的纱布，“我们马上就来将它治好。”

五号一把拍开了希特雷库斯·雷的手，让我吃惊地后退了一步。这一拍的声音非常清脆，在我们周围的飞船之间回荡。我看不到他的脸，但我能看到希特雷库斯·雷后背的肌肉都紧绷了起来，他本来硬邦邦的姿势更加僵硬了。我感觉到那副人皮架子底下掩藏着巨大的怒火，正准备随时发作。

“别管它了，”五号颤抖着声音轻声说道，“我想这样子就好了。”

希特雷库斯·雷原来也许已经准备好的一肚子叱责的话并没有说出来。五号这么热切地想维持半瞎眼的状态，这似乎让他非常意外。

“你累了，”希特雷库斯·雷最终说道，“等你休息好了，我们回头再讨论这个问题。”

五号点点头，小心翼翼地从希特雷库斯·雷身边绕了过去，似乎不知道这位莫加多尔最高统治者会不会真的放他过去。希特雷库斯·雷没有拦住他，于是五号嘟囔了一句，没精打采地朝门口走去。

他刚走到一半，希特雷库斯·雷从后边叫住了他。

“尸体在哪里？”他问道，五号停住了脚步，“吊饰又在哪儿？”

五号清了清嗓子，我注意到他的双手开始颤抖，至少在他努力平复情绪之前颤抖了一阵。他转身面对希特雷库斯·雷，后者正看着打开的飞船舱门，显然是在盼着什么东西的到来。

“什么尸体？”我问道，只觉得胸口一阵发闷。他们对我毫不理睬，我提高了声调：“什么尸体？是谁的吊饰？”

“不见了。”五号简洁地说道，算是回答了希特雷库斯·雷的问题。

“我在问你问题呢，五号！”我大喊道，“什么尸……”

希特雷库斯·雷没看我一眼，但朝我这边挥了一下手。我的牙齿紧紧地闭了起来，他用心灵传动闭上了我的嘴。就像是被掴了一巴掌，我的脸颊因为愤怒而火辣辣的。有人死了，我知道。我的一个朋友死了，而这两个混蛋还对我不理不睬。

“具体说说。”希特雷库斯·雷对着五号咆哮道。即使他换上了这副英俊的外表，我也能看出他的耐心正在消失。

五号叹了一口气，像是在说这种汇报是在浪费他的时间：“达尔托奇指挥官决定亲自看守尸体，而我不想质疑他的命令。就在我们离开之前，我发现了达尔托奇的骨灰。一定是那些加尔德偷偷溜进去，带着他们朋友的遗体跑掉了。”

“你理应把他带来给我的，”希特雷库斯·雷咬牙切齿地说，他看着五号，眼睛里的怒火像是要把五号烧出个洞来，“不是达尔托奇，而是你！”

“我知道，”五号回答说，“我跟他说了这是您的命令，但他就是不肯听。至少他是因为不服从命令才死的。”

我看着希特雷库斯·雷的脸阴沉起来，他那双冒用的蓝色眼睛后面的大脑正急速运转着，就像是知道五号在忽悠他似的，怒意更浓了。我感觉到他用在我下颌上的心灵传动力松懈了下来。他分心了，现在他把所有心思都放在五号身上。不等他再说话或是出手，我大步走到了他们两个中间，略微提高了调门。这次他们不得不搭理我。

“什么尸体？你们说的是谁？”

终于，五号那只好眼的目光落在我身上：“是八号。他死了。”

“不。”我说道。这个词轻得几乎像是耳语，因为我努力阻止自己做出任何反应，不过已经太迟了。我的膝盖一阵发软，泪水盈满了我的眼眶，五号冷漠的脸也变得模糊起来。

"是的，"希特雷库斯·雷插话道，声音里的怒气无影无踪，取而代之的是更加变态、险恶的语气——得意扬扬，而且显得过分温和，"都是五号的功劳，对吧，我的孩子？这一切都是为了莫加多尔进步。"

我紧握双拳朝五号的方向踏出一步："是你吗？是你杀了他？"

"那都是……"有那么一会儿，五号似乎想否认来着。但他飞快地看了希特雷库斯·雷一眼，接着只是点了点头："是的。"

就这样，我在希特雷库斯·雷面前不动声色的努力付诸东流了。我觉得怒不可遏。我想把五号揍一顿。我想整个人扑过去，把他撕成碎片。我知道我毫无胜算——我见过他在训练馆里的表现，他能把自己的皮肤变成金属或是其他任何他触碰到的东西的材质——但我会尽全力去伤害他。只要能打中一拳，就算他的金属皮肤把我的双手弄折了，我也心甘情愿。

希特雷库斯·雷将手按在我肩上，拦住了我。

"我觉得现在是学习我们之前讨论过的课程的绝佳时机。"他用同样假惺惺的语气对我说。

"什么课程？"我盯着五号恶狠狠地说。

看到希特雷库斯·雷将注意力转到我身上，五号几乎是如释重负。"我可以走了吗？"他问道。

"不可以。"希特雷库斯·雷回答。

他一把抓住了一艘飞船旁边一辆堆满工具的手推车。上面都是些扳手、钳子和螺丝刀，全都是用来维修莫加多尔飞船的，但跟地球上的那些也没啥太大的区别。他把手推车推到我们身旁，低头看着我微微一笑。

"埃拉，你的超能力叫作消融力。它能赋予你一种能力，让你暂时消除另一个加尔德的超能力。”希特雷库斯·雷双手背在身后给我上着课，“这种能力是洛林星球上非常罕见的超能力。”

我举起前臂擦拭着眼睛，努力站得更直。我还是一直瞪着五号，但我的话是对希特雷库斯·雷说的。“你现在干吗告诉我这些？我才不稀罕呢。”

“了解自身的来历是很重要的，”他不为所动地回答道，“如果你相信长老们的话，说超能力都萌生于洛林星，是为了满足洛林社会的需要。那我就纳闷了，只能作用在其他加尔德身上的超能力又有什么好处呢？”

五号还是完全一动不动，不肯接触我的目光。我满心愤怒，忘记要好好措辞、保持冷静了。

“我不知道，”我尖酸地打断了他的话，“也许洛林星事先知道了会出现你们这两个混蛋，知道得有人来阻止你们呢。”

“啊，”希特雷库斯·雷回答道，一副学者般矫揉造作的语气，像是我这句话正中他下怀似的，“但如果真是这样，那长老们为何没有把你选进那些获救的小加尔德的行列中呢？而且，如果洛林星塑造了各种超能力来满足洛林人的需要，那它干吗还要将超能力赋予不合适的人，让他们去使用呢？消融力的存在正好表明了洛林星的不可靠，而这一点正是长老们不肯承认的。这种混乱就该纠正，而非加以推崇。”

我试着朝五号迈出一步，但希特雷库斯·雷用心灵传动将我按在原地。我强压下怒火，提醒自己我还是这里的囚徒。我必须跟着希特雷库斯·雷玩他那些愚蠢的花样，直到时机到来。复仇的念头得暂时放一放。

“埃拉，”希特雷库斯·雷说道，“我跟你说的话，你听明白了吗？”

我叹了一口气，把目光从五号身上移开，呆滞地看着希特雷库斯·雷。显然他早就准备好了这套哲理般的说教。也许这是他的书里比较长的章节之一。跟他争吵根本没有必要。

“这么说一切都是偶然的，我们只需好好加以利用，等等，”我说道，“也许你说得对，也许你说错了。我们根本无从知道，因为你毁掉了那个星球。”

“其实我到底毁掉什么了呢？也许是一颗行星，却不是洛林星本身。”希特雷库斯·雷把玩着脖子上挂着的一个吊饰，“情况比你所了解的复杂多了，亲爱的。很快你就会豁然开朗。在那之前……”他把手伸到推车上，举起一把莫加多尔扳手，向我投掷过来，“我们来练习吧。”

我在半空中一把抓住了扳手，将它举在面前。希特雷库斯·雷将注意力转向还默默站在一旁等着放行的五号。

“飞吧。”希特雷库斯·雷命令道。

五号迷惑不解地抬起头：“什么？”

“飞吧，”希特雷库斯·雷又说了一遍，对着泊船舱高高的天花板挥了挥手，“能飞多高就多高。”

五号嘟哝一声，慢慢地飘浮到空中，直到离地四十英尺的地方，他的头几乎都要摩擦到泊船舱的椽子了。“接着做什么？”他问道。

希特雷库斯·雷没有回答，而是转向了我。我已经知道他要我做什么了。我的手里握着冷冰冰的金属扳手，手心里却直冒汗。他跪在我身旁，放低了声音。

“我要你照你在道西基地时那样做一遍。”希特雷库斯·雷说。

“我都跟你说了，我不知道当时是怎么做到的。”我大声抗议。

“我知道你是在害怕——害怕我，害怕自己的宿命，害怕自己身处的这个地方，”希特雷库斯·雷耐心地说着，有那么可怕的一会儿，他的声音听起来几乎就是克雷顿，“但对你来说，恐惧就是一种武器。闭上眼睛，让这种感觉传遍全身。你的消融力自然就会出现。这是一种如饥似渴的能力，它就在你体内，只有你的恐惧才能激发它。”

我闭上了眼睛。心里对这堂课有些抗拒，听到希特雷库斯·雷的声音都让我起鸡皮疙瘩。但我心里多少有些想学习使用自己的超能力，不惜一切代价。这种感觉并非不自然，在我体内有一股能量正呼之欲出。我的消融力盼望着我能使用它。

当我睁开眼睛，手中的扳手因为有了红色的能量而闪闪发光。我做到了。就像在道西基地那样。

“非常好，埃拉。你可以通过接触来激发消融力，或者正如你刚刚所做的那样，注入物品，进行长距离的袭击。”希特雷库斯·雷解释说。我把扳手猛然往他身上戳过去，他迅速后退了一步：“悠着点，亲爱的。”

我瞪着希特雷库斯·雷，眼睛眨也不眨，手里握着扳手，就像想赶走一头野兽时举着一支火炬那样。我不知道我能否击中他，使他丧失超能力，然后把他狠揍一顿。五号会试着阻止我吗？我能做到吗？我不知道希特雷库斯·雷的超能力能达到何种境界，不知道他还有什么本事没显露出来，也不知道现在我们身上有了相同的符咒，情况究竟会变成什么样子。但也许这一招值得一试。

希特雷库斯·雷脸上慢慢绽开了一个微笑，他像是能看出我心里的盘算，而且还很欣赏。

“继续，”他瞄了一眼天花板说道，“你知道下一步该怎么做。他没能完成我的任务。而且他还杀了你的朋友，对吧？”

我知道我应该跟他对着干，不该照希特雷库斯·雷说的做。但手中的扳手吸收了我的消融力，竟像是跃跃欲试一般非常渴望被抛出去。之后我想起了八号，长眠于地球的某个角落，凶手正是这个在我头顶上、悬在半空中独自闷闷不乐的胖小子，而我的祖父显然是要安排我嫁给他。

我转身将扳手朝五号掷了过去。

我不知道我这一投能否命中，也不知道距离是多远，所以我用心灵传动竭力一抛。五号一定看到扳手飞了过去，但他并没有躲闪。他的这种听天由命、自甘受罚的态度使我开始为自己的决定感到后悔。

扳手正中五号的前胸，不过力度不大。但即使如此，它还是贴在了他的胸口，就像带磁力一般。他猛地倒吸一口气，紧紧抓住扳手，脸上厌烦的表情也不见了。不过这动作只持续了一小会儿，之后光芒突然强烈起来，五号也直挺挺地从空中跌落下来。

五号摔得很惨。他的腿被压在身下，双手也没能撑住，肩膀直接撞到地板。他脸朝下趴在地上，大口大口地喘着气。他挣扎着想站起来，但他的一条胳膊残了，他只尽力挺起来一点点，就吧嗒一下摔了下去。扳手从他胸口掉了下来。破坏成功，他丧失了超能力。希特雷库斯·雷赞赏地拍了拍我的背。虽然我知道五号对八号做了些什么，但看到五号这个样子，此时的我开始觉得有些内疚。我突然想到他有可能跟我一样，也是一个身不由己的囚徒。

“自己上医务室去，”希特雷库斯·雷对五号下令道，“我不管你想把你的眼睛怎么样，但我们在地球上降落的时候，我需要你的身体完全复原。”

“是，敬爱的领袖。”五号哑着嗓子说，扭过脖子吃力地仰望着我们。

“干得漂亮，”希特雷库斯·雷带着我走向出口时对我说，“来吧。我们要继续进行你的圣典课程学习。”

虽然五号对八号的所作所为让我非常愤怒，但我们走过俯卧着的五号身边时，我还是用意念传音呼叫了他。我不想被困在这里就失去自己的是非感。

抱歉。我对他说。

我没料到他会回应我，他之前根本连看都不愿看我一眼。我正要中断我们的心灵感应，他就回话了。

我没事。五号回答道，我这是咎由自取。

你再惨也是活该。我回答说，我也无法很好地控制自己的怒火。我一想到八号笑眯眯的样子，想到他跟我和玛丽娜开玩笑的情景，心里就非常难过。

我知道。五号说，我没有……我很抱歉，埃拉。

我感觉到他脑子里还有其他念头。这种事情以前从未发生过——也许我的超能力越来越强了。对此我也没再多想，因为我在脑海里看到八号的遗体特地被留在一个空荡荡的机库中。我努力想弄明白这画面的意思，但五号的思绪一片混乱。他的脑子里有那么多互相冲突的信号，我能力有限，还不能全都感应得清楚。

我本来已经从他身边走过了，但在用意念传音交谈之后，我斗胆扭头望了他一眼。五号已经挣扎着站起身了。他用手拿着一颗金属球，在指节间上上下下来来回回地滚动着，等待自己恢复超能力。他直视着我。

我们得离开这里。他想道。

第十七章

黎明时分的艾什伍德庄园静悄悄的，一层薄雾笼罩着灰蒙蒙的天空。我辗转难眠，这倒也没什么新鲜的。我坐在亚当老屋的起居室窗前，用手机拍下了沃克特工提供的文件，并将照片发给萨拉。我们打算把这些文件发到“他们走在我们中间”网站上去，因为这样我们至少能保证消息被公之于众。沃克开列了一份记者和其他传媒界人士的名单，她觉得这些人是可以信任的，但她也列出了长度相同的莫进派记者名单。除了依靠自己，我们没有更好的途径将情报送出去。未来将会有一场恶战。在我们逃亡的那些年里，莫加多尔人占了太大的上风，在军方、政府和媒体中的影响也难以撼动。他们最聪明的一招就是将我们赶得东躲西藏。

照沃克的说法，要干一件大事才能扭转局势。她要我们将莫进派的头头干掉，也就是杀了国防部长。我不知道这如何让地球人支持我们。沃克说我们要静悄悄地进行暗杀。我还无法决定是否要接受这个计划，但可以让沃克觉得我们答应了帮她去干杀人的勾当。目前来说是这样。

比杀死桑德森更重要的是，我们应该去揭露希特雷库斯·雷，利用他在联合国大会上搞地球人和莫加多尔人友好秀的计划来对付他。我们打算把动静闹大，让地球人看清莫加多尔人的真面目，团结一心抵抗入侵。被欺瞒了十年的人民将会明白真相。一旦地球人亲眼看到外星人，我们希望他们会把像“他们走在我们中间”这样的揭秘网站当真。我只希望能想出个法子赢得全面胜利，而且不用再有人牺牲。

悲观的念头依然在啃噬着我的内心。我们就算能够组建一支抵抗军队，比在艾什伍德庄园所集结的乌合之众规模更大、更强，还是不一定能把莫加多尔人赶走。在地球上这么长时间，我们一直在跟莫加多尔人秘密作战。现在我们要把成百上千万无辜的百姓牵扯进来。似乎我们一直在争取的，只是给地球人和我们这些幸存的洛林人一个机会，去打一场持久的血淋淋的战争。我不知道这是否就是长老们为我们设定的未来。我们是否早该和一点也不聪明的地球人一起打败莫加多尔人呢？还是说长老们当年把我们送到地球来，是因为他们当时也跟我们现在一样一筹莫展呢？

难怪我睡不着觉了。

透过窗户，我看着两个联邦调查局的特工坐在街对面的门廊上轮流吸着一根烟。我想被即将发生的入侵折磨得无法入睡的人不止我一个。我们让沃克的手下在艾什伍德庄园的空屋子里驻扎。他们做好了周边的警戒，在之前被我和亚当毁掉的大门口安排了哨兵。这样一来，这地方几乎成了新组建的地球人与洛林人抵抗军队的总部基地。

我还是无法完全信任沃克特工和她的手下，但迫在眉睫的战争迫使我和很多奇怪的人结盟。照目前的情况来看，他们都还算守规矩。如果相信以前的敌人会让我走背运的话，那我们肯定早就必死无疑了。非常时刻总是需要些非常手段的。

我身后的地板咯吱作响，我转过身去发现马尔科姆就站在莫加多尔人的地道入口处。他的双眼因为疲劳而失去了神采，他正拼命憋住一个呵欠。

“早上好。”我说道，随手合上了沃克的文件夹。

“已经是早上了啊？”马尔科姆摇摇头难以置信地说道，“我在这儿都没有时间观念了。原本萨姆和亚当在协助我。我还以为把他们赶去休息是不久之前的事呢。”

“那是几小时之前，”我回答道，“你整个晚上都在查看莫加多尔人的录影带吗？”

马尔科姆默不作声地点了点头，我意识到他不只是累过头了。他脸上一副目瞪口呆的表情，像是刚刚目睹了某些让人震惊的事情。

“你发现什么了？”我问道。

“我，”他停顿了一会儿说，“我看到我自己。”

“什么意思？”

“我觉得你最好把其他人都召集起来。”他只说了这么一句就消失在地道中。

玛丽娜在楼上的一个卧室里睡着，所以我先把她叫了起来。她下楼来的时候，在主卧室门口停留了一会儿；这间卧室以前是将军和亚当的母亲共住的，但现在是八号遗体的临时停放点。玛丽娜经过的时候将手轻轻地放在门把上。叫醒她的时候，我注意到她戴着八号的吊饰。真希望我能有更多的时间陪她一起悼念。

亚当在楼上剩下的那间卧室里睡着，他的剑就靠在床边伸手可及的地方。我犹豫片刻才叫醒了他。他现在是我们当中的一员了。昨天他从将军手上救了我就是一个证明。不管马尔科姆在莫加多尔人的录影带里看到了什么情况，亚当的见识对我们将会是非常宝贵的。

萨姆和其他的加尔德睡在艾什伍德庄园的其他地方，所以我派了几只变形兽去找他们。九号几分钟后就出现了，他的长发乱蓬蓬的，看样子跟我一样疲惫。

“我在屋顶上睡的。”看到我怪异的目光，他解释道。

“哦，那是为什么？”

“得有人留意被你安排驻扎在外头的政府笨蛋们。”

我摇摇头，跟着他走下地道的台阶。马尔科姆和我找来的其他人都已经聚在莫加多尔人的档案室里，沉默不安，玛丽娜则坐得离亚当远远的。

“萨姆和六号呢？”我进去的时候，马尔科姆问道。

我耸耸肩：“变形兽在找他们了。”

“我看到他们走进了一间废弃的屋子。”九号说道，脸上露出狡黠的笑容。我投之以探寻的目光，他则冲我扬了扬眉毛。“世界末日快到了，你知道的，小翰。”

我不太知道九号的确切意思，直到六号和萨姆匆匆走进门来。六号倒是一副整齐的样子，头发往后扎了起来，看着像是从沼泽的艰难旅程回来之后，已经梳洗一番，也好好休息过了。而萨姆确实满脸通红，头发凌乱地竖着，衬衫的纽扣全都扣错了。萨姆看到我在打量他，脸更红了，露出了一个腼腆的笑容。我难以置信地摇了摇头。尽管气氛凝重，我还是忍不住想笑。九号则吹了声口哨，甚至连玛丽娜脸上都闪过一丝笑意。这一切使萨姆的脸红得更厉害了，而六号看我们的目光则更加桀骜不驯。

马尔科姆自然是没注意到这一切。他一心都在那台计算机上，等着播放一个莫加多尔人的视频。

“很好。人都到齐了，”马尔科姆从键盘前抬起头说道，神经兮兮地环视整个房间，“我觉得把这拿给你们看，就像是一种失败。”

萨姆之前的满脸通红变成了满脸关切：“什么意思，爸爸?”

“我……”马尔科姆摇摇头，“他们抹去了我的记忆，即使现在看过了我将要给你们看的画面，我其实也还是不记得当时的情形。我让你们都失望了。”

“马尔科姆，别这么说。”我说道。

“我们都犯过错误，”玛丽娜说道，我注意到她的目光投向了九号，“做过追悔莫及的事情。”

马尔科姆点点头：“不管了。虽然委实有些迟了，但我还是希望这段视频能给我们另一种思路。”

六号歪着脑袋问道：“另一种思路？原先的思路是什么?”

“全面的战争，”马尔科姆答道，“看看吧。”

马尔科姆按了键盘上的一个按键，挂在墙上的计算机屏幕上的视频开始播放起来。一个消瘦的年纪较大的莫加多尔人出现了。他的扁脑袋充斥着大部分屏幕，但可以看到他背后有一个跟这个相似的房间。那个莫加多尔人开始说着他们刺耳的语言，虽然我听不懂他在说什么，但他的语气听起来很正经，一副学术范儿。

“这些破话我应该听得懂吗?”九号问道。

“他是洛克拉姆·阿努博士，”亚当一边翻译着他的话一边说道，“他制造了记忆机器，就是……你知道的。你昨天还拿着它的一块碎片投掷一架直升机来着。”

“哦，那玩意儿啊，”九号咧嘴笑着说，“那可有趣得很。”

亚当继续说道：“这段视频很旧了，拍的是机器第一轮实验的情形。他在介绍一个实验对象，说这人比他以前用于实验的人更坚强。他会展示他的机器是如何被用于审讯的……”

画面中的阿奴博士让到一边，业当也闭上了嘴。可以看到一个更为年轻的马尔科姆·古德被绑在一张结构复杂得要命的金属椅子上。画面中的马尔科姆又瘦又苍白，脖子上的肌肉都鼓起来了，主要是因为他的头被迫倾斜成一个很古怪的角度。他的手腕被扣在椅子的钛扶手上；一条静脉输液导管插进了他的手背，营养物质通过附近的一个袋子被注射进去。他的脸上和胸口贴着各种电极，电线都连接到阿努博士机器的电路板上。他的双眼盯着屏幕，但目光涣散呆滞。

“爸爸，天哪。”萨姆轻轻地说道。

看着屏幕上的马尔科姆是一种煎熬，等到阿努开始向他问话时，情况就更糟了。

“早上好，马尔科姆，”阿努说道，现在他说英语了，语气像是对着小孩子那样，“你准备好继续进行我们的谈话了吗？”

“是的，博士。”屏幕上的马尔科姆回答道，他说话时嘴巴耷拉着，嘴角还有一条口水在往下淌。

“很好，”阿努说着，看了一眼搁在大腿上的小写字板，“我想要你回想跟庇塔库斯·洛尔见面的情形。我想知道他来地球干什么。”

“他在为将要发生的事情做准备。”马尔科姆回答道，他的声音冷漠又机械。

“具体说说，马尔科姆。”阿努要求道。

“他在为抵御莫加多尔的入侵和洛林星的重生做准备。”屏幕上的马尔科姆似乎突然惊慌起来。他拼命挣扎着胳膊想挣脱束缚。“他们已经到这里来了。是来捉我们的。”

“是的，但你现在安全了，”阿努说道，等着马尔科姆平静下来，“洛林人来地球多久了？”

“几个世纪了。庇塔库斯希望时机成熟的时候，地球人可以做好准备。”

“什么的时机？”

“反抗。复兴洛林星。”

阿努用笔敲击着写字板，马尔科姆的神情恍惚和语焉不详让他心烦：“他们怎么能在这里复兴洛林星呢，马尔科姆？这可是远在许多光年之外的星球。你是在骗我吗？”

“我没有骗你，”马尔科姆嘟哝着说，“洛林星不只是一颗行星。它要比行星复杂得多。它可以存在于任何地方，只要那里的人合适。庇塔库斯和长老们已经做好了准备。甚至是现在，洛林星脉就在我们脚下淌过，遍布整个地球。它就像流淌在血管里的血液，只需要一个心跳就能让它恢复功能。它只需要被唤醒。”

阿努前倾着身子，突然一副兴趣十足的样子。我发现自己也是一样，歪着头弯腰凑到了屏幕面前。

“他们要怎么做到这一点？”阿努问道，显然在努力遏制声音中的激动。

“每位加尔德身上都有庇塔库斯所说的凤凰石，”马尔科姆回答道，“等加尔德们一成年，凤凰石就会被用来重建洛林的生态系统——植物、洛林石、变形兽。”

“但超能力呢？洛林人真正的天赋呢？”

“一旦洛林之心被唤醒，那些也会随之到来的，”马尔科姆回道，“凤凰石、吊坠，每一样东西都有用场。当这些东西被安放到长老们在地球上安排好的圣殿，洛林星就会重生。”

阿努回头看了看摄像机，睁大了眼睛。他冷静下来，继续追问。

“这个圣殿在哪里，马尔科姆？”

"卡拉克穆尔[1]。只有加尔德才能进去。"

马尔科姆暂停了视频。他环视整个房间，双唇沮丧地紧闭着，但眼里却有希望的火花在跃动。每个人都转过脸看着他，一脸震惊，刚刚的画面大家都一下子无法接受。

九号皱着眉头举起手说："我不明白。卡拉克穆尔究竟是什么？"

"是一座位于墨西哥东南部的古代玛雅城邦。"马尔科姆回答道，声音中难掩兴奋之情。

"我们之前怎么对此一无所知？"六号依然盯着被暂停了的画面问道，"为什么长老们都没有告诉过我们？我们的塞邦也没有？如果这一点这么重要，为何我们会被一直蒙在鼓里？"

马尔科姆捏了一下自己的鼻梁。"我对此也没有很好的答案，六号。莫加多尔人的入侵打了长老们一个措手不及。你们被紧急送往地球，你们的塞邦当时也一样并未做好充分的准备。重中之重是要让你们活下来。我只能假设所有这些——凤凰石、你们的吊坠、圣殿——都是要等到你们成年、有了超能力和作战能力时，才会让你们知道。提前让你们知道了，秘密就很容易泄露。不过……"马尔科姆绝望地看着屏幕上的自己说道，"我们也看到了，这秘密根本没保住。"

"也许亨利就是因此才到天堂镇去找你的，爸爸，"萨姆说道，目光在我和他爸爸之间游移，"也许当时时机已经成熟。"

我的脑子转个不停，下意识地来回踱着步。六号瞪了我一眼，让我停下了脚步。

"我之前一直以为我们会赢下这场战争，回到洛林星去，"我慢慢

① 在今墨西哥坎佩切州境内，面积约三十平方公里，是玛雅文明古典时期最重要的城邦之一。

说道，想说清自己的想法，“我还以为亨利所说的洛林星重生就是这个意思。”

“也许他说的是这里，”六号说，“也许我们应该在这里重振洛林星。”

“那是什么意思？”萨姆问道，“那地球会怎么样？”

“肯定不会比被莫加多尔人入侵更糟，”九号回答道，“我是说，我记得洛林星的生机勃勃。那样的话我们可能是在帮地球一个忙。”

“据你在录影里说的，洛林之心应该是一件具体的东西。”玛丽娜看着马尔科姆说道。

“我……”马尔科姆摇了摇头，“我希望能记起更多的东西，玛丽娜。你的问题我也回答不了。”

“可能是一尊神。”玛丽娜说道，声音里充满敬畏。

“可能是一件地球上才有的武器，能杀死所有莫加多尔人。”九号说。

亚当不自在地清了清嗓子。

“不管是什么，马尔科姆说我们需要凤凰石才能唤醒它。”我说道，努力不让大伙儿岔开话题。

“还有我们的吊坠，”六号说道，接着她歪着头像是想起了什么事情，“也许希特雷库斯·雷就是因此才保存着吊坠。那些对他来说不只是战利品。”

“我们在芝加哥的时候翻看过各自洛林箱里的东西，”九号嘟哝着说，大概是记起当时登记我们的物品时他的那种无聊劲儿，“我有很多洛林陨石和别的什么东西，都不知道该怎么用。”

“我们该把它们都带上，”玛丽娜非常坚定地说，“把我们的传世宝物、我们的吊坠通通带到圣殿去，埋进土里，就像马尔科姆说的。”

马尔科姆点点头：“我知道这件事说起来很不明朗，但至少是一种进展。”

“那可能是我们想要的作战优势，”我思索着说，“见鬼，这也可能是我们最初被送过来时就得做的一件事。”

九号交叉双臂，一副犹疑的样子：“昨天我仰头看到的是我毕生从未见过的最巨型的莫加多尔飞船。将我们的东西埋在某个邋遢的寺庙里，几个月前也许是一个好主意。但全面战争一触即发，我想我们肯定还要去杀些坏蛋的吧。”

我还没来得及开口，马尔科姆就走上前来。“圣殿也许是我们最大的希望了，”他说道，“但我们最好不要在同一根绳子上吊死。”

“九号说得有道理。我们虽然也讨厌兵分几路，”六号说道，“但我们中的一些人可以照沃克的计划行事，去打击莫加多尔人。”

九号以拳击掌说道：“就是我啦。”

“另一些则前往墨西哥。”我替六号把话说完。

“我想去，”玛丽娜立刻说道，“我想去看看圣殿。如果那个地方适合洛林人，是我们可以居住的地方，也许我们就该把八号的遗体埋在那里。”

我点点头，看了看六号，等着她的决定：“你怎么说？纽约还是墨西哥？”

“墨西哥，”她想了一会儿说道，“你比我更擅长跟政府部门的人打交道。如果需要一个洛林星的代表去参加联合国大会，那显然应该是你。”

“谢谢你这么说。”

“她是说你就像个童子军队员。”九号大声地补充道。

我看了萨姆一眼，他半张着嘴，似乎欲言又止，但六号冲着他摇摇头，让他打住了话头。

“我想我也待在这里好了。”萨姆闷声不响了一会儿才说道，听语气有些泄气。他向我挤出一个笑容：“得有人在你跟九号之间做调解人。”

那样就只剩下亚当了。我们的莫加多尔伙伴一直恭敬地沉默着，也许是不想在我们的秘密曝光时招惹到某个人。我转身看着他时，他还在盯着屏幕。他似乎陷入了回忆，也许是记起了阿努博士和他的机器。注意到我们都在看着他，他皱起了眉头。

“他们会在墨西哥等着你们的，”亚当说道，“如果那里有一股洛林星的能量源，你们知道我们的人在过去这几年肯定一直在努力得到它。”

“但是只有加尔德才进得去，对吧？”萨姆看了看亚当，又看了看他的爸爸。

“我在录影里是这么说的。”马尔科姆回答道，犹疑地噘起了嘴。

“就像是只有我们才有超能力那样吗？”九号打量着亚当回答道，“你是说这可能又是一个陷阱吗，莫加多尔小子？”

“要是让你们知道了，就不叫陷阱了，”亚当匆匆瞥了九号一眼，然后看着六号，“我不知道你们在那里看到的会是什么，但我敢肯定会有莫加多尔人在那里。我比你们更擅长驾驶‘掠行者’。如果他们有飞船在那里的话，也许我还能做些手脚智取。”

“好吧，我也没打算走路到墨西哥去，”六号冷淡地说，然后看了看我，“你信任这家伙，对吧？”

“是的。”

她耸了耸肩：“那就欢迎加入卡拉克穆尔小队，亚当。”

我听见玛丽娜咬了一下牙，但她没有提出异议。

“很好。我们要派一个莫加多尔人去调查洛林人的圣地了，”九号摇摇头抱怨说，“难道没人觉得这样有点亵渎神明吗？”

“你刚刚不是还说那地方‘邋遢’吗？”萨姆问。

“就事论事而已，”九号说，“说莫加多尔人中有好人也很奇怪。不是针对谁哦。”

我伸手从衬衣底下拉出我的洛林吊坠，把它解了下来，他们的玩笑也停了。摘下吊坠的时候，我感觉心里泛过一种奇异的冰凉感。我似乎一直都戴着这个吊坠。整个房间突然陷入沉默，我把吊坠递给了六号。

“拿着，”我说道，“一定要让它到达圣殿。”

九号也毫不犹豫地扯下他的吊坠，然后将它递给了六号。

“给，”他说道，“把我最心爱的饰物拿去吧，在你手上的是两个星球的命运。别有压力哦。”

“没有压力。”六号接过吊坠，坏笑着说。

“好了，”我环顾四周说，“让我们赢下这场战争，改变世界吧！”

第十八章

那天早上的晚些时候，我们道了别，所有人都集结在停泊于艾什伍德庄园篮球场上的“掠行者”号旁边。

脖子上挂着两个洛林吊坠的感觉有些奇怪。玛丽娜也挂着两个，所以至少我不是一个人在担负这种重任。我说的不是重量，吊坠本身一点也不重。它们显然是承载了所有洛林超能力。几块熠熠生辉的洛林宝石凝聚着我们这个几近灭绝的种族的所有能量。

好吧，没什么大不了的。

“都在这儿了吧？”玛丽娜问道。她正跪在她敞开着的洛林箱面前，轻轻地重新摆放里面的各种物品。八号的洛林箱我们也拿到了。里面的东西被永远地封存起来，也许都被毁掉了，但我们想把它跟其他箱子一起带去圣殿也不费事。

我自己没有洛林箱，所以玛丽娜把我们收藏的所有传世宝物都放进了她的箱子里。经过之前的讨论，约翰和九号也翻看了自己的洛林箱，把除了武器、疗伤石和与作战有关的东西以外的物品聚集在一起。除了一把可以用来购置公寓或电脑设备的洛林宝石，约翰还将一串用泛黄的麻绳串在一起的枯叶交给了我。我用手指摩挲叶子的话，它们就会发出风声。九号则给了我一小袋松软的深咖啡色的泥土。玛丽娜小心翼翼地将这些物品放进她的洛林箱，与一小瓶水晶般透明的水、一块洛林石和一根剥了皮的树枝放在一起。

“这么说，因为不知道那些凤凰石究竟是什么，我们就只能把类似的东西都扔下去，对吧？”我说道，接着急忙纠正自己，“我是说，不是扔下去，是埋进土里。就像被洗脑的马尔科姆说的那样。”

约翰轻笑了一声：“如果我们想出更好的计划，我会告诉你们的。”

“爸爸还在下面看更多的录影，”萨姆说道，“也许他会有别的发现。”

“现在看来只能见机行事了。虽然四面受敌，”约翰说，“我还是想让你带另外一样东西去圣殿，六号。”

约翰蹲下来去取洛林箱里的东西。我们之前已经翻看过了，我不知道他为什么还把洛林箱带到篮球场上来。等到他拿出一个小盒子时，我立刻就明白了。我一眼认出了它。

那是亨利的骨灰。

“约翰……”我说道，并没有一下子接过那个盒子。

“带上他，”约翰轻声回答道，“圣殿才应该是他的归属。”

“但难道你不想在场跟他道个别吗？”

“我当然想。但是发生了这一切，我都不知道自己还会不会有这个机会。”我正想反驳他，他就拦住了我的话头，“没事的，六号。知道他跟你一起到圣殿去，我会更安心的。”

“如果你希望这样，”我接过骨灰说道，“那我会好好照顾他的。我答应你。”

我小心地将装有亨利骨灰的小盒子放进玛丽娜的洛林箱里，跟其他东西放在一起。我们都陷入了沉默，气氛越发阴郁起来。不过有人在旁边盯着，这种时刻确实不太合适。那些政府特工跟我们保持着一定距离，不过我看得到其中有一些，包括沃克本人，正站在附近的一个门廊上看着我们。

“你跟他们在一起没事吧?”我问约翰。

他回头看了看，注意到了那些窥视的目光：“他们现在是我们的人了，记得吗?”

“我不得不一直提醒自己这一点，”我回答道，目光不由自主地投向了“掠行者”号，“我现在似乎经常这样。”

亚当已经坐到了“掠行者”号里，旁边是“尘尘”——那只跟他很要好的变形兽。我相信约翰所说的话，我们能信任这个正在驾驶舱里检查设备的又瘦又高的莫加多尔人。我不知道玛丽娜是否有相同的感受；她没说什么，但只要亚当出现在附近，我就能感觉到她散发出一股寒意。发生了这些事，我不能怪她多疑。我想飞往墨西哥的路上一定是寒意丛生的。

“经常联络哦。”约翰拍了拍傻气地插在牛仔裤后兜的电话提醒我。我和玛丽娜都带上了卫星电话，它们太过笨重，没法像时髦饰品那样戴着，所以就跟我们的装备放在了一起。这些装备是美国政府提供的，或者至少是与沃克有关的那小支起义军提供的。亚当和马尔科姆把电话检查过了，他们向我们保证电话没有被窃听。

“知道了，”我回答道，“你也是哦，约翰。保持联系。保重性命。”

“还要照顾好我们所有的物品呢。”九号嘟哝着说。他站在几步开外的地方，看着玛丽娜胡乱整理着洛林箱，一直蹙着眉头。“如果可以的话，我想要回几颗宝石。你知道，以备以后之需。多亏了这个糟糕的管家，我们得买个新的寓所了。”

我瞪了九号一眼：“你说什么胡话呢？”

他耸耸肩：“怎么了？我这不是为未来打算嘛！”

玛丽娜从洛林箱边抬起头来，叹了一口气，扔给九号一双黑手套：“给你。我一直没弄明白这是干什么用的。”

“好极了。”九号说着，立刻戴上了那副像是皮质的手套。他弯曲着手指，然后突然向约翰打出了一拳。“你感觉到什么了吗，兄弟？”

约翰不理睬九号，看着玛丽娜说：“我们能肯定那东西不重要吗？如果那就是一颗凤凰石呢？”

“这是手套，小翰，”九号说道，并没有除下手套，“你听说过有什么古代仪式需要埋下一双时髦手套的吗？得了吧。”

约翰摇摇头，不再坚持了。玛丽娜关上箱子的时候，约翰一直盯着亨利的骨灰，接着他把目光投向了“掠行者”号：“真希望能跟你们一起去。我很想到现场去，看着他们俩……入土为安。”

八号的遗体已经被放到了飞船里，牢牢地系在一个座位上。

“等事情过去之后吧，”玛丽娜说着，伸手握住了约翰的手。她还是满心伤感，我们都是，但我看到原来那个温柔的玛丽娜慢慢地不再那么冷淡了，“八号会理解的。一旦胜利了，我们就会有时间好好去哀悼他们。我们所有人一起。”

九号不再摆弄他的新手套，而是神情肃穆地看着玛丽娜。“我也想那么做。”他说道。

“准备好了？”我问玛丽娜。

她点点头，用心灵传动让她的洛林箱飘进了“掠行者”号舱门。“保重，各位。”

玛丽娜挨个拥抱了小伙子们，我也一样。萨姆是最后一个，他紧紧地抱住了我。我们之前聚集在莫加多尔地道时的那种感觉又回来了，我感到大伙儿都在看着我们，笑话我们多么造作。我有点生气了，但自己也没觉察到这个拥抱比其他人的时间更长。朋友都走开了，像是不想打扰我们。

“六号……”萨姆轻轻地在我耳边说，但我看了看他，打断了他的话。

“别这么不自然啊，萨姆。”我轻声说道，将一缕头发塞到耳后，偷偷地看了其他人一眼。

我们昨晚在一起了。也许从我的角度看来，这不是明智之举。我爱萨姆，以我的方式爱着他，我不想欺骗他，或是伤害他的感情。我只是觉得在一切结束之前，我们不合适谈恋爱，特别是我跟约翰之间的关系在那些眉来眼去之后变得尴尬又复杂。但是，经历了佛罗里达的一切，我需要一些好事来改变一下——一些暖心又安全，而且比较正常的事情——那就是和萨姆在一起。我以为他明白我不想陷入像约翰和萨拉那样愚蠢的关系中，跟他做什么被命运拆散的恋人。但此时我们站在这里，拥有这一刻，虽然本打算直截了当地跟他说，但我其实并没有挣开。

“我不是要引来关注什么的，”萨姆歪着脸看着我说，“我只是……我不知道你为什么不让我跟着你去。”

“你在这里更能发挥作用，跟你的爸爸在一起，”我对他说，“而且约翰和九号之间也需要你协调。”

“我上次跟约翰一起行动时，他把我撇在一座山里，”萨姆根本不买我的账，“说吧，六号。究竟是因为什么？”

我叹息了一声，不由自主地既想掐死他，又想亲吻他。我都不知道哪一种本能会胜出。我是想跟萨姆更进一步，我承认。最终肯定会的。但我现在不想考虑这个。昨晚是一回事，但现在我要去打仗了。

“我不想分心，萨姆。你知道吗？”

“哦，”他说，我的话似乎伤害了他的自尊，“你是说，到时候你得忙着把我从莫加多尔人手里救出来，或是不让我掉进什么古代玛雅人的尖刺陷阱。我还以为不用再为这个争论了呢。我能照顾好自己，六号。我只是在那次演练的时候意外打了你一枪而已……”

我吻住了他。主要是想让他闭嘴，表明我的观点，但也是因为我情难自已。我听见九号在旁边起哄了一声，于是立刻用心灵感应阻止了他。

“我说的是这种分心。”我轻轻地说道。我的脸还挨着他的脸。

萨姆的脸又红了，嘴巴张开着，像是还要说些什么。他也许是想用更温柔的方式道别，但我受不了这种没完没了的告别，所以我又看了一眼他那目瞪口呆的可爱脸庞，然后转身离去。不一会儿，我就登上了“掠行者”号，坐到了亚当的旁边，不去理睬玛丽娜那副吃惊又略带调侃的表情。

“可以了吗？”亚当问道。

我们点点头，亚当就按动了几个开关，比我更为自信地操控着飞船的控制键。我们慢慢升空。我往窗外看了一眼，看到萨姆和其他人在下面向我们挥手告别。我不知道以后我的生活中还会不会有这样的时刻——在拿生命冒险之前让人痛苦的告别。约翰总说他多么期盼过上无聊的正常生活，但换作我，我会幸福吗？我们升上了天空，树木从我们下方飞速掠过，我想起了萨姆。若非有这么一场战争、这一系列的混乱，我们甚至都不会在一起。如果不是面临莫加多尔人的入侵，我们又会是什么样子？

我要弄个明白。

第十九章

九号从我身后凑上前来，想好好看看萨姆。他以舞台旁白的语气问道：“好了，兄弟。你跟六号之间怎么样了？”

萨姆直勾勾地盯着车窗外说：“什么？没怎么样。”

“哼，”九号不以为然地说，“得了吧，伙计。这次去纽约要三个小时呢。你得跟我们说说细节。”

坐在我们前排副驾驶座的沃克特工干咳了一声。

“虽然我觉得青春期小伙子的男欢女爱很有意思，但我们也许该用这点时间来讨论具体的行动方案。”她冷冰冰地说。

“我同意，”我说着，把九号按回到他自己的座位上，这样他就不能再朝萨姆挤眉弄眼了，“我们得把心思放到行动上来。”

九号冲我皱了皱眉头：“好吧，约翰。接下来的旅途我会专心致志的。”

“很好。”

萨姆冲我感激地笑了笑，我点了点头。我虽然觉得我们该考虑一下我们渺茫的胜算，但心里多少也不想听到萨姆和六号情事的细节。

我想我是为他们感到高兴的，很高兴他们能在彼此身上找到些慰藉。但我就是忍不住会想到萨姆到头来伤透了心的情形。我记起我在梦境中看到的未来，记起在莫加多尔人处决六号之前萨姆的尖叫。也许我就是因为这个梦境，才对他们的关系有着不祥的预感吧。

或者我只是嫉妒。不是因为萨姆跟六号好上了，而是因为我心爱的姑娘与我远隔千里。当然我不能当着九号、沃克和那个沉默开车的联调局特工的面吐露心声。是的，我们还是专注于行动好了。

我们沿着I95号公路北行，从华盛顿前往纽约。马尔科姆留在艾什伍德庄园继续查看莫加多尔人的文件，希望能发现其他有用的情报。沃克手下多数反叛的特工也留在那里。他们占领了这个堡垒，利用它作为基地去协调打击莫加多尔人的行动。我还是没有完全信任沃克那帮人，也许再也没法信任他们了，因为之前政府那样残酷地对待过我们。所以我把其余的五头变形兽也留在那里，命令它们不惜代价保护马尔科姆。

除了沃克和我们的司机，还有一辆满载特工的SUV跟在我们后边。这样我们总共就有九个人——六位特工，还有我、九号和萨姆。这算不上一支军队。但其实战争还没有爆发。如果一切照着我的计划进行，战争也许就爆发不了了。

“国防部长桑德森下榻在曼哈顿中心的一家酒店，距离联合国总部很近，”沃克说道，低头看了看自己的手机，她整个早上都拿着它不停打字，“我在他的安保团队里安置了内线，但是……”

“但是什么？”

“他们今天早上被撤换了，”沃克回答，“他所有的保镖都换成了新人。是些穿黑色防水夹克的脸色苍白的家伙。听着耳熟吧？”

“莫加多尔人，”九号以拳击掌说道，“在他们豢养的政客发表变节演说之前，保证他的安全。”

“我觉得这正好对我们有利，”沃克看着我说，“我的人不想在拿下桑德森之前还得跟自己人搏斗。我是说，其中有些人只不过是尽自己的职责而已。”

“是的，我们也不习惯跟地球人打，”我盯着沃克说道，“除非他们自己来招惹我们。”

“这么说，计划就是这样了？”萨姆将信将疑地问道，“我们去他的酒店，跟一群莫加多尔人打一场，然后杀了这个叫桑德森的家伙？”

“是的。”沃克回答道。

“不。”我说道。

每个人都看着我。就连那个不动声色的司机也从后视镜里盯着我。

“你什么意思，为什么不？”沃克惊讶地问道，“我还以为我们已经说好了呢。”

“我们不去杀桑德森，”我说道，“我们不跟地球人打，当然也不会去杀他们。”

“孩子，如果你把我送到他面前去，扳机由我来扣。”沃克回答道。

“你要是愿意，可以逮捕他，”我说道，“以叛国罪起诉他。”

“犯了叛国罪就得判死刑，”沃克怒气冲冲地说，“不管怎么说，他的莫进派密友们是不会容许他被捕的。你觉得一旦希特雷库斯·雷来到这里，法庭的那一套还有意义吗？”

“是你自己说的，”我回答道，“重要的是希特雷库斯·雷。”

“是的。应该由你们取代桑德森去联合国总部与他会面。我们会向世界展示友善外星人与邪恶外星人之间的区别。与此同时，我的人在幕后会把莫进派分子都解决了。”沃克揉搓着太阳穴说道，“我已经安排其他的特工就位了。在我们干掉桑德森的时候，其他十几个莫进派叛徒也会……”

我打断了她：“如果你是想跟我说其他的暗杀安排，我不想知道。”

九号仰起头说：“我想知道。”

“我们不是来干这个的，沃克，”我继续说道，“我们不是为此而来的。”

“孩子，你如果想把莫加多尔人的事传出去，迟早都是要杀人的。”

“那如果桑德森替我们把消息传出去了呢？”

沃克瞟了我一眼：“你是什么意思？”

“他要在联合国总部发表演说，对吧？想去介绍希特雷库斯·雷，告诉地球人欢迎莫加多尔人的舰队到地球来是安全的。”我耸耸肩，努力表现出若无其事、自信满满的样子，“也许他可以发表内容完全不同的演说。也许他可以发布预警。”

“你是说策反他？”沃克问道，“都到这个时候了？你简直是疯了。”

“我觉得不然，”我看了看左边的九号和右边的萨姆，说道，“我和我的朋友是很能说服人的。”

“是啊，”九号插了一句，冲沃克粲然一笑，“我的劝降本事厉害得很啊。”

沃克盯着我看了很久，然后转过身去，继续往手机里打着密码信息。“我没想到会跟几个脑筋不正常的反战外星人共事，”她叹息道，

“好吧。如果你们能劝说桑德森在联合国大会上改弦易辙，那就去吧。但如果他没法让我相信，我就要干掉他。”

“行啊，”我对沃克说，“听你的。”

我们在新泽西州的一个加油站停车加油。我有几分钟独处的时间，就决定跟萨拉好好聊一聊。我拿出手机，走出了停车场。我感觉到沃克的眼睛一直盯着我的后背。

“你要去哪儿？”她在我背后喊道。

“打电话给我女朋友，”我扬了扬手机说道，“还记得吗？你曾经非法拘禁过她。”

“哦，好极了。”沃克回答道。我听到她对司机嘀咕道：“我们还得指望一群情窦初开的毛头小子去拯救世界。”

总好过像沃克这样的人。我心想，但假装没听到她的嘲讽。

电话响了五声，每一次铃响都让我的心跳得更快。电话差一点就转到语音信箱了，幸好萨拉终于接起电话。

“你先什么都别说，”她甚至没有问好，就颤抖着声音说道，“我得先让你知道，我好好的。”

“出什么事了？”我问道，努力不让自己显得惊慌。我能听到电话里有汽车的声音。萨拉坐在一辆行进的汽车中。

“我们去城里购买生活用品，遭遇了一伙莫加多尔人，”萨拉气喘吁吁地说道，“我想他们是用什么法子追踪到了我们，他们对‘他们走在我们中间’的网站很不满。别担心。我们都没事。伯尼·科萨把他们解决了。”

“你现在安全吗？”

“很快就会到安全的地方了，”她回答道，“马克的黑客兄弟伽德给了我们一些指引，让我们去他在亚特兰大的家。”

马克在写给萨拉的信里详细描述过这个叫伽德的。他也是一个阴谋论迷，就像原来编辑《他们走在我们中间》杂志的那些人。但他还是一位很厉害的黑客，而且按照马克的说法，他能够接触到数量惊人的信息。我们都不知道他的身份，萨拉和马克就这么贸然去见他，这使我有些担心。

“马克对这家伙有多少了解？”我问道。

萨拉把我的问题重复给马克听。在公路上的噪音中，我无法听清他的答复。

“马克说他也许是某个藏身于自己妈妈家地下室的书呆子，”萨拉干巴巴地重复道，“但他是个‘可靠的兄弟’，我们可以信任他。”

马克的这份侦察报告让我颇觉不以为然，我说：“真是让人振奋。为防万一，我要给你发个短信，上面是安全地点的地址。那是我们在华盛顿夺取的一个基地，那里有不少支持我们的政府特工。如果你们需要找个地方躲起来，可以去那里。”

我听到身后的两辆汽车都发动了。我转身看到沃克手下所有的特工正挤进汽车里。九号和萨姆仍站在我们的 SUV 旁边等着我。九号做了个不耐烦的手势，示意我结束通话。

“那边怎么样了？”萨拉问我，“你正要去做些虽然愚蠢但也许能拯救世界的事情吗？”

“差不多吧，”我回答道，嘴角露出一个浅浅的微笑，“你收到我发给你的文件了吗？”

“是的，”萨拉回答说，“我们一到亚特兰大就有机会上传了。”

“很好。我感觉‘他们走在我们中间’就要大热了。”我顿了一下，不情愿挂掉电话，“其他人在等着我呢，我得走了。”

“马克要你们痛击敌人哦。我爱你。”萨拉突然停住，笑了起来，

“后面那句不是马克说的，是我说的。”

我们道了别。我心中又泛起了那种渴望与担忧交织的感觉，每回我们电话聊天之后，我都有这种感觉。我迈着沉重的步伐走回到 SUV 边上。其他人都已经上车了，只有萨姆还在外面。

“你说要把沃克所有的文件都放到‘他们走在我们中间’网站上去吗?”萨姆问道，“这是个好主意。就像是抗击莫加多尔人的宣传。”

“这其实是孤注一掷的做法。”我闷闷不乐地说道，“自己的城市遭受炮击的时候，没人会去看什么搜索结果的。”

“这想法倒是让人宽心得很，”萨姆皱着眉头回答道，“但说实在的，那些东西看起来很费劲呢。如果你想把人们争取到我们这边来，那就不该只谈莫加多尔人。你不该只是吓唬他们。他们会吓得不行的。你要给他们一些希望。”

“你有什么建议?”

萨姆想了一会儿，然后耸耸肩说：“我还不知道。我会想出办法来的。”

我点点头，拍了拍萨姆的背，和他一起上了车。我知道他一心想帮忙，所以我没告诉他，不管他想到什么办法……都有可能太迟了。

大约一小时之后，我们到达了纽约。我从来没来过这里，九号和萨姆也没有。我希望我们能在不同形势下来到这里。我们在摩天大楼间的车流中慢慢移动时，我伸长了脖子往窗外张望。芝加哥是座大城市，但也没像这里这样，人行道上到处是摩肩接踵的人群。到处是闪亮的百老汇演出广告牌，黄色的的士在车流间穿梭，我们周围热闹极了。

这些人对即将发生的事情根本一无所知。

我们深入上城朝桑德森下榻的酒店开去，正好经过一个戴着牛仔帽、穿着内衣的青年人，他正为一群游客弹奏着一把原声吉他。九号哼了一声。

“瞧瞧这个，”他摇摇头说道，“那样的东西在芝加哥根本没戏。”

我靠上前去问沃克：“快到了吗？”

“再过几条街就到了。”她回答道。

我伸手去摸紧紧绑在腿上的洛林匕首，又碰了碰手腕，条件反射般想检查我的防护罩手镯。可是它已经没了，被将军毁掉了。

“你的内线有没有告诉你，我们要对付多少个莫加多尔人呢？”我问沃克。

“十几个，也许更多。”

“小菜一碟。”九号说道，一边戴上了玛丽娜给他的手套。他握紧拳头，我赶紧躲开他，怕他意外地触发某种武器。好在什么事也没发生。

“你要戴着那副手套去打斗吗？”萨姆难以置信地看着九号问道，“你连它的用途都不知道呢。”

“还有什么比这更好的法子吗？”九号回答道，“这些洛林玩意儿，兄弟，都是要等到你对它们不抱希望了，才会帮助你。”

“或者它只是用来帮你暖手的罢了。”萨姆说道。

“别做傻事，九号。”我对九号说。他盯着我，表情突然异常严肃起来。

“约翰，我不会的，”他说，“真的。要是打起来，我靠得住。”

我看得出九号还在为佛罗里达发生的事情耿耿于怀，而且急着证明自己。我只是朝他点了点头，知道他不希望我对此小题大做。我很高兴有他来做我的后援。

沃克转过头看着萨姆说："这两人能发射火球，还有神奇手套。那你能做什么呢？"

萨姆立即吓了一跳，我注意到他伸手去抚摸手腕上被烧灼出来的伤疤。考虑了一会儿之后，他直视着沃克。

"我杀死的莫加多尔人也许比你杀死的多，女士。"萨姆回答道。

九号用手肘捅了我一下，我忍不住笑了起来。这似乎正是沃克期待的回答。她打开车上的置物箱，拿出一把套着皮套的手枪，将它递给了萨姆。

"我这是正式向一个未成年人提供武器，"她说道，"要让你的国家为你自豪，萨姆。"

不一会儿，我们的车双双停在了曼哈顿一条更安静的街道一侧。另一辆 SUV 停在我们后面。南端的街对面是一家豪华酒店的入口。门口有宽大的遮阳篷，铺着红地毯，还有一个区域是供住客们将车钥匙交给侍应生和将行李包放上在一旁候着的行李车上的。

但是酒店门口却看不到人影。没有在人行道上溜达的游客，也没有等候小费的侍应生。什么也没有。所有人都被站在门口的那三个莫加多尔保镖给赶走或是吓走了。他们厚颜无耻地敞开着外套，露出别在皮带上的激光枪。

感觉他们都不再费心思遮掩了。

"咱们得干净利落、速战速决，"沃克对我们说着，在座位上趴低，好从后视镜里看清那些莫加多尔人，"要趁着他们发出警报、呼叫后援之前，将莫加多尔人干掉，然后找到桑德森。"

"好的，明白了，"我快速回答道，并将卫衣的兜帽戴了起来，遮住自己的脸，"这种事情我们以前干过。"

"由我的人来打头阵，"沃克说道，"我们向他们出示警徽，也许能迷惑他们。然后你们再给他们以痛击。”

“好的，你们分散他们的注意力，”九号说道，“但之后就别碍手碍脚了。”

沃克拿起一个步话机，向第二辆车上的特工们问道：“你们准备好了吗？”

“是的，”一个男人回答道，“动手吧。”

“行动了，”九号兴奋地说，拍了拍戴了手套的手。

九号拍手时发出的声音虽然不算惊天动地，但也绝对非常接近了。就像是后座发出一声惊雷，整辆SUV的车窗都向外炸开，车也被震得离地几英寸高。我们后面的那辆SUV也没好到哪里去——它的车窗玻璃都被震碎了，不过玻璃碴却是往里飞溅的，散落在弯腰躲在里头的探员身上。附近商店的窗玻璃震碎了，旁边的一个路人也被吓了一跳。我身旁的萨姆捂住脑袋，一脸惊慌。最初几秒，除了一阵低低的嗡鸣，我什么也听不到，但我很快就意识到那是这条街上停着的车辆的报警器发出来的声音。

我转身瞪大眼睛看着九号，发现他正看着自己戴手套的双手，也是一副目瞪口呆的样子。我听不到他在说什么，我也不会读唇术。

但我很肯定他说了一声“哇”。

酒店门口，一个莫加多尔人跪了下来，双手抱头。另外两个拿起激光枪对准了我们的SUV。

突袭只能到此为止了。

第二十章

我的耳朵里嗡嗡作响，根本没听到莫加多尔人第一轮激光枪发射的声音。但我能感觉得到。那些锯齿状的射线穿透了这辆SUV的防弹玻璃车身，整辆车都被震翻了。沃克低头躲在她那边车门的后面，拿车门掩护自己。我们的司机就没那么幸运了，一束激光穿透车窗，击中了他脖子的侧面。他的皮肉烧伤得厉害，他立刻抽搐起来。

“快！”我喊道，却听不到自己的声音，也不知道其他人是否能听到，“快啊！”

九号一把扯下这辆车的后门——真的是扯下来的。他下了车之后，将门挡在自己身前，用它作为盾牌挡住莫加多尔人的火力。

我冲到前排的驾驶座边，将手放在这位联调局特工的伤口上，让我温暖的疗伤能量涌入他体内。慢慢地，伤口开始愈合，他也停止了抽搐。那位特工仰视着我，圆睁的眼睛里满是感激。

我感觉到左侧有动静，于是转过头去。在驾驶座的车外，是那个被九号的霹雳吓坏了的路人。她是个漂亮姑娘，大概在读大学的年纪，长着一双褐色的大眼睛。她就像是得了弹震症①一般，一动也不动——但还没到受惊过度的地步，因为她还能从包里拿出手机。她急忙拍下我为司机疗伤的镜头，而且在我喊她快跑时，又把我的脸也拍了进去。

莫加多尔人的第二波激光束从SUV车顶掠过，差点打中了那姑娘。萨姆从后座跳出来，抓住了她。他将她拉到人行道的更远处，隐蔽在几辆停着的车后。

几个月前，我的脸要是在我使用超能力之后被拍摄下来，那绝对会是一场灾难。但现在，我根本就不在乎了。不过，我们不能让更多无辜的百姓进入我们的交战区域。

“调转车头！”我在司机的耳边大喊。我不知道他能否听到我说话，所以我比画了一个转动方向盘的手势。“筑起路障！”

他听明白了，迅速将车打了个转——我嗅到车胎的焦味，但听不到声音。他将车打横停在路的中央，阻塞了来往的交通。

我从SUV里跳下来，转身对着酒店，正好看到一个莫加多尔兵被我们的车门劈成两半，化为尘灰。车门是九号像掷铁饼那样掷出去的。此时第二辆车上的特工们已经镇静了下来。看到我们的行动，他们的司机也将车调转过来，迅速在路的另一头设好了路障。接着他们都跳下车，利用他们的那辆SUV作掩护，对剩下的莫加多尔兵进行了反击。我受损的耳朵几乎听不到双方的枪声。

有个莫加多尔人前额正中一枪倒下了。剩下的那个莫加多尔兵一看势单力薄，躲到酒店门后隐蔽起来。我施展心灵传动，抓住一辆停在那个莫加多尔兵身后的行李车向前推去，径直撞上了他的大腿后

---

① 源于战争的神经官能症。

侧。他踉跄着冲出门来，沃克的手下直接把他击倒。

九号回头看了看我，我点点头。我们一起冲向酒店大门。我扭头去看萨姆，看到他一边跟那个路人谈话，一边朝着她的手机用力做着手势。现在没时间再担心这个了。

这家豪华酒店的大堂空无一人，只有一个吓坏了的职员瑟缩在前台后面。等候区的大理石柱子和皮沙发另一端是电梯间。奇怪的是，三座电梯有两座是停止运行的，第三座则停在了顶楼豪华套房那一层。莫加多尔人也许没料到会遭袭击，但他们绝对做足了预防措施。

稍微有点时间喘口气，我用手捂住脑袋，将疗伤能量注入我的耳朵。耳朵里噼啪作响，但慢慢能听到声音了。就像我脑袋里的音量被渐渐调高。我听到外头传来警笛声、急刹车声，还有沃克的手下让当地警察退后的叫喊声。我们秘密行事的计划泡汤了，现在得动作迅速些了。

我在九号走到电梯之前抓住了他，将手捂住他的头，也帮他疗了伤。之后，他来回晃着脑袋，像是要把耳朵里的水弄出去似的。

“你真是个笨蛋。”我对他说。

九号冲我扬了扬音波手套，然后把它塞进了后裤兜里：“至少现在我们知道这手套有什么用处了。”

看到我们并非荷枪实弹的莫加多尔兵，前台后的那个人慢慢从藏身处走了出来。他是个瘦兮兮的中年人，从他的眼袋来看，他这一天似乎过得很不顺。

“这是……怎么回事？”那个职员问我们。

我们还没来得及开口，沃克就从门外走了进来。她把警徽拿给职员看，然后吼道：“桑德森住在哪一层楼？”

目瞪口呆的职员看看沃克又看看我们，然后看着沃克说道：

“顶……顶楼的豪华套房。”他说起话来都结巴了，“被你们杀掉的那些……东西是跟他一起来的。他们今天早上清空了整个酒店，只留下我和几个职员。我连经理都不是。”

九号盯着那个职员，努力要弄清他所说的话：“他们为什么要留下你？”

“他们一直在叫客房服务，”他犹犹疑疑地回答道，声音都颤抖了，“就像他们是这地方的主人，而我们成了他们的仆人。”

“真是够放肆的，”九号摇摇头说道，“像是他们已经占领了地球似的。”

沃克狠狠地瞪了那职员一眼，一副要勒死他的样子。然后她转向我，声音出奇地大：“真该死。我都听不见这家伙说话了。”

我招手让她走过来，用手捂住她的耳朵。我一边治疗沃克，一边看着那个职员说：“你该离开这里。举起双手，慢慢地走出去。我们要是碰到其他人，也会让他们出去的。”

那职员默默地点了点头，然后把双手举过头顶，开始晃晃悠悠地向门口走去。

沃克一恢复听觉，就甩开了我的手：“他刚刚说什么来着？”

“他说我们得上去。”我指着电梯说。

“事实上，”九号说道，“他们要下来了。”

酒店唯一还在运作的电梯开始下降，上方的小灯显示着楼层。我亮起了掌中流明，火焰升腾的感觉非常好。沃克也伸手握住了手枪。

“别急，各位，”九号说道，“我还有这个。”

九号抓起一张皮沙发，像举着攻城锤那样举着它。我和沃克都退到一边，给他腾出地方来。电梯丁的一声停住，电梯门滑开的时候，四个莫加多尔兵走了出来，他们被派到楼下增援被我们干掉的那几个兵。九号大叫一声，把沙发朝他们扔了过去。其中一个刚好来得及开出一枪，但只打中了地板，谁也没伤到。整伙人被堵在电梯里，正中间的那个莫加多尔兵恰好被九号的沙发压倒。沃克轻松地绕过九号，用她的手枪把那些莫加多尔兵都干掉了。

“这样还是弥补不了你那手套霹雳造成的损失。”我对九号说。他毫不费力地将沙发放回大堂里。

“行了，”九号笑着抱怨道，“那只是意外。”

“你们还有其他得让我知道的外星装备吗？”我们挤进电梯按下顶楼键的时候，沃克问道。

“还有这个。”九号回答道，从口袋里拿出一串翠绿色石头，共三颗。我记得以前见过这东西——九号将它抛出去时，这串石头会形成一个微型真空吸附器，将在它附近的任何东西都吸进去，然后猛烈地喷射出来。他一定是在将自己的宝物交给玛丽娜和六号之前，就把这串石头从洛林箱里拿出来了。

“那个是派什么用场的？”沃克问道。

“你自然会知道的，”我看着九号说道，“你知道在电梯外头会有更多莫加多尔人在等着我们吧？”

“我正是这么想的。”他咧嘴笑着回答道。

我将沃克拉到一边，我们紧贴在电梯壁上靠近按钮的地方。九号靠在对面的墙壁上，懒洋洋地挥舞着手里的石头串，像挥着一把砍刀。

“你也许得跟紧我，”我对沃克说，“你已经见过九号使用装备的阵势了。”

“喂，”九号喊道，一副受伤的样子，“这一件我可是知道怎么用的。”

不一会儿，电梯门打开了，激光枪打中了电梯后壁——这上面的莫加多尔兵都是奉行先兵后礼的政策。九号没有伸出脑袋，而是直接将手中的石头串朝电梯外扔了出去。

我想象九号的武器会发挥它当初在小屋时那样的威力——石头在空中围成一个圆圈，慢慢旋转着向前，将沿途的东西都吸进去。我可以听到空气发出的呼呼声，随后是莫加多尔人的尖叫，还有许多徒劳的枪击声。挂在走廊墙上的画都被吸了下来，玻璃四溅，碎片全都被真空石圈吸了进去。

九号打了个响指，石圈吸附到的东西全都喷射出来。受到这样的猛烈冲击，一个莫加多尔兵飞进了电梯。他的脑袋重重地撞上了电梯后壁，脖子也断了。外面的一切变得安静下来。

一切平息之后，我从门后探出头去。空气中弥漫着旋转着的尘埃颗粒，也许是莫加多尔人的骨灰残骸。一把不知怎的插入天花板的激光枪吧嗒一声掉到地板上。除了这枪，走廊上就只剩下一辆客房服务的送餐车，看着像是上过研磨床似的，四条腿都扭曲了。在这短短的走廊尽头只有一扇门，那是通往豪华套房的门，现在也已经处于半松脱状态。

“那是什么武器啊？”沃克难以置信地问道。

“不是只有莫加多尔人才有厉害的武器。”九号说着，从地上捡起毫不起眼的石头串。

“别动歪脑筋，”我看到沃克伸长脖子看着石头，对她说道，“我们的技术是不出售的。”

沃克冲我皱了皱眉头：“是啊，从手套事件来看，你们其实也不知道这技术怎么使用。”

从前面脱落的门里传来了低沉的电视声。应该是在播新闻，我听到上面有人在大谈股票行情。除了这声音，走廊里到处静悄悄的，看不到其他莫加多尔人。即使如此，我们还是小心朝套房门口走去。

担心遭到伏击，还没走到门口，我就用心灵传动推开了门。门一下子从铰链上脱落下来，砰的一声掉进房间里。里面的起居室非常阴暗，所有的窗帘都放了下来，只有电视机发出的蓝光在闪烁。

“进来吧，”一个沙哑的声音从里面传了出来，“这里没人能伤害你们。”

“是桑德森。”沃克悄声说道。

我跟九号交换了一个眼色。他耸耸肩，然后朝门口挥了挥手。我先进去，九号紧跟在我后面，沃克殿后。

我注意到的第一件事是酒店房间里潮湿发霉的味道，像是老人用的薄荷味关节药膏的酸腐之味。一幅纽约市地图摊在套房饭厅的桌子上，上面很多地方都有一些潦草的莫加多尔文标注。桌子旁边是一张被掀翻的椅子，就像有人匆忙起身时翻倒了它。一边墙上还靠着一些莫加多尔人的炮筒，以及一些存放装备的黑色帆布背包。我注意到里面有一台笔记本电脑、几个手机和一本厚厚的皮面书籍。

我对这些东西丝毫不感兴趣，倒是房间里那张皇家派头的大床床沿上坐着的老人引起了我的兴趣。他正看着对准卧室门的那台电视机，也许是身子太虚弱，无法自己走进套房的客厅吧。

“该死的，伙计，”九号看到桑德森的时候叫了一声，“你这是怎么了？”

过去几天我看到过不少桑德森的照片。第一次是在“他们走在我们中间”网站上，桑德森当时是个白发稀疏、脸颊瘦削、腆着大肚子的老人。在网站上我没太留意的一则八卦小报式的报道里，马克·詹姆斯指责桑德森接受了某些莫加多尔人的抗衰老治疗。第二回我见到桑德森是在沃克特工的文件中，照片上的他正在跟恶心的希特雷库斯·雷共进午餐，他精神矍铄，充满活力，浓密的银发整齐地向后梳，看起来就像是吃完他的科布沙拉[①]之后还能慢跑上几英里。

现在我面前的这位桑德森看着跟两张照片里的都不像。我和九号走进卧室看个究竟，沃克慢慢地向后靠去。国防部长是个风烛残年的老人，他伛偻的身子裹着一件宽大的酒店浴袍。他的右脸看起来松松垮垮的——眼窝深陷，下巴的线条都被松弛的皮肤皱褶给遮挡住了。他的白发稀疏得厉害，偏分的头发掩盖不住老人斑。他正冲我们微笑——也可能是脸部扭曲了——他的牙齿黄黄的，牙龈萎缩。从他的浴袍敞开的领口，我看到他的脖子和前臂上血管凸起，呈现出一种深黑色。

“四号和九号。”桑德森用一根颤颤巍巍的手指指着我和九号说。九号厌恶的反应并没有使他生气，他似乎也没有注意到。“你们的照片在我桌面上放了好几年了，都是安保监控摄像头之类的偷拍到的。我可以说是看着你们长大的。”

桑德森听着像是一个沉湎于往事的老糊涂爷爷。我非常吃惊。我一直以为会有一个变节的政客向我兜售莫加多尔进步的言论。这个人看样子连床都起不了，更别说在联合国总部发表演讲了。

“而你……”桑德森扭头看了一眼沃克，“你是我的一个手下，对吧？”

“特别探员凯伦·沃克，”她走进门来回答道，“不是你的人。我现在为地球人服务了，先生。”

“不错。”桑德森轻蔑地说。他好像对她毫无兴趣。他那小小的黑

---

① 二十世纪七十年代曾经风靡美国的健康减肥沙拉。

眼珠盯着我们，仿佛我们是他失散已久的亲戚，在他弥留之际聚集在他床边似的。他这样子让我非常不舒服，就连九号也陷入了一种尴尬的沉默。

我注意到桑德森的床边有个小小的工具包。里面有几个光溜溜的注射器，装满了黑色的液体，让我隐约想起了派肯兽的血。

我上前一步，低声问道："他们把你怎么样了？"

"都是我自找的，"桑德森沮丧地说，"你们俩要是尽早找到我就好了。现在为时已晚。"

"才不是呢。"九号说道。

"就算你们杀了我，也不会有什么区别了。"桑德森忍气吞声地哑着嗓子说。

"我们不是来杀你的，"我回答道，"我不知道他们对你说了些什么，不知道他们往你脑子里和身体里灌注了什么，但我们不会停止战斗的。"

"哦，但我已经放弃了。"桑德森回答道，从他浴袍前面的口袋里拿出了一把小手枪。我还没来得及阻止他，他就将枪口对准了自己的太阳穴，扣动了扳机。

第二十一章

如果我再多想一会儿的话，也许就做不成了。

桑德森的太阳穴和枪口之间只有一毫米距离的空间。我努力将子弹停留在这个空间中，用我的心灵传动将它定格在那里。要做到这么精确，我必须用尽全力，这使得我不由得呻吟起来。我身体上的每一块肌肉都必须绷紧。我握紧了拳头，连脚指头都弯曲了。我用尽全身力气去阻止那颗子弹。

我简直不相信自己能做到这一点。我以前从来没有做过这么精准的事情。

桑德森的太阳穴在枪口之下出现了一个环形的灼伤痕迹，但他的脑袋确实完好无事。

这位国防部长直到枪声过后才意识到自杀没有成功。他眨巴着泪汪汪的眼睛看着我，不清楚自己为何还活着。

“怎么……”

桑德森还没来得及再次扣动扳机，九号就冲上前去，打落了他的手枪。我慢慢地呼了口气，舒展身体。

“那样做是不对的，”桑德森指责我说，他颤抖着下唇，摩挲着被九号拍打到的手腕，“让我死了算了。”

“不是吧，”沃克插了一句，她的双手还紧紧地握着自己的枪，“你们干吗要阻止他？本来我们所有的问题都会迎刃而解的。”

“解决不了任何问题。”我一边瞪着她说了一句，一边让子弹毫无损伤地落到桑德森凌乱的床上。

“他说得对，”桑德森对沃克说，他的肩膀低垂，“杀了我也改变不了任何事情。但让我活着是很残忍的做法。”

“你什么时候死你自己说了不算，老家伙，”我对桑德森说，“等我们赢下这场战争，我们会让地球人自己决定怎么对待叛徒。”

桑德森冷笑一声：“黄毛小子的盲目乐观。”

我蹲下来直视着他的脸。“你还有时间赎罪，”我说道，“做些有意义的事情。”

桑德森露出惊讶的神色，目光也似乎专注了些。但此时他右侧的嘴角耷拉了下来，他只好用浴袍的袖口抹去嘴角的一丝涎沫。桑德森一副很受挫的样子，将目光移开了。

“不，”他低声说道，“我觉得不行。”

九号百无聊赖地叹了一口气，拿起桑德森身旁装着注射器的工具箱。他仔细看了看针管里柏油色的黏稠液体，然后拿着针管在桑德森面前挥了挥。

“他们给你注射的是什么玩意儿，啊？”九号问道，“你拿这个星球交换的就是这个吗？”

桑德森非常渴望地看着那些针管，但又无力地将它们推开了。

“他们对我进行治疗，”桑德森解释道，“还不止如此。他们让我恢复了年轻。”

"看看你现在这个样子，"九号哼了一声，"还真是如夏花般灿烂，是吧？"

"你们知道他们的领袖已经活了几百年了，"桑德森说道，他的目光在我和九号之间游动着，"你们当然知道了。他许诺让我们跟他一样。他许诺会让我们长生不老，权力无边。"

"那都是骗人的。"我说道。

桑德森低头看着地板说："是的。"

"真是条可怜虫。"沃克说道，但她的愤懑也不见了。沃克的想法跟我一样，我觉得桑德森并没有成为沃克原先判断的那种坏蛋。也许他曾经是支持莫加多尔人的国际阴谋中的傀儡首脑，但此刻他已经完全被莫加多尔进步给毁掉了。他不再是沃克期待的能扭转局势的关键人物。我有点担心我们已经浪费了我们所剩无几的宝贵时间。

桑德森毫不理睬九号和沃克。出于某种原因，也许是我迫使他继续活下去，他直接对着我说道："他们提出要带给我们的奇迹……难道你就不明白吗？我之前还以为我是在开启地球人的黄金时代呢。我怎么能拒绝他们呢？怎么能拒绝他？"

"现在你却得不断注射这种玩意儿，对吧？"我看着那些注射器问道。那里肯定装着一些不正常的基因溶液，莫加多尔人就是用这些东西来饲养供他们任意差遣的士兵。"如果你停止注射，你就会像他们那样化为尘灰。"

"不过这么老了，化为尘灰也没啥。"九号粗鲁地说。

"才两天没注射，你们看看我……"桑德森用手指了指自己，他的身体像一只撒了盐的蜗牛，"他们利用了我。不停地给我治疗以换取便利。但你们解救了我。现在我终于可以死了。"

九号举起双手看着我："兄弟，别管了。这家伙根本派不上用场。

我们得另想法子了。”

一种绝望的情绪开始悄悄弥漫，因为沃克这条线索失去了价值，因为这位国防部长已经变成了一个垮掉的老人，我们阻止莫加多尔人即刻入侵的计划也泡汤了。但我还是不愿意放弃。坐在我面前的这个笨蛋以前可是一个呼风唤雨的角色——该死的，莫加多尔人还派了一个小队来保护他，那他肯定还是个重要人物。一定有办法可以治好他的，要让他萌生斗志。

我需要让他看到希望。

我的直觉与绝望情绪使我点亮了掌中流明。我没有将它激发至火焰的程度，而只是稍微用了点力，让我的掌心亮起一道纯光。桑德森睁大了眼睛，往床上往后靠去。

“我都跟你说过了，我不会伤害你的。”我一边凑到他面前一边说。

我用掌中流明照着他那瘫痪下垂的半边脸，想好好看清我要治疗的是什么。他的皮肤已经开始发灰，几乎呈现出死色，上面布满细细的灰色血管。桑德森皮肤底下的黑色颗粒在流明的照射下似乎开始慢慢隐去，就像是要沉淀得更深似的。

“这个我治愈得了。”我果断地说道。我不知道是不是真能成功，但我必须一试。

“你……你可以治好他们造成的症状？”桑德森问道，沙哑的声音里开始萌生一丝希望。

“我可以帮你恢复原样，”我答道，“不是变得更好，不是他们承诺的那样。也不是更年轻。只是……恢复你应该有的样子。”

“人总是会老的，”九号插了一句，“你得正视这一点。”

桑德森一脸狐疑地看着我。我这话听起来应该跟莫加多尔人好些年前说服他加入时说的差不多。

“你想要什么作为交换呢?”他问道，就像早就预料到要付出高昂的代价似的。

“什么也不要，”我回答道，“你可以试着再自杀一次，我无所谓。或者你可以发现自己仅剩的良心，做正确的事情。这个由你自己决定。”

说完这话，我用手掌按住了桑德森一边的脸颊。

我手中温暖的疗伤能量波开始注入桑德森体内，他打了个战。一般来说，使用疗伤超能力时，我能感觉到伤口在慢慢愈合，感觉到细胞在我的指尖下重新排列。但对着桑德森，我却感觉到有一股力量要将我的超能力推回来，就像我的疗伤光波被细胞黑洞所吞噬而流走了。我还是能感觉到桑德森的伤在愈合，但过程非常漫长，我不得不比以往更集中精力。有那么一刻，有些东西真的开始发热，然后从他的皮肤底下爆开来，他有一条黑色的血管开始快速流淌起来。桑德森从我身边缩了回去。

“你受伤了吗?”我气喘吁吁地问道，一只手依然悬在他的脸上。

他犹豫了一会儿：“没……没有，其实感觉好多了。不知怎的，像是干净多了。继续吧。”

我继续发力。我能感觉到莫加多尔人的瘀血开始隐入桑德森体内更深的地方，被我的超能力给逼退了。我加强了疗伤的力度，在他的血管里追逐着那些瘀血。我发现这样用力让我眯起了眼睛，而且背上直冒冷汗。我专注于将我在桑德森体内侦测到的黑暗物质逼走，完全失去了时间概念，进入了一种恍惚的状态。

等我最终完成疗伤的时候，我踉跄着后退了几步，两腿发颤，直接撞上了萨姆。我都没留意他到楼上来了。他手里拿着一个手机——

他是从被我们吓坏的那个路人身上拿过来的吗？——录下了我给桑德森疗伤的过程。我撞上他的时候，他停了下来。好一会儿，萨姆成了我唯一的支撑。

"太不可思议了，"萨姆说道，"你刚刚在发光。你还好吧？"

我用劲振作了一点，不想在沃克或桑德森的面前示弱，虽然我还是觉得像是虚脱了似的："是的。我挺好。"

我看到沃克正在敬畏地看着我，那眼神跟之前我帮她的司机做颈部疗伤之后他看我的眼神一个样。桑德森依然坐在我面前，热泪盈眶。他皮肤底下纵横交错的蛛网般的黑色血管不见了；他的脸也不再耷拉着，肌肉也不再萎缩。他还是个老人，脸上布满深深的皱纹，但他看起来像一位真正的老人，而不是慢慢被吸干生命的人。

他看起来有了人样。

"谢谢。"桑德森对我说道，声音低得像是在耳语。

九号看了看我，想知道我情况如何，然后他转向桑德森，嘲弄似的哼了一声："这些都是徒劳，老爷爷，如果你任由那些苍白脸孔的混蛋降落在地球上的话。"

"我为自己的所作所为，为我这个样子感到羞愧……"桑德森说道，他的目光恳切又迷茫，"但我不明白你们想要我做什么。任由他们？我怎么阻止得了他们啊？"

"我们没指望你去阻止他们，"我说道，"只是拖住他们就行。你得把人们团结起来对付他们。等你明天去联合国总部发表演讲的时候，你得清楚地说明不能让莫加多尔人的舰队在地球上降落。"

桑德森一脸困惑地盯着我，然后慢慢把目光投向了沃克："你的内线是这么跟你说的吗？你觉得明天会有这样的事情发生吗？"

"我知道会发生什么事情，"沃克回答道，语气也没那么刻薄了，因为桑德森似乎已经转投到了我们这边，“你和其他被莫加多尔人收买的领导人将会上台演讲，说服全世界的人和他们和平共存。”

“其实就是一番投降之辞。”九号补充道。

“是的，那本来是明天的事，”桑德森说道，绝望又阴郁地笑了，“但你们把命令搞错了。你们以为我发表演说，他们的伟大领袖就会把飞船降落在地球上？你们以为他在乎地球人这种磨磨蹭蹭的政治作风吗？他并不打算等我们批准。联合国的集会是为了挽救人命，安抚惊慌的人民，因为面对那个，军事抵抗是毫无作用的……”

桑德森猛地朝门口的方向指去，指着还在另一个房间里嘤嗡作响的电视。我们慢慢地转过身去，离开桑德森的房间，走进起居室，被一个面如土色的有线电视新闻主播吸引了注意力。她结结巴巴地解释着十几个大城市上空集结着不明飞行物的事情。画面时有时无，静电干扰越来越频繁，就像有什么阻碍了信号。

“陆续传来报道称，海外也有人目击到飞船，比如伦敦、巴黎和上海等城市，”新闻播音员一边看提词器一边睁大了眼睛说道，“如果你刚刚打开电视机，我们现在播报的是地球上发生的异常事件，许多外星人的飞船出现在洛杉矶、华盛顿……”

“此事正在发生，”萨姆说道，目瞪口呆地看着我，像是需要听到我的指引，“战舰就要降落了。他们已经行动起来了。”

我不知道该对他说什么。屏幕上出现了大批莫加多尔飞船出现在洛杉矶上空的粗糙画面。我最担心的事情发生了。莫加多尔人的舰队慢慢地来到了毫无防备的地球上。洛林星上发生的一切重演了。

“我刚刚就跟你们说了，”桑德森对我们喊道，“已经太迟了。他们已经胜利了。投降是仅有的出路。”

第二十二章

“不想再照他们说的那样做了。他们中任何人说的都不行。”

我的眼睛猛地睁开了。我睡得很死。之前没想过在这张巨大的莫加多尔式床上，盖着奇怪的滑不唧溜的被单，我能睡得这么死。我已经开始适应“阿努比斯”号上的生活了，这让我很不舒服。我还以为在梦中听到了一个声音，但也许只是我自己的想象而已，或是某个残存的梦境。我不想冒什么险，所以躺着一动不动，保持呼吸均匀，就像依然睡着一般。如果房间里真有不速之客，我不希望他们知道我醒着。

有那么一会儿，房间里静悄悄的，只听得到飞船引擎没完没了的嗡鸣声，接着一个声音响了起来。

“一方把我们派到这个陌生的星球上来，强迫我们为了自己的生存而战。另一方呢，他们大谈通过进步来维持和平，但那些话的实质是‘顺者昌逆者亡’。”

是五号。他在我房间里的某个地方。在近乎黑暗的环境中，我说不准他在哪里，只听到他悄声地不停嘀咕，也不知道是不是在跟我说话。

“他们只不过想利用我们罢了，”五号轻蔑地说，“但我不会让他们得逞的。我才不要卷入他们愚蠢的战争。”

接着他动了起来，我终于看清了他的轮廓。他就坐在我的床沿上，他的皮肤成了我那黑色的光滑被单的材质。他和我的被褥融为一体，一定是因为他在抚摸它，发挥了他的迁移术。这意味着他的超能力回来了，还意味着他真的把我吓坏了，就像有只怪兽从我的床底下爬了出来。

“我知道你醒着，”五号头都没回地对我说，“飞船正在降落，我们不在太空轨道上飞行了。如果你想走，现在正是时候。”

我一下子从床上坐了起来，把被褥留在手边。我差点就想将我的消融力注入被褥中，让五号失去超能力。但那有什么好处呢？我决定不袭击他。暂时不。

“我还以为你是他们那一方的呢，”我说道，“你干吗要帮我？”

“我没有站在任何人的一方。我受够这一切了。”

“什么意思？什么叫受够了？”

“在我的塞邦去世后，有一段时间，我是一个人过的。那其实也挺不错的。我想回到那种生活中。”五号说道，“你知道大洋当中有多少个小岛吗？我打算选一个，然后在那儿待到这一切结束。我才不管哪一方会获胜，只要他们别来招惹我就行。”

“那是懦夫的行为，”我摇摇头说，“我才不跟你去什么没有人烟的孤岛呢。”

五号不屑地说：“我又不是请你一起去，埃拉。我要下船了，以为你也许愿意一起走。仅此而已。”

我寻思着这有没有可能是希特雷库斯·雷设计的某种考验。但想起之前五号的行为，我决定姑且信他一回。我猛地跳下床，穿上了我那双薄底的莫加多尔式拖鞋。

“好吧，你是怎么打算的？”

五号站起身来，他的皮肤恢复了正常。我房间里的灯自动亮了起来，我终于看清了他的脸。他把蒙在眼睛上的绷带换掉了，不再是血涔涔的，但他还是没去治好眼睛。他的另一只眼闪闪发亮，好像要去惹麻烦让他非常激动。看到他这个样子，我有点怀疑我要跟他一起行动的决定了。

“我要打开一个过渡舱，然后跳出去。”五号跟我解释着他的精彩计划。

“你当然可以这么做了。你会飞啊。我该怎么办呢？”

五号伸手从后裤兜里拿出一个圆形的东西，顺手扔给了我。我双手接住石头掂量了一下，认出那是约翰的洛林箱里的物品。

“通灵石①，”五号解释道，“我……从朋友们那里借来的。”

“你那是偷的。”

他耸了耸肩：“我将我的飞行超能力注入石头里了。你可以用它来飞走，去保卫地球。”

我将石头藏在我的裙子底下，抬起头看着五号：“就这样吗？你觉得我们能够这样从飞船上逃出去？”

五号惊讶地看着我。我注意到他没有穿鞋袜，也许这样他的脚就能保持与“阿努比斯”号金属船体的接触吧。他的前臂上还系着某种物件，看着像是一件武器。

---

① 约翰的宝物之一，能够转换超能力。一方将超能力注入通灵石，另一方就可以通过持有通灵石来拥有这种超能力。

“他们阻挡不了我的。”五号回答道，声音阴郁而自信。听起来并不让人振奋，但这是我最好的希望了。

“好吧，你带路。”

我的房门在五号面前打开了。他探出头去，看看外面是否安全。一看没有动静，五号急忙溜到走廊上，做了个手势让我跟上。我们蹑手蹑脚地走过“阿努比斯”号迷宫似的通道。

“举止要自然，”五号低声对我说，“他派侦察兵一直盯着我们呢。但他们也都怕我们。特别是你，他们应该把你当皇族来对待。如果我们行迹不可疑，他们是不会干涉我们的。再说了，就算他们觉得有什么不对劲，等他们真有人斗胆去向敬爱的领袖报告，我们早就走了……”

他说个没完，说明他非常紧张。我几乎都没怎么想——若真细想了，我也许会觉得很恶心——就伸出手拉住了五号的手。

“我们刚刚订婚，正在互相了解，”我说道，“在一艘巨型战舰惬意的通道上舒心地散着步呢。”

五号的手汗涔涔又冷冰冰的。他试着挣脱我，本能地不想被碰到。但过了一会儿，他平静下来，任由我握住他死鱼般的手。

“订婚？”他嘟哝着，“他希望我们结婚？”

“希特雷库斯·雷是这么说的。”

“他说过的话多了去了。”五号满脸通红，一直红到发根。我不知道他是尴尬还是生气，或是两者皆有。“我才没有同意呢。你还是个孩子。”

“嗯，我肯定也不同意啊。你长得那么胖，还杀了人，又很古怪……”

“闭嘴。”五号狠狠地说，我差点以为自己真的得罪他了。但接着我才意识到我们正走过瞭望平台敞开的门口。

我只好放缓脚步，偷偷溜过去。我已经习惯看到的黑漆漆、空荡荡的太空，现在被地球那熟悉的亮蓝色的大气层所取代。“阿努比斯”号还在下降，但已经可以看到城市的轮廓了，绿油油的田地上纵横交错的公路、小小的房屋组成了美好的郊外住宅区。几十个莫加多尔兵已经聚在一起，看着地球渐渐靠近，他们都沉浸在兴奋之中，悄声交谈着，也许是在讨论要先占领哪一片区域吧。

五号领着我转过下一个拐角，正好和两个往瞭望平台上跑的莫加多尔兵撞个了满怀。前面那个扬起嘴角轻蔑地笑了一声，看着我们。

“你们俩在干什么？”那个莫加多尔兵问道。

作为回应，我挺直了身子，努力显出一副皇家派头。我冷冰冰地瞪了一眼那个过度好奇的莫加多尔兵。他的讥笑立刻消失无踪，因为他记起自己的身份——确切说来，更可能是记起我不是普通的洛林人，而是他敬爱的领袖的家人——他于是目光低垂地看着地板，并开始嘟哝着向我道歉。突然，一声金属的铿锵之声打断了他的话。

一把针一样的剑从五号前臂的皮革刀鞘中伸了出来。电光石火之间，五号将剑刺入了第一个莫加多尔兵的前额，立刻将他化为灰烬。另一个莫加多尔兵惊慌地睁大了眼睛，企图逃跑。五号的脸上露出满意的微笑。莫加多尔兵没走几步，五号那只没有持剑的手臂已经变成一只橡胶臂，伸向了他身后。五号用胳膊卷住莫加多尔兵的脖子，将他扯了回来，立刻用剑结果了他。

这一切不到十秒就结束了。

“我们不是应该自然点吗。”我轻轻地对五号说，没忘了那个挤满人的瞭望室其实就在我们的不远处。

五号冲我眨了眨眼睛，好像不知道自己哪里不对劲了似的。他小心地将剑插入剑鞘中。

“我失去理智了，好吧?”五号焦虑地用手摩挲头顶的发茬，“现在也不要紧了，我们差不多到了。”

我盯着我面前这个脑子混乱的怪物。他大口地喘着气，双肩颤抖，激动地紧握双拳。几分钟前在我房间里嘟嘟囔囔的时候，他听起来很脆弱。现在他已经崩溃了，一塌糊涂——我不得不提醒自己是他杀了八号，好让我对他的同情不再继续加深。同情，是的，但也有恐惧。还没人招惹他，他就这么狂乱，而且杀死莫加多尔人似乎让他很开心。

这个心神错乱、暴戾恣睢却又胆小怯懦的叛徒，现在是我离开“阿努比斯”号的唯一希望。

我摇了摇头。“咱们走吧。”我叹息道。

五号点了点头，我们继续往前跑，不再牵着手，只是缓缓朝目的地走去。在我们跑的时候，我注意到五号将双手握紧又松开，手上空空如也。

“你是怎么做到的?”我问道，想起在训练室里他用橡胶球和钢球变换自己皮肤的事，“我还以为你得碰到什么东西才……”

五号扭过头，用那只没受伤的眼睛看着我。他碰了碰脸上刚换的绷带。

“失去一只眼睛，我反而能够蓄存些……东西。”他说道。

“哦，”我回答道，一想到五号把橡胶球放进眼眶的情形就觉得恶心，“话说回来，你这只眼睛是怎么丢的?”

“玛丽娜干的，”他直截了当地说道，声音里毫无怨恨，“我是自找的。”

“我想也是。”

我们绕过下一个拐角，走廊开阔起来。我们进入宽敞的泊船舱时，天花板升高了。透过舷窗，我看到湛蓝清爽的天空，阳光洒在几十艘停泊着的莫加多尔侦察飞船上。除了这些飞船，整个泊船舱空荡荡的。机修和机组人员一定都跑到瞭望平台上去看他们阴谋占领的地球了。

我们离成功只有一步之遥。

“等等，”我说道，“如果我们打开对接舱，会不会马上被吸出去啊？”

“我们现在是在大气层里，不是在太空中。”五号不耐烦地说。他探身看了看附近的一个控制台，仔细观察着台面。“风会比较猛。你不会害怕吧？”

“当然，”我环顾泊船舱说道，“你觉得我们能把这里的东西给炸掉吗？趁着‘阿努比斯’号还没能行动就把它摧毁？”

五号转身看着我，露出敬佩的神色：“你有能炸掉东西的超能力吗？”

“没有。”

“我也没有。知道怎么制造炸弹吗？”

“哦，不知道。”

“那我们就只能一心逃跑了。”五号说道。他按下控制台上的一个按键，我们身后一扇厚重的金属门砰的一声关上了。那是对接舱——坚固得足以让飞船不受太空的真空所影响。它也将我们有效地封闭起来，与飞船的其他部分隔绝。

“那样可以将他们拖住。”五号说道，指的是目前尚未出现的追兵。

“好主意。”我赞许道，一边透过对接舱的小窗户往外张望，觉得随时会有莫加多尔兵来追赶我们。

五号又按下几个按键，随着液压闸的转动声，一股冷风吹了进来，泊船舱远端的门打开了。风扑面而来，我深深地、如释重负地叹了一口气。我伸手从裙子底下拿出通灵石，紧紧握住，慢慢地走向开阔的泊台，不知道纵身跃向浩瀚的蓝天是什么滋味。肯定比“阿努比斯”号上的生活要好得多。

“我只需握住石头就能飞起来吗？”我扭头看着五号问道。

“应该就是那样，”他回答道，“想象你的身体如羽毛般轻盈，在空中飘浮。我就是那样学会使用我的超能力的。”

我朝广阔的天空看了一眼，万里无云的晴空正在等待着我。

“要是不行怎么办？”

五号叹了一口气，朝我走过来：“行了。我们一起走。”

“你们哪儿也去不了！”

希特雷库斯·雷从两艘飞船之间走了出来。我不知道他是一直待在那里，等着我们，还是用瞬移进入这房间的。不管如何，这不重要了。我们被发现了。希特雷库斯·雷还是那副地球人的模样，站在我们和宽敞的泊船舱之间，风轻轻地撩动着他那一头漂亮的褐发，将他西服的衣领也吹了起来。他一只手里握着那根金色权杖——塔洛克之眼。

五号将一只手搭在我肩上，想将我推到他的身后。我一把甩开了他。我们并肩面对希特雷库斯·雷。

“别拦着我们，老家伙。”五号咆哮道。他努力让语气显得粗暴，却不敢正视希特雷库斯·雷的眼睛。

“我不拦着你。”希特雷库斯·雷回答道，听上去满是轻蔑和失望，“我早料到你会这么做，埃拉。你刚加入我们不久，要消除你在加尔德那边被洗脑的影响需要时间。但五号，我的孩子，在我为你做了那么多之后……”

“闭嘴，”五号轻轻说道，几乎是在恳求，“你不停地说、说、说，但这些话都不是真的！”

“我说的话才是唯一的真理，”希特雷库斯·雷严厉地说，“你会因为你的傲慢而受到惩罚的。”

五号还是不敢直视希特雷库斯·雷，但他的肩膀不住地起伏着，就像刚刚在走廊上遇到莫加多尔兵时那样。他的胸口传出一阵低沉的嗡鸣声，让我想起了要沸腾的茶壶。我稍微往边上靠了靠，担心五号也许真的会爆炸。

“废话少说，孩子们。”希特雷库斯·雷说道，但他最后这句叱责有部分被五号胸口巨大的喘息声淹没了。

接着他扑了过去。

一开始，五号的光脚踩得金属甲板咚咚响。但当他靠近希特雷库斯·雷的时候，他的脚步声变成了金属撞击的铿锵之声，他的迁移力使他的皮肤变成地板的材质。希特雷库斯·雷却只是惊讶地看了一眼五号，没有丝毫的敬佩或畏惧。

我不会袖手旁观的。五号扑过去的时候，我也冲向附近的一辆工具车。如果我能拿到一个扳手或其他物品，再注入我的消融力，也许我能再现昨天那一幕。只是这一次，我的目标会是希特雷库斯·雷。

希特雷库斯·雷举起一只胳膊左右挥舞，我和五号的计划顷刻间落了空。一股力量隔空朝我们冲击过来，将我整个掀翻在地，附近的工具也都被抛起，撞向远端的那堵墙。他的心灵传动力如此强大，有些飞船都被推翻了，震得咯吱作响。

我侧身重重摔倒在地上，立刻打了个滚站了起来。五号也被掀到了空中，但他凭着自己的飞行超能力稳住了自己。他就飘飞在离希特雷库斯·雷几码远的地方。五号的皮肤也不再是泊船舱地板的那种暗灰色，而是变成了一种闪亮的铬合金的颜色，像他随身携带的滚珠的颜色。那他一定是把滚珠塞进眼窝了。

“立刻停下来。”希特雷库斯·雷警告说，但五号根本不听。

五号向希特雷库斯·雷飞过来，一边重拳连环出击，想打烂他那张地球人的脸。希特雷库斯·雷用他的手杖轻而易举地化解了那些重拳，但五号野兽般的狂怒也把希特雷库斯·雷逼得退到泊船舱的门口。

他们的混战使得我有机可乘。让他们两个疯子去斯杀吧。我只需要瞅准时机，跃入无垠的蓝天，希望通灵石能像五号说的那样有用。

就在我刚想行动之时，我注意到希特雷库斯·雷的目光闪动。我感觉一个看不见的能量场劈头盖脸地压下来，房间的气压似乎都变了。在出拳的时候，五号的皮肤恢复了原样，他的拳头嘎吱一声打在希特雷库斯·雷高举的手杖上，此时他大叫一声从空中跌落下来。

这一情景就像在道西基地时一样。希特雷库斯·雷创造了某种磁场，消除了我们的超能力。他跟我一样是个埃特努斯，现在我还知道希特雷库斯·雷跟我一样也有消融力。他的本事跟我所学到的很不相同。就像他往他身边空气中的分子都注入了能量，创造了一个磁场，超能力处在这个磁场下全都会失灵。

但是这一招对我没有用。我能感觉到我的消融力依旧在我体内，我知道如果愿意，我可以发挥我的埃特努斯。不知道为什么，希特雷库斯·雷的消融力对我不起作用。是因为我们有血缘关系吗？或许我也有一项超能力对希特雷库斯·雷不起作用？他曾说过我们的超能力是随机的，说洛林星是一片混乱。但要是他说错了呢？要是我的超能力都是特地赋予我的，为的是消灭他呢？更重要的是，希特雷库斯·雷知道他的超能力影响不到我吗？

那一刻，希特雷库斯·雷根本没有留意我。他一门心思都在五号身上。我知道我该利用这个机会，但我发现自己站在原地动弹不得。就算五号犯下了那么多错，我真的可以撇下他自己逃吗？

五号跪在希特雷库斯·雷面前，受伤的手紧紧捂住肚子。希特雷库斯·雷普普通通的地球人外形长高了几英尺——他现在更高大威猛了，膨胀到有些怪异的地步。他伸出一只硕大无比的手掌，一把将五号的头颅抓在手心。

“你应该做的就是服从命令。”希特雷库斯·雷对着五号大发雷霆。他将五号的脑袋转回来，好直视他的脸。“我们本来可以一起进入圣殿的，如果你能把那该死的吊饰给我带来。现在，你竟然敢对你敬爱的领袖出手。你真让我讨厌，小子。”

我不知道希特雷库斯·雷口中的“圣殿”指的是什么，但我暗暗记下了它。我上前一步走近他和五号，不知是该逃走还是留下来帮忙，也不知道要对抗这个莫加多尔人的统治者，我还能做些什么。

五号的头被扭成怪异的角度。面对希特雷库斯·雷的咆哮，他只能发出一些咕噜声。

“我早该知道加尔德都是指望不上的，”希特雷库斯·雷接着说，“你是我最大的失败，五号。但也是最后一次了。”

雷更用力地捏住五号的头颅，让他喊出声来。我意识到他真打算捏碎五号的脑袋，胃里不由得翻腾起来。我不能听任这样的事情发生。

我凝聚起所有的心灵传动力，一把将希特雷库斯·雷推向泊船舱敞开的大门口。

他踉跄着往后退，吃惊地瞪大了眼睛，外面的气流扯住了他那套精美的西装，因为他身体的膨胀，这套西装的接缝全都裂开了。希特雷库斯·雷放开了五号的头，他的指甲划破了五号的头皮。在我即将把他推下“阿努比斯”号时，他终于稳住了自己，我感觉到他用心灵传动力抵挡住了我的力量。

“埃拉，你怎么……”他开口问道，吃惊中夹杂着沮丧。

但五号突然朝他发动了攻击，他别在前臂上的那把剑伸了出去。

“受死吧！”五号吼叫道。希特雷库斯·雷试着躲到一边，但没能完全避开五号这一击。剑锋插入了他的肩膀。

一阵钻心的疼痛传遍了我的全身，让我惊叫起来。

我的肩膀上出现了一个洞，热血喷涌到我的胸前。我跌跌撞撞地靠在附近的一艘飞船上，捂住伤口，想用指头止住血。

五号从希特雷库斯·雷身边退了回去，眼睛睁得大大的。这个莫加多尔人看起来毫发无伤。五号转过身瞠目结舌地看着我，希特雷库斯·雷笑了。本该出现在希特雷库斯身上的伤口出现在了我身上。

“看看你都干了些什么。”希特雷库斯·雷呵斥道。

就在我开始觉得头晕目眩的时候，我意识到那是莫加多尔人的符咒——对希特雷库斯·雷的任何伤害都会落在我身上。

五号对自己所做的事情惊愕不已。他还没来得及反应，希特雷库斯·雷一把扼住他的喉咙，将他举起来，然后重重地把他的头撞在最近那艘飞船的船身上。他不停地这么做，直到五号的身子整个变得软塌塌的。

接着，希特雷库斯无情地将毫无知觉的五号从“阿努比斯”号敞开的舱门扔了出去。我试着伸手用心灵传动去抓住五号，但我太虚弱了。他的身体飘摇着往下面的地球坠落，消失在我的视野中。

我摔倒在地板上，血从我的指缝间渗出来。我浑身没有了力气。今天我是没法逃离“阿努比斯”号了。我的爷爷获胜了。

希特雷库斯·雷站在我身边，恢复了正常的地球人模样，不过他的西装全毁了。他摇了摇头，笑得像一个失望的老师。

“来吧，埃拉，”他说道，“我们必须忘了刚才那一段插曲。”

我将血淋淋的手举起来给他看：“为什么？你为什么要这样对待我？”

“只有这个办法才能让你知道，莫加多尔进步比你的生命更重要。”他回答道。希特雷库斯·雷将我抱在他怀里。就在我快要失去知觉的时候，他温柔地对我说道：“你不会不听敬爱的领袖的话了，对吧？”

第二十三章

亚当的飞行计划是带我们沿大西洋海岸往南飞，直到佛罗里达，然后折向西飞越墨西哥湾，最终到达墨西哥的东南角。“掠行者”全速前进，低空飞行躲过其他飞机。这趟行程大概需要四个小时。

旅途非常安静。我靠在座位上，看着下方潮起潮退。亚当没怎么说话，一直注视着前方，当系统接收到其他飞机的信号时，偶尔也会调整航道。“尘尘”在他脚边打着盹。至于玛丽娜，她还是僵直木讷的样子——由一个莫加多尔人来开飞机，她的恐飞症依然没有任何好转。

“你知道，你可以休息几个钟头。”亚当终于小心翼翼地开口说道。我已经快睡着了，所以他这话一定是对玛丽娜说的。她挺直背坐着，身体冒着些许寒气。在亚当的眼角余光看来，她一定是阴森森的。

玛丽娜似乎对此做了一番考虑，然后往前靠过去，头几乎抵到了亚当的肩膀。他有些诧异，但还是把手放在操控杆上。

“上次我跟六号去南方是不到一周前的事，”玛丽娜慢悠悠地说，

“等我们发现有个叛徒跟在身边，已经太迟了。最后我刺瞎了他的一只眼睛。那还是因为我善心大发呢。”

“佛罗里达发生的事情我都知道，”亚当说道，“你干吗要跟我说这些?”

“因为我想要你知道，你若是背叛我们会有什么下场，”玛丽娜回答道，接着靠了回去，“别叫我去休息。”

亚当扭头看着我，向我求助，但我耸耸肩将头扭开了。玛丽娜余怒未消，我不打算拦着她。再说了，我觉得让我们这位莫加多尔同伴稍微害怕一点也不错。

我以为他打算就这样不再说下去了，但过了几分钟，亚当大声说道：“昨天我平生头一回拿起一把家传好几代的宝剑。那把剑我以前连碰都碰不得，只能远观。它属于我的父亲，他是安德鲁卡斯·苏特克将军。他当时在跟四号约翰搏斗。我拿剑刺穿了我父亲的后心，把他杀了。”

亚当以实事求是的语气说了这番话，像是在播报新闻。我冲他眨了眨眼睛，又扭头看了看玛丽娜。她低头看着地板沉思着，身上的寒意开始消退。“尘尘”也站起身来，蜷缩到她的身边。这匹狼将头枕在了玛丽娜的大腿上。

“不错的故事，”我对亚当说道，这时候明摆着得有人打破沉默，“我以前从不认识佩剑的人。”

“不错，”亚当皱着眉头重复了一句，“我要说的是，你们不用担心我会背叛你们。”

“很遗憾你不得不杀了自己的爸爸，”隔了一会儿玛丽娜说，“我之前都不知道。”

“我并不遗憾，”亚当轻松地回答道，“但多谢你的同情。”

为了打破僵局，我开始摆弄飞船控制台上的一些按键："这东西上面有广播什么的吗？我们这一路难道要一直讲死亡故事吗？"

亚当迅速把被我弄乱的按键调了回去。我似乎看到他浅笑了一下，也许是因为旅途中最要命的部分已经结束了。

"没有广播，"他说道，"不过你要是喜欢，我可以哼些莫加多尔的经典曲目给你听。"

"哦，我要吐了。"我回答道，后座的玛丽娜也哧哧地笑起来。

我发现亚当向我做了个鬼脸。他棱角分明的脸庞比我看到过的更开朗了些，原先那副自我防御的冷漠表情也不见了。有那么一会儿，他似乎觉得跟两个可怕的敌人一起在空中飞行也很惬意。

"怎么了？"我问道。他急忙将目光移开了。我发现他有些心不在焉。

"没什么，"他说道，似乎有些忧郁，"你刚刚让我想起了我以前认识的一个人。"

接下来这一路往南的飞行风平浪静。我打了一两个盹，不过时间都不长。有"尘尘"偎依在身边，玛丽娜似乎也放松了下来。亚当也没有哼唱什么莫加多尔圣歌。

我们飞过墨西哥坎佩切的热带雨林，再过一个小时我们就能飞到传说中隐藏在一个古代玛雅城邦中的洛林圣殿了。此时，"掠行者"号半透明的控制台上，一个红色的报警灯开始闪烁。亚当紧张起来，我这才注意到。

"该死的。"他说道，赶紧开始拨动飞船控制台上的按键。

"怎么了？"

"有人锁定了我们。"

"掠行者"号上的摄像头向我们的屏幕传来了图像，可以看到飞船下方和我们后边的景象。除了澄净的蓝天和茂密的森林，我什么也没看见。

“他们是从哪里来的?”玛丽娜歪着头向窗外张望着问道。

“那边。”亚当说着，用手指戳了戳屏幕。上面是一艘相似的莫加多尔侦察飞船，它从我们下方慢慢飞了过来。飞船顶上漆了一层层的绿色，和它之前藏身的森林是一个颜色。

“我们能飞得比它快吗?”玛丽娜问道。

“我可以试试。”亚当回答道，拉动操纵杆让飞船加速。

“要不我们把它击落算了。”我提议道。

我们的速度快了一些，控制台上原本有一盏红灯在闪烁，现在变成了四盏。敌机越来越多。两架一模一样的“掠行者”从丛林中飞升到我们面前，另一架则在我们侧面。第一架则依然尾随着我们。亚当在重重包围中不得已停住了飞船。其他的“掠行者”将我们团团围住。

“他们也都有枪，对吧?”玛丽娜问道。

“是的，”亚当回答说，“我们明显处于下风。”

“不见得。”我说道，专注地盯着窗外的天空。片刻之前还是澄净无云的天空开始变得阴沉，在我的召唤下，云层涌动。

“等等，”亚当警告说，“我们还不想让他们知道你们在飞船上。”

“你确定他们不会把我们击落吗?”

“百分之九十肯定。”亚当说道。

我停止呼风唤雨，让云朵在天空自由飘浮。一会儿过后，我们的仪表板发出了尖厉的嘟嘟声。

“他们在呼叫我们，”亚当说，“他们想对话。”

我又有了个主意，我们不用在半空中打一场无把握的仗了。

“你说你的爸爸是个将军，对吧？”我对亚当说，“你难道不能给他们点威风瞧瞧？”

亚当考虑着我的提议，此时仪表板上的通话装置又闪了起来。

“我得告诉你，其实我在我们的人当中不是很受欢迎，”他说道，“他们不一定会听我的。”

“嗯，确实有风险，”我承认，“最糟的情况是，他们会把你抓起来，对吧？”

亚当一脸苦相：“是的。”

“那正好让他们带我们到目的地去。别担心。我们会救你的。”

“哦，你得有所表示才行。”玛丽娜指着挡风玻璃说道。在我们正前方的那艘飞船不知道是不耐烦还是起了疑心，将激光炮塔对准了我们。

“好了，隐身吧。”亚当说道。我从座位边伸出手去，握住了玛丽娜的手，将我们两个都隐身起来。“尘尘”明白了形势，变成了一只小小的老鼠，蹿到了亚当的座椅底下。

亚当按下控制台上的一个按键，我们的屏幕上出现了一个莫加多尔侦察兵。他的样子非常丑陋，两只空洞的眼睛挨得很近，牙齿又短又锋利。他非常不耐烦地瞪着亚当，用刺耳的莫加多尔语叫嚷着。

“入侵行动规程要求我们在地球上说英语，你这个白痴生化人。”亚当冷酷地回答道。他从座位上站起身，突然显出一副威严的样子，让我恨不得给他一巴掌。“我是亚达姆斯·萨特克，安德鲁卡斯·苏特克将军的亲儿子。我受父亲委派来办理一项紧急事务。马上带我到洛林人的基地去。”

我不得不佩服亚当，他满嘴跑火车的本事还真厉害。侦察兵的表情从不耐烦变成了莫名其妙，最后变得面如土色。

“是，长官，马上就去。”侦察兵回答道，亚当立刻切断了通话。那些飞船一艘接一艘地让开，让我们继续飞行。

“成功了。”玛丽娜说道，语气略显吃惊地放开了我的手。

“暂时而已，”亚当将信将疑地皱着眉头说，“他只是个小兵，他的指挥官未必会相信。”

“你就不能对他们说你爸爸派你来视察他们的进度吗？”我问道。

“假设他们不知道我背叛了族人，也不知道我爸爸将我判了死刑的话，是的，那也许可以。”

“你只需要稍微转移他们的注意力，”我说，“能让我和玛丽娜想办法进入圣殿就行。”

“到了。”玛丽娜看着窗外说。这些“掠行者”开始往卡拉克穆尔降落。

下面有一些古老的小房子，全都是石灰石建造的，经过几百年岁月的侵蚀，已经长满了灌木。我的目光被当中一座金字塔形状的寺庙所吸引。这座庙宇建在一座低矮的山丘上，庙身斑斑驳驳，凿刻在石头上的台阶非常陡峭，磨损得厉害。我从远处看得不太清楚，但金字塔内的顶端似乎有一扇门。

“你们觉得我们得去爬那玩意儿的可能性有多大？”我问道。

“那就是圣殿，”玛丽娜回答道，“我非常肯定。”

“显然我们的人也这么想。”亚当说道。

莫加多尔人已经砍掉了些树木，在圣殿周围清理出一块环形的空地，光秃秃的地面上停着一整支莫加多尔侦察飞船舰队。在数十架“掠行者”附近，我看到一排帐篷，一定是莫加多尔人扎营的地方。还有两台重型导弹发射架和激光炮塔，武器全部对准了那座寺庙，但是整个建筑物看来还完好无损。奇怪的是，寺庙的底下和四周依旧生长着浓密的树木和藤蔓，好多年没人打理的样子。这与莫加多尔人构筑的包围圈的整齐形成了鲜明对比，包围圈内所有的自然草木都被清除得一干二净。

“似乎有某种东西使他们无法太靠近。”玛丽娜说道。她也跟我一样注意到了这情景。

“马尔科姆确实说了，只有加尔德才能进去。”我回答道。

跟随我们的莫加多尔飞船降落在这个临时机场上，亚当则将飞船停在离他们几码开外的地方。圣殿在远处赫然耸现。在我们与洛林神庙之间是一道开阔地带和一小伙莫加多尔兵，他们中许多人已经在机场上集结，全都荷枪实弹。

“算是来欢迎我们的吧。”我看着亚当说道。亚当从监控器上看到他们聚集起来，使劲地咽了一口唾沫，解开安全带从座位上站起身。

“好的，我先去。等我把他们引到某个地方，你们俩就进入圣殿。”

“我不喜欢这个样子，”玛丽娜说，“他们的人好多。”

“没事的，”亚当说，“进去就行，然后你们就可以随心所欲了。”

说完，亚当打开驾驶舱门，跳上了飞船船身。下面大概有三十个莫加多尔兵在等着他，还有更多正从帐篷里走出来。我和玛丽娜蹲在飞船里面，我的手挨着她的手，以防突然需要隐身的情况。

“这里谁负责啊？”亚当喊道。他笔直地站在那里，再次摆出原生人的派头。

一个穿着无袖黑色风衣的高个子女兵走上前来。她脑后的两根辫子盘在头上，环绕着头顶传统的莫加多尔文身。她的双手裹着满是尘土的白色绷带，像是刚刚受过伤或是被烫烧过。

“我叫菲丽·邓拉，尊敬的马格斯·邓拉的女儿，”女兵冲着亚当喊道，她的身姿也跟他一样轩昂，“你到这里来干什么，苏特克？”

亚当从我们的飞船上跳下去，摇了一下头甩开挡住眼睛的头发。

“敬爱的领袖亲自下的命令。我要视察这个地方，为他的到来做好准备。”

亚当提到希特雷库斯·雷的时候，人群一阵骚动。大多数莫加多尔兵紧张地交换着眼色。但菲丽·邓拉却是一副不为所动的样子。她走上前来，激光枪在腰间晃悠着。我看到她，心里不由得一阵紧张。她走路大摇大摆，眼神像是随时要找碴儿，比我见到过的其他莫加多尔人精明多了。

“啊，敬爱的领袖啊。没问题。”菲丽指着远处的寺庙说道，“你想先看什么呢，长官？”

亚当朝莫加多尔人的营房走了一步，正想开口，菲丽突然出其不意地举起了激光枪，用枪托狠狠地往亚当的嘴巴扫过去。亚当摔倒在地，其他莫加多尔兵也一齐举起了手中的激光枪。

“先到牢里去看看如何，叛徒？”菲丽咆哮道，居高临下地站在亚当身旁，用枪抵着他的脸。

第二十四章

我向玛丽娜伸出手，她立刻握紧了它。我们隐身并小心翼翼地爬出飞船，动作完全同步。我听到我们身后突然传来一阵扑扇翅膀的声音。“尘尘”变成了一只热带小鸟，翅膀还有灰色的斑点。莫加多尔兵都没注意到它振翅飞出驾驶舱，也没有听到我和玛丽娜跳到地面的声音。

他们都被菲丽·邓拉折腾亚当的那一幕给吸引住了。

“我认识你父亲，苏特克，”菲丽提高了调门，让围着她和亚当的莫加多尔兵都听得见，“他是个混蛋，但至少他心怀崇高。他信仰莫加多尔进步。”

就算亚当回应了她，我也听不见，因为其他莫加多尔兵都七嘴八舌地表示赞同。我在人缝中看到了他——他倒在菲丽脚下，在地上挣扎着想站起身来，但估计依旧是眼冒金星。

“事实上，这个任务还是你父亲委派给我的，”菲丽继续说，“我就是之前在西弗吉尼亚的基地中，让一个加尔德逃跑了的那支小队的队长。失责的惩罚要么是死，要么就是到这里来。其实也没什么好选的。你看吧，如果我们任务失败，也全都要被处决的。活下去的唯一办法就是拿下圣殿。”

说起圣殿，菲丽讥讽般地举起两只缠着绷带的手，做了个环抱整个寺庙的夸张手势。我停留了一会儿，想听听她还有什么话要说。

“我每天都在怀疑自己是不是做了一个错误的决定。也许速死比这更好。你知道，苏特克，我们都是到这里来受罚的。”菲丽解释道。我突然发现她不只是在跟亚当说话——她同时还在激发部下的斗志。也许身处这片丛林让他们士气低沉。“我们被派到这个荒芜的地方来，是要打破这层保护洛林人所藏匿的宝物的坚固壁垒。对我们所有的人来说，这是我们让敬爱的领袖刮目相看的最后一个机会。这地方对你这样的叛徒是再合适不过了。”

菲丽在亚当面前蹲了下来。

“这么说来，圣殿的秘密你是知道的了？你到这里是来赎罪的吗？”

“是的，”亚当有气无力地说道，“如果这层屏障是个力场，你扑进去就行了。”

听了亚当这句挖苦，菲丽竟然笑了。这笑声让我再次行动起来——笑声中满是威胁的意味，像是她这个小插曲就要结束了。那意味着我们得抓紧了。

我拉着玛丽娜一起溜到那群莫加多尔人身后。亚当现在的情况让我们左右为难——如果按照之前的计划行事，我们也许能轻而易举地进入圣殿。但我不想把亚当丢下等死，我想玛丽娜也不会这么狠心的。我们没有朝寺庙走去，而是迅速走向一个莫加多尔人用来扫射圣殿外面保护屏障的激光炮塔——其实他们的火力都是徒劳。

“扑进去啊，”菲丽重复了一句，笑声渐渐小了，“这主意倒也不坏，苏特克。不如你先去吧。”

在眼角余光中，我发现菲丽向她的两个手下做了个手势。他们赶忙跑过去架起了亚当。菲丽在前面带路，两个莫加多尔兵拖着亚当朝那条无形的防线——莫加多尔人清理出来的空地和寺庙周围没有清理过的地带的分界线——走过去。

“为了进入圣殿，除了原子弹，我们什么招数都用过了，”菲丽滔滔不绝地说道，“据说敬爱的领袖知道进去的法子。那需要动用加尔德和他们的小吊饰。你也知道它们是非常……难以捉摸的。但如果你相信圣典里的内容——我自己是深信不疑——那你就会知道没什么可以阻挡莫加多尔进步的进程。也就是说，这该死的力场一定会失灵的。我要为敬爱的领袖铲平洛林人为阻止我们所设下的魔法屏障。”

“那你怎么还不出手呢？”亚当回答道，“如果没有什么可以阻挡莫加多尔进步的进程，你们怎么还是毫无进展？”

“也许是我之前没能弄到一张原生人小伙子的漂亮脸蛋来做攻城锤吧。”

我和玛丽娜来到最近的一个炮塔。我们一起登上激光炮塔后面的楼梯。这东西看着像是一个固定着的手提钻头。炮筒上方有块挡风玻璃，上面还有一个瞄准器，边上有两个把手，用来转动激光炮，旁边还有像自行车刹车一样的扳机。

“你会用这个东西吗？”我悄声对玛丽娜说。

“瞄准，使劲按，然后开枪，”玛丽娜悄声回道，“这不都明摆着嘛，六号。”

“好吧，”我回答道，“稍等。”

炮塔需要两只手才能控制。即使所有的莫加多尔兵都背对着我们，我也不想现身，万一其中有一个扭过头来，那我们的伏击计划就泡汤了。我小心地将一只手放在玛丽娜的颈后，再放开她的手。这样她就能在我们俩都隐身的状态下操作炮塔了。玛丽娜慢慢地开始移动炮塔，好让它瞄准那些莫加多尔人。这把激光火炮需要上润滑油了——转动起来嘎吱作响。我挥舞着那只空手，立刻招来一阵强风，掩盖住了那个声音。

“我先来告诉你你要面对什么吧。”菲丽说道。她把亚当带到那道无形的屏障面前，她的手下强迫他跪了下去。她扯掉一只手上的绷带，露出焦得可怕的皮肉。“我们误撞上这道洛林屏障，就被烧灼成这样。”

“你们早该小心些。”亚当回答道。

菲丽点头示意，那两个士兵将亚当按住，让他半弯着腰。他们紧紧抓住他的一只胳膊，将它朝力场推过去。

菲丽向亚当狡黠地看了一眼：“有关你的流言不少啊，苏特克。他们说你现在也算是半个加尔德了。也许我们想进入圣殿就是需要你。也许一个像你这样的怪人可以让力场短路，今天我们就可以代表敬爱的领袖进入这座圣殿了。”

“不管怎么样，今天都是你们在圣殿的最后一天了，”亚当咬着牙回答道，“我向你保证。”

亚当的话让菲丽犹豫了一下。她扭头看了一眼我们的飞船，突然意识到也许亚当不是孤身一人到这儿来的。可是她太迟了。

玛丽娜已经将炮塔对准了那群莫加多尔兵。

“准备好了吗？”她悄声问了我一句。

“把他们都烧死吧。”

玛丽娜那双看不见的手按下了炮塔的扳机。火炮发射的力度很大，我差点被震飞出去。我紧紧地抓住玛丽娜，不让她现身。最靠近我们的那伙莫加多尔兵都没来得及转身，就被猛烈的激光火力击中后背，顷刻间灰飞烟灭。

玛丽娜一开火，“尘尘”就尖叫着从空中俯冲下来。这头变形兽现在是一只有着灰色翅膀的猎鹰，它的爪子一把挠过一个抓着亚当的莫加多尔兵的脸庞。

那个莫加多尔兵大喊一声跳开了。他们全都摸不着头脑，一定觉得炮塔被一个鬼魂占领了。菲丽·邓拉倒是冷静地开了几枪，火力撞到炮塔的挡风玻璃全都打偏了，但接着她也跑了起来。玛丽娜继续扫射着他们，小心地避开亚当周围的那片区域。

“尘尘”击退了一个士兵，亚当也用手肘往另一个士兵的肚子上撞了一下。对方弯下腰，亚当将他向后推了一把，正好撞上圣殿周围的无形屏障。一道蓝色的寒光闪过，环绕寺庙的屏障显现了出来——就像一个笼罩寺庙的巨大电网。莫加多尔兵撞上力场，像火柴头般着了起来。他的身体只留下一层灰，屏障再次消失之后，那层灰便飘浮在空中，直到一阵微风将它吹散。

从抓住他的两个兵手中挣脱之后，亚当就趴到了地上。玛丽娜立刻将炮塔转过来，干掉了挤在亚当周围的莫加多尔兵。包括菲丽·邓拉在内的几个兵躲到了停泊着的飞船后边。虽然看不见我们，他们还是朝炮塔开火还击。我们的枪很快冒起烟来，发出可怕的嘎嘎声。

“炮塔过热了！”我大喊道，“快跳！”

我和玛丽娜往相反的方向跳了下去，正在这时，炮塔爆炸了，一团呛人的黑烟升了起来。我们暴露了，周围也没有任何的掩护。

残余的莫加多尔兵还没来得及瞄准，亚当一拳打在了地面上。一阵震荡波朝莫加多尔兵的方向荡漾开去，将他们掀翻在地。我趁他们分心，立刻滚到了一艘飞船底下，同时施展我的超能力召唤风暴。

天空阴沉下来，开始下雨。在这个丛林里，要制造这样的天气真是太容易了，但还要几秒钟我才能招来闪电，我也不知道是否来得及。菲丽和她的手下已经瞄准了我，激光束打在我面前湿漉漉的泥地里。

就在这时，一个拳头大小的冰雹打中了菲丽的光头。她后退几步，护住自己。

我注意到玛丽娜藏在一堆箱子后面。她将精神全都集中在雨滴上，在莫加多尔兵周围将它们都结成了冰，并用冰雹将他们打晕过去。我感觉到头顶的风暴已经涌动起来，于是击出一道锯齿状的闪电。菲丽在千钧一发之际扑到一边，但她的两个兵被闪电击中，化为尘灰。

接着，出乎我的意料，菲丽·邓拉跑了起来，头也不回地扎进了附近的丛林中。

亚当跳起身来。他的双唇被菲丽扫到的地方都裂开了，鲜血顺着下巴滴落。不过他看起来没受什么伤，而且还很精神。他开始追赶菲丽，双足踩在我的风暴形成的红褐色淤泥中。亚当没跑多远，菲丽就不见了。他在离我几码远的地方停下了脚步。

“让她去吧。”我对他说道，一边让风暴慢慢缓和下来。

“我们不该去追她吗?”亚当说着，往泥地里吐了一口血。他双眼扫视着附近的废墟和树木线，我看得出他想跟另一个原生人来一场公平的较量。“尘尘”已经恢复了狼的模样，跑过来坐到亚当身边，轻轻地舔着他的手。他回头看了看我，说道:“对了，还要多谢你的救命之恩呢。”

“好说，让你去引开他们既然是我的主意，我就有责任阻止他们杀了你。”

“很高兴你能这么想，”亚当回答道，接着看了看圣殿周围的废墟，“我们应该抓住她的。她是个危险人物。”

“别再去想那个叫菲丽什么的了。”我说着，把目光从丛林转到了寺庙跟前。

“我们还有比追捕一个莫加多尔兵更重要的事要做呢，”玛丽娜走到我们身边插话道，“不管她有多么厉害。”

我点点头表示同意：“她是孤身一人逃走的。也许会有什么动物把她给吃了。我们把‘尘尘’留在这里看着那些飞船，以防她突然折回来。”

亚当还是继续盯着丛林看。过了一会儿，他才点了点头说：“好的。你们进去的时候，我会留意这里的情况。”

我向玛丽娜投去探寻的目光，想知道我将要说出的话会不会让她担心。她耸了耸肩作为回应，接着就走到我们的飞船边开始卸下装备。我仰头看着亚当。

“你真不想试试跟我们一起进去吗？”我问道。

亚当瞪着我：“开什么玩笑啊？你没看到力场把菲丽·邓拉怎么样了吗？”

“要真是那样，我会把你治好的。”玛丽娜扭头说道。

“我不明白，”亚当双手叉腰，转身仰视着圣殿，看起来很是紧张，“你们干吗非要我进去不可呢？那可是洛林人的地方。”

“就像那个婊子菲丽说的，你现在是半个加尔德了，”我解释道，“你不是洛林人，但你拥有超能力。”

“我是有一项超能力，”亚当声明道，“但不是我的。我……我都不知道我该不该拥有它。”

“不要紧的。如果我没弄错马尔科姆对我们说的话——我想应该不会弄错——在那座寺庙里有一块活跃的洛林陨石。我们的超能力就来自那里。也就是说，你跟它是有渊源的，就跟我们一样。”

“一切事情的发生都有其原因。”玛丽娜说着，爬到飞船的船身上。她扭过头来，蹙着眉若有所思地看着我们，柔和的脸部线条都扭曲了。“看看八号的预言就知道了。”

亚当还是一副不情愿的样子。他使劲咽了一口唾沫。

“我们不知道里面会有什么等着我们，或是会发生什么情况。我们也许会需要你。所以一起进去吧。”

我不知道亚当对我们的请求有什么反应。他的脸上浮现出一丝微笑，就像之前飞船刚刚要起飞时，他在驾驶舱里露出的那个微笑。

“我去，”他说，“只要那堵无形的墙不会把我毁容。”

我们走到飞船边去帮助玛丽娜。她将装满我们的宝物的洛林箱从驾驶舱里拉出来，然后用心灵传动将它飘移到我面前。接着，她小心地将八号的遗体从飞船里漂移出来。她将他飘浮在她面前，就像是双手抱着他似的。让我意外的是，她把裹尸袋上半部分的拉链拉开了，八号的遗体露了出来。他还是栩栩如生的样子，莫加多尔人的电极将他的遗体保存得很好。

“玛丽娜？你要干什么？”

“我要让他看看圣殿。”她说道，温柔地将八号额头黑色的鬈发撩到一边。“你到家了。”她悄声对他说道。

玛丽娜从飞船上爬下来，专心使用意念力让八号的遗体一直漂浮在她身边。她一脸坚毅地迈步走向寺庙，连看都没看我和亚当一眼。我意识到她为这一刻已经期待了好多天，等待着能好好安葬八号。我和亚当默默地陪她走着这段伤心路。

我们走到莫加多尔人清理出来的空地边缘，这座高高的空无人烟的庙宇出现在我们眼前，我的胸中升起一种莫名的喜悦。我低头看了看胸前的三个吊饰——我的、约翰的，还有九号的——它们正闪耀着明亮的光芒，从我衣服里升起来。我扯了扯衬衫，让这几个吊饰漂浮在我面前，链子也被扯了起来。它们像是要被圣殿吸附过去，玛丽娜佩戴的两个吊饰也是一样。

亚当看了我一眼，吃惊地看着我那几个反重力的吊饰。我对他耸了耸肩。这种情况我也是头一回见。

玛丽娜是第一个穿过屏障的。深蓝色的带电力场再次出现，她穿过去的时候，有一些噼噼啪啪的静电声。她的几缕散发被飘浮在头顶的能量吸得竖了起来，但没有发生其他的事情。

我就在她身后几步之遥的地方。力场让我的皮肤一阵发麻。但只隔了一会儿，我就到了力场的另一边，圣殿破损弯曲的楼梯出现在我面前。

我回头看了看亚当。他停在了力场前面，小心翼翼地伸出食指去触碰那股能量。力场发出很大的声响，亚当立刻跳了回去，但他并没有像其他莫加多尔人那样被灼烧。

“你们觉得这样好吗？”

“别这么没用啦。”我回答道。

亚当叹了一口气，硬着头皮又向前伸出了手，这次是整只手。那股能量一接触到他的皮肤就咯嘣作响，火花闪烁，比我和玛丽娜接触到时要强烈得多，但还是给他放行而没有烧焦他。我冲他莞尔一笑，他如释重负地看了我一眼，抹着额头上的汗。

“接着怎么办？”他问道。

玛丽娜在我们面前几码远的地方驻足，八号的遗体还被她悬在半空。她伸手从脖子上摘下一个吊饰。吊饰一离开她的脖子，就慢慢地朝着寺庙的石阶飘过去，接着拾级而上。

“我们也登上去吧。”玛丽娜说道。

她的吊饰在阳光下泛着蓝光，我发现洛林宝石的光芒稍微亮了些，像是被注入了某种能量。我也感觉到了。圣殿正释放出一种能量，不只是这个力场。我觉得体内的每一个细胞都突然充满了活力。我抬头望了望天，知道自己能够召唤比以前大得多的风暴。我觉得对自己的超能力有了更多的了解。不知怎的，一切就是那么自然——仿佛是我以前就已熟悉这种感觉。

我意识到玛丽娜说对了。我们到家了。

第二十五章

我们大概爬了三十分钟才到达玛雅金字塔的顶端。我试着数台阶消磨时间，但数到两百左右就乱了。有些地方的台阶开裂，裂缝足以让人扭伤脚踝；在另一些地方，因为这些古老的石头建筑常年被雨水侵蚀，石级都成了滑溜溜的斜坡。遇到难走的地方，我们就扯住从林中生长出来的葳蕤的藤蔓，一把一把地往上爬。我们没怎么交谈，只是遇到特别难走的石级就互相提醒。不知为什么，我觉得打破圣殿的肃穆是一种失礼的行为。

我们到达寺庙顶端之后就休息了一下。玛丽娜直冒汗，天气很热，这一路爬得很辛苦，加上她用心灵传动托着八号的遗体这么长时间。我放下一直扛着的洛林箱，伸展了一下手指。亚当双手叉腰，远眺着寺庙的边界。

“景色真美。”他说道。

“是很美。”我附和道。

身处寺庙的顶端，树木都在我们脚下。我们可以看到金字塔周围茂密的树木，看到莫加多尔人清理出来的那圈空地，还有玛雅废墟的其他部分，以及外围蓊蓊郁郁的丛林。我想象着某个古代的玛雅长老站在这里，俯瞰着他的领地。接着我又想到那个长老仰望天空，看着一艘洛林飞船从云端降落。这个画面是如此真实而生动，我有了一种奇怪的感觉，觉得这并非想象，而是确有其事。几百年前，真有那样的事情在这里发生过——洛林人真的来访过，圣殿都记得。

“你们来看看这个。”玛丽娜对我们喊道。

我和亚当转过身来，走过寺庙屋顶的平台。平台的正中是一扇石门。起初我以为这门跟金字塔的其他部分一样，也是用白色石头雕刻而成的，但我走近一看，发现石门光洁无瑕，象牙色的石头没有像寺庙的其他地方那样受到岁月的侵蚀。这扇门在那里应该有些年头了，但是它显然是在金字塔建成之后才被丢在那里的。

这是一扇不通往任何地方的门，玛丽娜绕门走了一圈发现了这个事实。她的吊饰飞到门前，等着我们赶上来。

我在门前停下脚步，细细察看它的表面。整扇门光溜溜的，没有把手、旋钮或是类似的东西，只有九个小小的圆形凹槽围成一圈，出现在门的中央。

“吊饰。”我摩挲着这块冰冷的石头说道。

玛丽娜抄起了空中的吊饰，将宝石嵌进其中一个凹槽。宝石和凹槽严丝合缝，发出清脆的咔嗒声。不过门纹丝不动。

“我们只有五个吊饰，”我苦着脸说道，“不够啊。”

“我们得试一试。”玛丽娜说道，将她余下的吊饰都解了下来。

她说得没错。我们已经走到这一步，没法回头了。我一个接一个把吊饰解下来，将它们嵌入石门上的凹槽中。

“尽力而为吧。”我说着，把第五个，也是最后一个吊饰安了进去。

霎时间，这些洛林宝石开始闪耀起来，发出力场那样的能量光波。这片光芒在宝石间传递，将它们连接起来，这股能量填满了那些没有吊饰的空隙。门上出现了一个圆形的符咒，让我想起每当有加尔德死去时，在我们腿上出现的圆形疤痕。

接着，随着一声缓缓的碾磨声，石门滑入了寺庙中，只剩下一个薄薄的门框。通过门框，我看到的并不是丛林，而是一个尘埃满布的房间，被洛林石微弱的蓝光所照亮。

“超过半数，”我说，“只需超过半数的吊饰就够了。”

“或者是圣殿知道我们多么盼望能进去。”玛丽娜说道。

“这是某个入口，”亚当张望着门框里的房间说道，“那是寺庙的内部吗？”

“我们去看看就知道了。”我说着，提起玛丽娜的洛林箱，跨入了门中。

我立刻又有了那种不辨方向、天旋地转、像坐过山车一样的感觉，跟以前在八号施展瞬移时的感觉一样。那种感觉只持续了一小会儿，我眨眨眼想适应室内昏暗的光线。我的耳朵因为气压的变化而砰砰作响，我感觉自己刚刚走入了这座玛雅寺庙的正中央。丛林的声音在这里已经完全听不见了，我们也许是在寺庙更深入的部分。也许这整座圣殿都在金字塔的底下。

玛丽娜隔空控制着八号的遗体，亚当紧跟在我后面，他们都眯着眼适应着昏暗的光线。他们跨过来的时候，门突然消失无影了。在门原来所在的位置上也没有任何出口，只有一堵坚固的石灰岩墙壁，不过墙上也有一圈凹槽，就像原来门上的那一圈。我们的吊饰跌落到地板上，我立刻将它们捡了起来。

“圣殿。”玛丽娜低声说。

“你们的人是多少年前将这个建在这里的?”亚当问道。

“我要是知道就好了。我们听说他们几百年来一直往来于地球与洛林星之间,”我到处张望着,心不在焉地回答道,“我想他们之前就是在造这个吧。”

“他们在为这一天做准备。”玛丽娜补充道,声音里又有了那种异样的肯定。

“但他们给我们留下什么了呢?”我环顾四周问道,心里有点失望,“一个空房间吗?”

圣殿是一个狭长的长方形房间,有高高的天花板,但没有门窗。就像是我们的祖先曾瞬移到一块坚硬的大石头里面,凿出了一个房间,然后却忘记配置家具。这里什么也没有。石头墙面和天花板上出现了洛林星脉凌乱的纹路,整个房间都泛着蓝色的幽光。我看着洛林星脉纵横旋转的光芒,心里隐隐觉得有些熟悉,却说不上是什么。

“是宇宙,”亚当说,“这比我们了解的要浩瀚得多。莫加多尔人的星际地图也没有显示这么多。”

我过了一会儿才明白他在说什么。但接着我注意到洛林星脉在某些地方形成了一些圈圈,我发现其他光脉形成的圈圈就像是宇宙间旋转的星球。它就像我们的全息宇宙,只是更大,而且显示了更广阔的区域。我在一面墙上发现了洛林星球,中心是一块发光的洛林石,光芒比其他地方的要微弱得多。

“我们的故乡。”我轻轻地用手指触摸着洛林星说道。上面的洛林石发出了某种脉冲回应我,像是认出了我似的,一股寒意突然传遍我的全身。

“那是我的故乡。”亚当冷淡地说道。他指着一片完全没有洛林石的区域,那里就像是发光宇宙中的一处空白地带。他皱起了眉头:

“至少你们的祖先把黑暗区域画对了。”

“那些不是我们的故乡，不再是了。”玛丽娜说道，一边顺着我们的飞船从洛林星飞往地球的轨迹，用手指抚过墙面，“现在这里才是我们的家。”

那块地球形状的洛林石比墙上其他的区域都要亮得多。玛丽娜用手指按着它，那块洛林石振动起来，噼啪作响。

我们底下有什么东西在移动。

“尘尘”从天花板上掉下来，在洛林石突然间发出的耀眼强光中，许多微尘也冒出火花。我知道我不该害怕——这是洛林人的地方，它是不会伤害我们的——但我还是忍不住退到了最近的一堵墙边。圣殿不住地晃动，突然间让我产生了一种幽闭恐惧感。亚当跌跌撞撞地走到我身边，眼睛瞪得大大的。

随着缓缓的嘎吱声和石头的碾磨声，房间中央地板上有一片圆形的区域升了起来。它就像一个祭坛，或是地板上升起的基座。这东西升到齐腰高的地方时，房间停止了晃动。这个台子是纯洛林石打造的。一块石灰岩地板就在洛林石基座的正上方，像一个封印封住了底下的东西。我们三个小心翼翼地靠近它。

“这东西像是会脱落一样。”我碰了碰那个石灰岩封印，但还不想揭下它。

“看着就像一口井，”亚当沉思着说，“你觉得下面会有什么？”

“不知道。”我回答道。

“看哪，”玛丽娜说道，“图画。”

我看到了。它们和八号在印度指给我们看的洞穴岩画非常相似，只是这些是直接刻在这口井的洛林石井壁上的。我不得不绕井一周，才把所有的图画都看了一遍。

在一个像是地球的星球上方，有九个黑色的身影，在它们下面的星球上，站立着九个更小的身影。

一个人——看不出是男是女——站在地上的一个洞面前，将一个箱子里的东西往里扔。

接着又是九个人影，这次是在一座城堡面前，抵挡着什么东西——像是一个巨浪，或者是一条三头龙。

“是更多的预言吗？”我问道。

“也许吧。”玛丽娜回答——她在拿着箱子的人像前面停住了，“也许是一些指示。”

我站到了她身旁：“你觉得就是这个地方吗？我们该在这里将我们的宝物埋入地下？”

玛丽娜点点头。她轻轻地将八号的遗体放到地面上，然后用心灵传动将封住井口的石灰岩板推到一边。石板重重地掉到地上，发出一声巨响，古老的石头顷刻间碎成几块。

一道纯净的蓝光从井里射出来，照得我睁不开眼。这就像是一道光柱。我的骨骼都能感觉到这束光的暖意。

“这是……”亚当闭上了嘴巴，没法说清自己的想法。他那双莫加多尔人的黑色眼睛里满是惊异。

玛丽娜跪在她的洛林箱前，将它打开。她捧出一把洛林宝石，然后将它们放进圣殿的井中。它们闪烁着从她的指缝间掉落到光柱之中。整个房间也由此变得明亮了些。墙上的洛林星脉跳动得更有力了。

“帮帮我，六号。”玛丽娜激动地说。

我从洛林箱中拿出那一小袋泥土，打开来将它们扔进井里。一阵温室般的芬芳弥漫了整个蒙尘的石室，光线也更明亮了。玛丽娜随后把那把干树枝和干叶子扔了进去。枝叶从她手中掉落之前，沐浴在光柱之中，看上去又充满了绿意与生机。它们掉落到井里，一股微风吹过了整个房间，让我们倍感凉爽。

“成了。”我说道，其实我并非真的知道我们究竟在做什么。我只知道，这件事做对了。

我们把洛林箱里的其他东西都清空之后，我拿起了亨利的骨灰盒。我小心地解开盖子，将骨灰全部倒入光束中。骨灰旋转着掉落井中，每一粒微尘都闪闪发亮。我真希望约翰能在这里目睹这一切。

我转身看着玛丽娜，朝地上停放着的八号的遗体轻轻点了点头：“我们是不是……”

玛丽娜摇摇头，低头看着八号：“我还没准备好，六号。”

我稍事停顿，慢慢打量着整个房间，看看是否发生了什么改变。井里的光柱亮如旭日，但不再灼伤我的眼睛。墙上的洛林星脉有力地跳动着。我们的洛林箱都空了，亨利的骨灰也撒在了井里。

“没有别的事要做了，”我对玛丽娜说，“是时候了。”

“吊饰，六号。”玛丽娜说道，“我们还得把吊饰扔进去。”

“等等。”亚当说道，第一次走上前来。他一直满心敬畏地看着这一切，但玛丽娜的话让他回过神来。“如果你们把吊饰扔在这里，我们就没法出去了。”

我手里还拿着我们所有的吊饰，仔细想想之后，我将它们握得紧紧的。

“我们得有信心，对吧？”我耸耸肩说，“我们得相信这里的一切，长老们给我们留下的这一切，相信这些会为我们指明出路的。”

玛丽娜点点头说：“是的。”

亚当看了我一会儿，然后看了看光束。他今天所看到的一切一定与他莫加多尔人的本能相违背。但从内在说，他也是一个加尔德呢。

“好吧，”亚当说道，“我相信你们。”

我又把那些吊饰紧紧地握了很久。我都不记得我戴护身符的时间有多长了。有许多次是它提醒我：我是谁，来自何处，为何而战。它已经成为我身体的一部分——我们身体的一部分——就像脚踝上的那些伤疤。但现在是时候放手了。

我将五个吊饰扔进了井里。

这口井立刻有了反应，发出炫目的强光。井里的光束简直就像一颗超新星一般。我大喊一声挡住了自己的眼睛，玛丽娜和亚当肯定也这么做了。井下传来嗖的一声，就像有千万双翅膀伸展开来，或是一股小型的飓风在地底下形成。井里传来一声深沉响亮的撞击声，让我牙齿打战。几秒钟后，那个声音又出现了。

怦怦。怦怦。

这个声音越来越快，越来越响，而且更沉稳了。

是心跳声。

我不知道我在那道纯蓝的光柱中站立了多久，不知道自己聆听了多久洛林星洪亮的心跳声。可能是两分钟，也可能是两个小时。这种感受给人安慰，让人沉醉。当光束开始黯淡下去，心跳声也开始低沉起来，成为一阵稳定的背景声时，我都有些不舍了，就像从一个不情愿离开的温暖的梦中苏醒过来一样。

我睁开双眼，突然倒吸了一口凉气。

八号的遗体就盘桓在圣殿的井口，蓝色的光柱围绕着他。我抓住了玛丽娜的手。

“是你干的吗？”我不由自主地喊出声来。

玛丽娜摇摇头，也握住了我的手，热泪盈眶。

在我们身后几步之遥的地方，亚当跪倒在地。他一定是在强光炫目的时候倒下去的。他仰头看着八号，满脸迷惑。

“出什么事了？这是怎么回事？”

“看他，”玛丽娜说，“看啊。”

我正想告诉亚当我也不知道是怎么回事，突然发现八号的手指动了起来。这是光束造成的错觉吗？不——玛丽娜一定也看到了，因为她轻轻地尖叫了一声，一只手捂住了嘴，另一只则使劲地捏着我的手。

八号摆动着手指。他飘浮在空中，甩动着胳膊和腿，又转了转头，像是在舒缓颈部的痉挛。

接着他睁开了眼睛。这双眼睛是纯粹的洛林石。八号的眼睛闪烁着墙上洛林星脉的深蓝色。他开口说话时，有蓝光从嘴里涌出。

“你们好。”八号说道，声音中带着层层回响，不像是我们的朋友原来的声音。这种声音有着美妙的音调，我从未听过这样的声音。

这是洛林星的声音。

第二十六章

大多数人都知道要逃跑。这些纽约人看过太多类似的电影，知道外星人的飞船若是在你的城市降落该怎么办。他们成群结队地在人行道上奔跑。有些甚至将车子丢弃在马路中央，使得我们黑色的 SUV 车队行进起来更加缓慢。幸好在桑德森下榻的酒店外，沃克说服了那些因为枪击而出警的警察来帮助我们。事关外星人入侵，穿黑西服、戴墨镜的联邦特工的权威立刻就彰显出来了。

就算是有警车闪灯鸣笛，也很难穿越这座城市，穿越这片混乱。

但是，莫加多尔战舰正虎视眈眈地盘旋于联合国总部之上，有些人却没有从东河边逃开，反倒是冲那边跑去。那些人拿出手机拍摄着，迫切想看看外星生物的模样。我不知道他们是勇是疯还是蠢。也许三者皆有吧。我想把头探出窗外喊他们转身逃走，但没有时间了。

我无法救下所有的人。

“迈克尔·瓦尔辛顿，代表佛罗里达州的参议员。”

沃克特工照着一本黄色的拍纸簿，冲手机嚷嚷着这个名字。她坐在副驾驶座上，一副狂乱急切的样子。心知时间紧迫，她的命令起不了什么作用，但她还是继续发出各种命令。

“玛丽莎·克罗夫特，参谋长联席会议的。卢克·菲利普，法国大使。”名单读完，沃克停了下来。她回头看看后座上被我和萨姆夹在中间的巴德·桑德森：“是不是就这些了？”

桑德森点了点头：“我知道的就这些了。”

沃克点点头，对着手机说道：“把他们全都抓起来。是的，全部。他们若敢抵抗，格杀勿论。”

她挂掉了手机。那份莫进派的政客名单是桑德森提供的，沃克将这几十个名字一个个报给了她的手下。就算是沃克手下那些厉害的特工能完成任务，在这样紧急的时刻，抓这些人也不会起多大作用了。但至少我们希望沃克和她的人能让亲莫加多尔的叛徒倒台，留下一个准备抵抗的政府，虽然现在我们也不知道他们能发动怎样的抵抗。

亨利以前说莫加多尔人花了多少时间就占领了洛林星？不到一天？

挡风玻璃外，莫加多尔人的飞船清晰可见。相形之下，这座城市的摩天大楼看上去就像是些玩具。这艘飞船将周围的街道都笼罩在阴影中，像是一只罩在纽约上空的巨型蟑螂。飞船两侧和下方有几百个激光炮塔伸出来。我似乎还看到一些开口中停着更小型的莫加多尔飞船。就算是完全发挥加尔德的超能力，我也没有把握能将这艘巨舰打下来。

沃克特工也在望着飞船。也许，要无视这艘笼罩天际的巨大外星飞船是不可能的。她扭头看着我。

“你们能够摧毁那东西的，是吧？”

“是的。”我回答道，努力模仿九号吹嘘时的那种漫不经心。他现在就在我们后面的那辆 SUV 上，也许正在跟同行的特工讲着他能怎样赤手空拳将飞船撕成两半呢。“包在我们身上，没问题的。”

坐在我旁边的桑德森偷偷地笑了，但沃克恶狠狠地瞪了他一眼，让他闭上了嘴。萨姆坐在这位可耻的国防部长的另一边，看起了他从酒店外面那位无辜路人的手里“借”来的手机。

“上传成功了，”他对我说，“萨拉能看到录像了。”

“谢谢，萨姆。”我说着，从自己口袋里拿出手机，立刻拨打了萨拉的号码。

我和萨姆将我使用超能力的录影发到“他们走在我们中间”的网站上，我不知道亨利对此会有什么看法。我怎么也想不到有一天我会自愿将自己的超能力公之于众。但我们现在确实就这么做了。

电话只响了一声，萨拉就接了。我听到她身边传来各种声音，有人的谈话声，还有电视机的响声。

“约翰，谢天谢地！莫加多尔人入侵的事上了各种新闻！你还好吗？”

“我没事，”我对她说，“正往我见到过的最巨型的莫加多尔飞船走过去。”

“约翰，希望你知道自己在干什么。”萨拉回答道。听得出她忧心忡忡。

“没什么事是我们解决不了的……”我开始安慰她，突然一声噪音打断了我，“萨拉？你在听吗？”

“我在，”她回答道，听起来比之前更遥远了，“不过信号好像受到了什么干扰。”

一定是飞船。那些巨舰从天而降肯定对手机网络产生了干扰。再说此刻这个国家还有很多人像我们这样惊慌失措地打着电话。我必须尽快说完，免得待会儿连信号都没有了。

“萨姆刚刚往马克的网站上传了些视频文件。你们看到了吗？我觉得那些视频能发挥些作用。”我记起萨姆在加油站外跟我说过的话，“我们不是只想吓唬人。我们还想给他们一些希望。”

巴德·桑德森在我身边哼了一声。我想这老家伙对我们在网站上所做的事情多少有些不以为然吧。我也不知道这样做有没有用——就像沃克特工下令抓人，就像我们今天所做的一切，也许都太迟，都没用了。但我们要用尽一切手段反击莫加多尔人。

“我正看着呢，”萨拉说道，她的呼吸急促起来，“约翰，这……你太厉害了。可我一见到外星人帅哥施展身手就不能自已了。”

在我忧心忡忡的同伴面前，我一直板着脸，所以只能转身背对桑德森，掩藏自己的笑意。

“哦，谢谢。”

“这些视频我们绝对用得着。”萨拉说，我听到她已经在敲打键盘了，“不过你现在要怎么做呢？那飞船看起来大得要命。”

我看了看窗外那混乱的场面：“我们要在战争爆发前结束它。”

萨拉的语气充满了担心。她知道我要对她说的必定是一些疯狂的想法：“什么意思，约翰？你有什么打算？”

“我们要到莫加多尔人的战舰上去。”我对她说，努力显得自信十足。其实越是接近飞船，我就越觉得这是个绝望的计划。“我们要把希特雷库斯·雷引出来。然后把他给杀了。”

我们的车队在距离联合国总部十条街以外的地方停了下来，那里完全是水泄不通。街道上挤满了想近距离目睹飞船的人，有些人站到了车顶上，有人甚至站到了一辆城巴顶上。到处都是努力维持秩序的警察，但我怀疑对于与外星人的首次接触，他们没有受过相关的训练；许多警察也都忙着抬头看飞船。人群吵吵嚷嚷，还有很多人激动地欢呼。

这些人都成了莫加多尔人唾手可得的标靶。我担心飞船两侧的大炮会突然向人群开火。我想喊大家快跑，但又怕造成恐慌。当然，还得有人愿意听我的。

“走开！别挡道！”沃克一下车就大喊道。她举起警徽挥舞着，不过没人真正留意她。

这两辆SUV上的特工和沃克在酒店里召集到的警员紧紧围住了我、桑德森和萨姆。九号挤到我们身边，盯着一群对着飞船欢呼雀跃的少年。

“蠢蛋，”他嘟哝了一声，然后看了看我，“这真是疯了，小翰。”

“我们得尽可能保护更多的人。”我回答道。

“他们得自我保护啊。”九号说道，然后站在一个特工身后大喊，“回家去，你们这些傻瓜！要么去找些枪再回来！”

沃克瞪着他：“请不要鼓励平民持枪。”

九号狠狠瞪了她一眼，继续喊道：“这是战争，女士！这些人得有所防备！”

我们身边有些人听到了，或许是因为警察越来越多而受到惊吓。我注意到有些人紧张地对视了一眼，人群开始慢慢往我们这边退。沃克冲九号做了个苦脸，然后拍了拍一个探员的肩膀。

“往前走！”她大喊，“我们得往前走！”

前面依旧有一群人拦在我们和联合国总部之间，而且人群丝毫没有散去的意思。沃克的特工和那些警察开始用力推挤，我们也被拥着一起走。

“小心，小子！想被传送上船①可别插队啊！”一个路人喊道。

“见鬼了！真像《黑超特警组》②！”另一个尖叫着说。

“他们会伤害我们吗？”我们经过的时候，一个女人冲着桑德森喊道，也许认出他是个要人，“我们有危险吗？”

桑德森移开了目光，很快那个女人也被淹没在人群中。就算有十几个警察和特工在我们前面猛冲猛撞，我们的行进速度依然非常缓慢。不能再让这些人挡我们的道了。

一个男人撞到了沃克特工身上，他眼球充血、胡子蓬乱，一看就像那种乐见地球末日的人。她打了个趔趄，我赶忙伸出手去扶住她。沃克没有向我道谢，眼里充满了愤怒与沮丧，看样子她是受够这些人了。她从腰间的枪套里把枪一把拔了出来，也许是想朝天鸣枪以驱散人群吧。我拉住她的手，摇了摇头。她冲我直瞪眼。

“不要。你会引起恐慌的。”

“现在这样就已经是恐慌了。”她回答道。

“换作是我，若是有人开枪，我一定会慌乱。”萨姆插话道。

沃克心烦意乱地哼了一声，继续在人群中推挤着往前走。我用手肘捅了捅九号的肋部。“我们帮帮他们吧，”我对他说道，接着补充了一句，“但别伤害到任何人。”

九号点点头，我们开始运用心灵传动将挡道的人拉开。九号出手比我预想的还要温柔。我们发挥心灵传动力形成一个像泡泡一般的力场，将我们裹在其中，附近的路人被泡泡推起来又从上面滑落，谁也

---

① 原文的 beam up 出自电影《星际迷航》中的经典台词，指通过转化的方式送出或送回星舰。

② 改编自漫画的科幻喜剧电影，讲述黑衣特警致力于阻止邪恶外星人对地球采取的秘密入侵和破坏的计划。

不会被踩踏。慢慢地，沃克和我们的护卫面前的道路开始通畅。

我们逐渐接近联合国总部，直接来到了莫加多尔战舰下方的阴影中。我不由得心生寒意，但我努力不表现出来。我们所走的道路两边插着各国国旗，所有的旗帜都在温柔的春风中招展，被笼罩在这艘渐行渐近的莫加多尔飞船之下。

我看到前方联合国总部的大门口有一个匆忙搭起来的高台。那边有更多组织有序的警察——既有当地警察，也有联合国总部自己的安保人员。他们拦着不让人们接近高台和主楼的入口。门前还有一群记者，全都带着照相机。他们不停地在高台和盘旋的飞船之间晃动相机，拍着照片。

我双手握住桑德森的肩膀，将他拉到身边来。我指着高台的方向问道："关于这个，之前商量好的协议是什么？这里会发生什么事？"

桑德森冲我苦笑了一下，但没有挣脱开去："敬爱的领袖喜欢戏剧性效果。你知道他还写过书吗？"

"蠢货才会去看那种书。"九号嗤之以鼻地说道，一边更专心地推开人群。

"我才不管他玩什么宣传招数。说说高台的事吧，桑德森。"

"就是宣传，像你刚刚说的，"桑德森回答道，"我和其他一些莫进派官员——那些人可能已经被我们亲爱的朋友沃克给抓起来了——我们要去欢迎希特雷库斯·雷。他打算现场展示莫加多尔人会给予人类的礼物。"

我记得我们发现桑德森时，他全身血管发黑，都快不行了，全靠莫加多尔人所谓的先进疗法苟延残喘。

"他原来打算给你治疗吧。"我说道，终于弄清楚了一切。

"哈利路亚！"桑德森痛苦地说，"我们的救世主！然后我们会把他邀请到联合国总部去进行协商，接着明天就会发布一个和平协议，允许莫加多尔人的飞船进入联合国所有成员国的领空。”

“这样就完了，”萨姆说，“地球就会被出卖。”

“至少整个进程是和平的。”桑德森说道。

“你不觉得人们会吓坏吗？”我问桑德森，“你看看周围。想象当莫加多尔人露出真面目，开始四处出兵，开始占领地球时，情况会是什么样？到处都会出现恐慌、暴乱，就算有你们这一套外交手段也一样。你们的计划又怎么能成功呢？”

“他当然考虑到这一点了，”桑德森说，“希特雷库斯·雷打算用这一招来区分抵抗分子、异己分子。”

“这样他就知道该铲除哪些人了。”九号哼了一句。

“真是变态。”萨姆说道。

“为了人类的生存，必须付出一点代价。”桑德森争辩说。

“我见过莫加多尔人统治下的未来，”我对桑德森说，“相信我。你们不愿意付出这么大代价的。”

萨姆向我投来忧虑的目光，我发现自己的语气是那么让人不寒而栗，像是在说莫加多尔人在地球上发动战争是不可避免的，像是说此刻我们已经无法保护人们免受伤害了。说实话，我也不知道能否兵不血刃地解决这个危机。战争已经迫在眉睫，非打不可。但我需要说些别的话，给大家希望。

“不一定会那样的，”我补充道，“我们要赶在局势恶化之前阻止希特雷库斯·雷。但你必须帮助我们。”

桑德森点了点头，他的目光落在高台上：“你要我帮忙完成这一击。”

“把他引出来，如他所愿，”我一边说着，一边戴上了卫衣的帽子，“然后由我们来把他干掉。”

“你们有这能力吗？”

我扭头看着桑德森，正欲开口回答，发现萨姆的眼里也流露出同样的疑问。我们上一回跟希特雷库斯·雷搏斗的时候，他并不在场，但他知道当时的情况不太好。那还是在全体加尔德都在场的情况下，现在只有我和九号。对了，还有沃克特工带来的那些人。

“必须有。”我对桑德森说。

我们接近联合国总部大门和高台的时候，走过一个穿得像快递员的家伙身边，周围有几台新闻摄像机正对着他拍。除了那艘巨型的莫加多尔飞船，他是唯一吸引媒体注意的人。我竖起耳朵听着他的话。

“我发誓，那家伙真的是从天而降！”那个“单车快递员”对着将信将疑的记者喊道，“或许应该说是飘下来的，我说不好。他重重地跌落到地面，不过他的皮肤好像覆着一层铠甲。看他的样子，伤得还不轻。”

九号一把拍在我肩上。他也听到了，所以分了心，没有继续用心灵传动将人群推开。跟随我们的特工都撞在了一起，人群开始涌过来。特工们抱怨着，不过还是将人群拦住了。

“你也听到了，对吧？”九号问道，他的双眼闪闪发亮，杀气腾腾。

“他可能只是个疯子，”我指着“快递员”说道，不过其实我也不太相信这一点，“这种事情绝对会让疯子们激动不已的。”

“不可能。”九号说道，声音里满是兴奋。他扫视着人群，兴致重燃。“五号就在这里，兄弟。五号在这里，我要把他的肥脸砸个稀巴烂。”

第二十七章

我整个人都是麻木的。

我们即将搭乘小飞船去曼哈顿。在泊船舱里，我对着飞船珍珠色的外壳钢板瞥了自己一眼。我看起来一副鬼样，眼睛底下是大大的眼袋。他们给我穿了一件正式的绲着红边的黑长袍，还将我的头发向后挽成一根马尾辫。辫子扎得很紧，我感觉头皮都要被剥下来了。我是莫加多尔人的公主。

我其实并不在乎。我晕乎乎的，一直都像腾云驾雾一般。我多少知道自己该集中注意力，让自己的头脑清醒起来。

但我就是做不到。

运载飞船的门打开了，一小段舷梯被放了下来，好让我登机。希特雷库斯·雷轻轻地将手搭在我肩上，推着我向前走。

“我们出发了，亲爱的，”他说道，声音听起来好遥远，“这是个大日子。”

一开始，我站着一动不动。但我的肩膀之前被刺中的地方立刻开始疼起来，就像有许多小虫子在皮肤底下蠕动着。我迈出一只脚登上舷梯，坐进了飞船的凹背座椅中，这种疼痛马上就消失了。

“很好。”希特雷库斯·雷说道，跟着我登上了飞船。他坐进了驾驶座，我们身后的舱门关上了。跟五号一番搏杀之后，他恢复了地球人的模样。现在他穿着一身裁剪合身的带红色纹样的黑西装。纹样并没有为他那张慈祥的地球人脸蛋添彩，而是让他显得威严又独裁。我没这么对他说，因为我不想帮他的忙，也知道说了没用。

我一心希望一路上能睡过去。

我的肩膀被刺开一道口子之后，他们对我做了些手脚。我因为失血过多，时而昏迷，时而清醒，所以有些记忆很模糊。我记得希特雷库斯·雷将我抱到医务舱——一个之前我一直没机会去查看的地方。我记得他们往我伤口里注射了些黑色黏液。我非常肯定我当时因为疼痛而大叫起来。但之后我的伤口就开始愈合。那种感觉与前几次被玛丽娜或约翰救治时不同。那时候，我觉得伤口会慢慢接合，皮肉像是重新长了出来。但在莫加多尔人的“治疗”下，我的皮肉似乎被别的东西所取代，是一些冰冷异样的东西，一些有生命而且饥肠辘辘的东西。

我现在还是有那种感觉，像有什么东西在我痊愈的肩膀那完好苍白的肌肤底下蠕动。

希特雷库斯·雷推动控制台上的几个开关，我们小小的球形飞船开始启动，船身变成半透明的。这是莫加多尔式的有色玻璃，不过我们能看到外面，外面的人却看不到我们。

我转过头去看着泊船舱里跃跃欲战的莫加多尔兵。他们都一动不动地站着，几百个人组成整齐划一的队伍，所有人都握紧拳头放在胸口。他们在向即将出发去征服地球的敬爱的领袖致敬。我看着他们苍白木讷的脸庞和空洞的黑眼睛扪心自问，这些人是我的同胞吗？我会变成他们中的一个吗？

投降似乎要更容易些。

希特雷库斯·雷正要带我出发，突然一个控制屏幕上亮起了一盏红灯，还响起了刺耳的嗡鸣声。这声响让我清醒了些。在希特雷库斯·雷的大日子里，竟然有个倒霉的下属要呼叫他。希特雷库斯·雷对着信号不耐烦地拉长了脸，我差点以为他不打算理睬呢。最后他终于猛拍了一个按钮，屏幕上出现了一个疲惫不堪的通信官。

“怎么回事？”希特雷库斯·雷咆哮道。

“非常抱歉打扰您，敬爱的领袖，”通信官目光低垂地说道，“有一个来自菲丽·邓拉的紧急消息。”

“最好真是紧急的，不然……”希特雷库斯·雷很生气地说道，对着屏幕不耐烦地挥了挥手，“好了。接通吧。”

屏幕闪了一下，发出噼噼啪啪的声音，一个莫加多尔女兵出现了。她的光头四周盘着两根长长的辫子，眉毛上面有一道大口子。她身处丛林之中。显然这个原生人带来的消息非常重要，我们去纽约的行程都可以因此被耽搁。我努力在座位上坐直了点，强忍着眩晕留心听着。

“有什么事，菲丽？”希特雷库斯·雷冷冷地问道，“你为什么要直接联系我？”

那个叫菲丽的莫加多尔女兵犹豫片刻才开了口。也许她是被以威严的语气同她讲话的这张地球人的脸庞吓到了。也许她本来就非常畏惧她敬爱的领袖。

“他们来了，”菲丽终于开了口，声音里有一丝成功的喜悦，“加尔德们激活了圣殿。”

希特雷库斯·雷在座位上往后靠了靠，交叉双手思索起来。

“很好，”他回答道，“好极了。我命令你将他们留在那边，菲丽·邓拉。不惜性命。我很快就会过去找你。”

“听候吩咐，敬……”

菲丽·邓拉话还没说完，希特雷库斯·雷就关了对讲器。她提到了加尔德和圣殿，让我清醒了些。我努力想着六号、玛丽娜、约翰和九号，我知道他们会盼着我奋起斗争。但是要让我的大脑不陷入空白，让我的身体不再软绵绵，真的太难了。

“我追杀了他们这么多年，”希特雷库斯·雷轻轻说道，几乎是在自言自语，“努力消灭抵抗莫加多尔进步的最后一股力量，想拿到那些傻瓜长老埋藏在这个星球上的东西。现在，这一天终于来了。突然之间，我为之搏杀的东西终于要归我所有了。告诉我，乖孙女，对于莫加多尔种族的优越，你怎么还能心存疑虑呢？”

他其实并不想听到什么回答。希特雷库斯·雷就是喜欢自言自语。我迷迷糊糊地慢慢展开了笑容。这似乎让他觉得挺高兴的。我的祖父伸手拍了拍我的膝盖。

“你感觉好些了吧？”他说着，拉动了控制台上的几根控制杆，飞船的引擎开始发动，“来吧。咱们一起去拿下属于我们的东西。”

说完这话，希特雷库斯·雷操控着飞船向前飞去。我们穿过泊船舱，经过那一排排莫加多尔兵身边。他们用拳头击打着胸膛，用沙哑的声音喊着莫加多尔人的口号。我们从五号跌落的那个出口飞了出去。看到他遭到殴打，然后像垃圾一样被扔在一边，我还真庆幸自己记忆模糊呢。

我们降落在曼哈顿。我看到下面聚集了好多人。有几千个人拥挤在一些很漂亮的建筑及周围空地的前面。我看到那里还有座高台。整个就搭建在一条波涛起伏的灰色河流的堤岸上。我记起梦境中的华盛顿，还有空气中弥漫着的焦味。很快就轮到纽约了。我不知道当他们的城市开始烈火熊熊时，这些人会不会往河里跳。

地上的人指着我们的飞船，我听到他们叫喊着问候我们。这些最靠近“阿努比斯”号的地球人觉得自己不会有任何危险。

我突然想起我们就要走入这群人当中，却没有带上任何莫加多尔卫兵。我懒洋洋地扭头看着我爷爷，舔了舔嘴唇，努力想着怎么措辞。

“我们要单独面对他们吗？”我问他。

他笑了：“当然了。我是要提升他们，而不是伤害他们。地球人没必要怕我们。我在地球上的仆人们会安排一个欢迎会，我觉得非常合适。”

显然他早有计划。也许他已经策划好了整个行动。我知道面对希特雷库斯·雷和他的本事，即使这么一大群人也毫无胜算，但我还是暗暗希望他们中能有一个看穿他的小把戏，能朝着这个可怕的外星人开火。

当然了，那就意味着在他们阻止希特雷库斯·雷之前，我会先死去。此刻，我感觉还是挺值得的。我感到莫加多尔人注射到我体内的东西在我的皮肤底下蠕动着。我再也无法忍受了。

飞船的降落停止了。我们停在距离高台大约十五英尺的上空。一个穿着西装、看起来很紧张的老人在台上等着我们，他应该是个政客。照相机的闪光灯发了疯似的噼啪作响。我眨眨眼睛，努力不让自己像梦游一般。

“来吧，埃拉。我们跟臣民们打个招呼。”希特雷库斯·雷说道。他举起金色权杖，权杖上的黑曜石塔洛克之眼散发着光芒。我不知道他为何要带上权杖。也许是不想手无寸铁地去面对他所谓的臣民吧。

或者他以为这样能让他显得高贵，像一个手持王杖的国王。

我站起身，微微有些眩晕。希特雷库斯·雷向我伸出了胳膊。我伸手挽住了它。

我们的运载飞船的门打开了，一架发光的舷梯伸了出去，为我们搭起通往高台的通道。我们出现的时候，人们喘息着。透过惺忪的双眼，我看到几十台电视摄像机对着我们。人群惊讶得陷入了安静。在他们眼中，我们像什么？外星人……看起来跟地球人一模一样的外星人。一个帅气的老人和他肤色苍白的孙女。

希特雷库斯·雷举起手，向着人群挥舞。一副皇家派头，文质彬彬又矫揉造作。他开始说话，声若洪钟，像是佩戴了麦克风似的。

“你们好，地球人！”他声音洪亮，发音标准，听起来让人安心。“我叫希特雷库斯·雷，这位是我的孙女埃拉。我们万里跋涉，怀揣和平的愿望，来到你们的面前。”

人们竟然欢呼起来。他们都还蒙在鼓里呢。希特雷库斯·雷慈祥地环视着他们仰起的脸庞。但当他的目光落在高台上的老人身上时，我感觉到他的胳膊一阵发紧。

“嗯……”希特雷库斯·雷低声说。情况有些不对劲。这位迎接者让他感到意外。也许高台上本来应该有更多张开双臂的地球人吧。也许还应该有许多花束。

希特雷库斯·雷神色自若地挺起胸膛，走下舷梯。

“我们有许多东西要献给你们！”他继续用慈祥的语气大声说道，“能治愈患者的先进医疗手段，能养活饥饿者的农耕技术，还有能让你们的生活更方便、更富裕的科技。我们想要的回报，仅仅是在这般长途跋涉之后，有个能让我们远离寒凉太空的栖身之所。”

我环顾人群，看看是否有人信他这一套，结果看到前排有个年轻人，就站在几台电视摄像机旁边。他黑色的双眼迎住了我的目光。他身穿一件带帽子的卫衣，长长的黑发从帽子里飘散出来。他个子很高，非常健硕，而且……

依我现在的状况，我过了好一会儿才认出他。就在不久前，我还趴在他肩膀上保持平衡，他教我如何战斗。

是九号。

看到他，知道自己并非孤身一人，知道一切并非没有了希望，我一下子清醒了。我肩膀上的疼痛随之剧烈起来，就像有什么东西正要从我皮肉底下爬出来似的。我体内的东西不希望我使用超能力！我毫不理睬，施展起我的意念传声术。

九号！他的权杖！他就是借用那个来变形的！夺下他的权杖，毁了它！

九号的脸上绽开了不羁的笑容，他冲我点了点头。我的心跳加速了。

在我身旁的希特雷库斯·雷微微僵直了一些。我的手被他的肘窝紧紧夹住。他知道有事发生，但还是继续表演。

“在这个重大的时刻，我希望有更多的人来到这里，但我只看到一个领导人来这里欢迎我！”希特雷库斯·雷向老人伸出了手，“我是为和平而来的，先生！希望我们两个民族之间的友谊能从此得到巩固。”

老人没有握住希特雷库斯·雷的手，而是后退了一步。他的眼里有深深的惧意，但不是害怕得要尖叫逃跑的那种恐惧。那是一种困兽之惧。那老人手上也有一个麦克风，当电视摄像机对准了他时，他开始高声叫喊起来。

“这个人……这个东西……是个骗子！”

“怎么……”希特雷库斯·雷恶狠狠地迈出了一步，我的手也从他的肘窝里松了开来。我陪在他身边这么久，还是第一次看到这位莫加多尔领袖露出真正吃惊的神色。

吃惊而暴怒。

人群中发出一阵疑惑的喃喃声。老人又喊着别的什么话，我听到了“奴役”和“死亡”，但其他的就都听不清楚了。没人能听清。希特雷库斯·雷已经用心灵传动将老人的麦克风捏碎了。

“你一定是糊涂了，我的朋友，”希特雷库斯·雷咬着牙说道，还想挽回这场闹剧，“我的用意纯……”

希特雷库斯·雷突然间失去了平衡。我知道原因。他是受到了心灵传动力的冲击波。我看着他的金色权杖脱手而出。九号跃上高台，一把将权杖抽出来，冲希特雷库斯·雷咧着嘴笑。

我感觉到左边有动静，扭头看到约翰也跃上了高台。他们从两侧包抄他，就像我们在训练室练习的那样。我还看到一些散落在人群之中的穿黑色西装的男男女女悄悄地拔出了武器。人群开始骚动起来，有些聪明的市民开始从高台边往后退。

这是个圈套，我很开心地意识到。加尔德们就在这里！

此刻希特雷库斯·雷大吃一惊。我敢说，应该还有一点恐惧。

“你们都被误导了！”希特雷库斯·雷尖叫着，用两只空手指着九号和约翰说，“这两个小子是逃犯！是来自我故乡星球的恐怖分子！我不知道他们对你们说了什么……”

“我们什么都没对他们说过。”约翰打断了他。他的声音没有希特雷库斯·雷的那么洪亮，但台下的人都伸长了脖子在听。“我们会让他们自己决定。一个想灭绝人类的疯子的面目是很容易被看清的。”

“一派谎言！”

动手啊！我用意念传声催促着九号。

“不知道如果我这样做，会发生什么事？”九号摆弄着希特雷库斯·雷的权杖问道。希特雷库斯还没扑过去，九号就把权杖举过头顶，将它摔在高台上。权杖中央的黑曜石眼睛炸开来，化作一团尘灰。

之后的事情都是顷刻间发生的。

希特雷库斯·雷开始痉挛抽搐。他那副帅气的地球人外表开始脱落，就像蛇在蜕皮。真正的希特雷库斯·雷——没有血色的苍白皮肤，丑陋又苍老的相貌，布满文身的光头，脖子上厚厚的疤痕，身上穿着带尖刺的莫加多尔铠甲——出现在高台上。

人群中有许多人开始尖叫起来。更多的人害怕得连连后退，转身就跑。现场突然响起了枪声，我听到子弹从我耳边呼啸而过，打在我身后的飞船上又弹开了，飞船毫发无损。这些枪声让人们更加恐慌，高台前的人开始四下逃窜。现场响起了更多枪声，不过这次都是对天鸣枪。一个瞄准了希特雷库斯·雷的特工也被惊恐的观众们撞倒在地。

一片混乱。

希特雷库斯·雷发出一声怪物般的怒吼，身子长到了十五英尺。我们脚下的高台开始嘎吱作响。那个跟加尔德一起站在台上的老人想跑到人群当中，但希特雷库斯·雷用心灵传动一把抓住他，将他像一枚导弹那样冲九号掷过去。他们两人摔在一起，从高台上跌了下去。

约翰的手上燃起了火球。就在希特雷库斯·雷启动消融力场的时候，火球飞了出来。消融力场并没能拦住约翰。他扑过来，一边从剑鞘里抽出了他的洛林匕首。

“好啊！”希特雷库斯·雷尖叫着，示意约翰靠近些，“来受死吧，小子！”

希特雷库斯·雷的消融力对我没有丝毫影响，我捡起他的一块权杖残片。我的手指非常笨拙，差点掉了两次才将它握紧。我集中意念，毫不理睬皮肤底下撕裂般的疼痛，将我的消融力注入这块残片之中。

当这块碎片发出耀眼的红光时，我用它戳中了希特雷库斯·雷的大腿后侧。

这位莫加多尔霸主大叫一声，身体缩回到正常的模样。我感觉到能抵消超能力的消融力场消散了。对希特雷库斯来说，为时已晚。他跌跌撞撞地朝前扑去，想从我这里逃开，但那都是白费力气。这块注入了消融力的权杖插入他的小腿有一英寸深。希特雷库斯把它拔了出来，一股漆黑的血液将他的裤腿都弄黑了。碎片被他拔了出来，我不知道我的消融力还能维持多久。

等等。他在流血！他的伤没有转移到我身上来。每一道符咒都有自己的弱点，希特雷库斯·雷将符咒烧灼进我的脚踝时就是这么说的。

我可以伤害他。我是唯一能伤害希特雷库斯·雷的人。

我几乎没有时间再仔细思考这个信息，因为希特雷库斯对我动手了。他双眼圆瞪，冒着怒火，反手重重地给了我一巴掌。我整个人飞了出去，跌落在台上，几乎喘不过气来，头也开始有些眩晕。他一定是知道，即使我弄清了莫加多尔符咒的漏洞，我也不够强大，无法与他对抗。

希特雷库斯·雷站在我身边俯视着我，他那张丑脸气得都扭曲了。他伸出手来，一把扼住我的喉咙。

“你这个叛逆不忠的小婊……”

约翰用肩膀撞向了希特雷库斯·雷，将他撞倒在地。希特雷库斯侧身倒地，摔得很重。我感觉到我的手肘立刻出现了很多瘀伤。我愿意接受这些疼痛。接下来还会有更多的。

我是不够强大，无法与他对抗，但我已经尽力了。我将他的超能力消融了。

现在其他人可以做应该做的事了。

约翰没有罢手，他扑向正想匆忙逃开的希特雷库斯·雷。这位莫加多尔统治者四脚着地，想从约翰身边逃走。他现在看起来也没那么吓人了。我很高兴见到他这一副可怜又绝望的样子。他就该在丧命之前尝尝这种滋味。

是在我们丧命之前。

约翰一把跨在他身上，将匕首高举过头。我深吸一口气，打起精神做好了准备。

“这是为了洛林星！也为了地球！”

我知道接下来会发生什么。约翰会刺中希特雷库斯·雷，死去的会是我。这样一来，莫加多尔的符咒将会被打破，加尔德们就可以真正把希特雷库斯·雷给杀了。这一切都是值得的。如果这意味着能结果希特雷库斯·雷，我乐意去死。

下手啊！我用意念传音对着约翰喊道。*不管发生什么事！只管动手就好！*

约翰举起匕首往下戳，我听到了嗖的一声。有东西朝这边飞了过来，速度很快。

我的喉咙渗出一点血珠，一道小口子裂了开来。约翰的刀刃差点就把我的喉咙割开了。此时正好一个镀铬的炮弹凌空飞来，将他从希特雷库斯·雷身上撞了下去，把他撞倒在高台上。

是五号。他还活着，是他救了我的命。

救了我的命，却让我们全都倒了霉。

我还没来得及做出反应，高台轰然崩塌。我从翘起的木台上滑下来，重重地跌在下面的人行道上。我身边的人全都尖叫着跑开。

希特雷库斯·雷落在我身边。

他伸手揪住了我的头发，恶狠狠地将我拖了起来。

“做出这么丢人现眼的事情，你死定了，臭丫头。”他吼叫着，将我拖过倒塌的高台，向飞船走去。

九号拦在了他面前。

第二十八章

我的肩膀脱臼了，这一点我很清楚。我仰面躺在地上，背上被高台的碎片插中。我眼冒金星，无法呼吸，觉得自己像是被车撞了一般。

不是车，是五号。

这个叛徒站在我身旁，大口大口地喘着粗气。他的皮肤是金属材质的，但他看上去伤得厉害。他戴着一个眼罩，像是戴了不久。他的一边脸看起来肿肿的。我还看到他的金属脑壳上有几处凹陷。他有两颗牙也不见了。我不知道他的伤是怎么来的，我也不在乎。

这混蛋偷袭了我。我刚刚差点就得手了，希特雷库斯·雷差点就没命了。

我的匕首还插在我的腕套里，但我的胳膊脱臼了，我摸索着匕首，想换一只手。但我还没来得及，五号就一把抓住我破烂不堪的卫衣前襟。

“听我说！”他对着我的脸大叫。

“你去死吧。”我回答道。

我用那只还能动弹的胳膊抓住了五号的金属前臂，将我的掌中流明熊熊燃起。不管他变成什么样的金属，也绝对有熔点。我不知道能否在他下手前将他的金属外壳熔化掉。

“住手，约翰！”五号摇晃着我，痛得喊出声来。

“是你杀了八号，你这狗娘养的！”

我的指间涌动起发臭的毒蒸气。五号略微睁大眼睛，但他没有松开我，也没有逃开。我在伤害他，他却一直忍受着。

“你这个自以为是的混蛋。”五号呵斥道，他握起一个拳头像是要把我狠揍一顿。我不知道自己是否有力气阻止他。他颤抖着拳头，像是在犹豫。“听我说，约翰！如果你伤害了希特雷库斯·雷，那些伤害会转嫁到埃拉身上的！”

我让掌中流明稍微小了些。我的手沾上了熔化的金属，感觉黏黏糊糊的。

“什么？你在说什么？”

“那是个咒语，就像长老们施加在我们身上的一样，”五号说，“他不知怎么扭曲了它。”

我将流明完全熄灭。五号现在是在帮我们吗？他将我从希特雷库斯·雷身上撞下来，不是为了保护他敬爱的领袖，而是为了保护埃拉？我不知道该怎么想。

“我们怎么打破这个咒语？”我冲着他喊，“我们怎么才能杀了他？”

“我不知道。”五号回答道，扭头看了一眼身后。他的表情突然再次阴沉，他刚刚要挥拳打我时的那股怒气重新燃起。“该死的！”

五号从我身边跳开，飞了起来。我爬起来，正好看到九号向希特雷库斯·雷扑了过去。他将一根高台的断木拿在面前，像是举着一柄长矛。

“九号，不要啊！”

九号没有听我说，也许是因为他突然被五号撞到一边。他们两个倒在高台废墟上，碎木横飞。他们一落地，五号就试着飞起来，但九号揪住了他的脚踝。

“往哪里逃，死胖子？”我听到九号喊道。

九号站起身来，依然抓着五号的脚踝，接着用尽全力将五号挥舞起来。五号徒劳地扇动胳膊，想脱身而去，但对手的力气比他大多了。九号将五号脸朝下甩到了人行道上。重击之下，人行道上溅起了很多水泥块，五号的头撞在地上，发出一阵钟鸣声。我注意到他的金属脑壳暂时变回正常的皮肤。这一下应该把五号伤得够狠，让他无法专心施展他的迁移力了。

“九号，够了！”我喊道，一边推开自己身上的那堆碎木。

九号往我的方向看过来，这时五号给了他一记上勾拳。九号咆哮着又向他扑了过去，两个人扭打在一起。他们对着彼此拳打脚踢，手脚纠缠在一起，接着从联合国总部大楼前面的窗户中跌了进去，消失无踪。

我现在不能再担心他们俩了，我得去找希特雷库斯·雷。

我必须去救埃拉。我不能让她再一次被掳走。

我的左臂耷拉在身子的一侧。我必须先让肩膀复位，然后才能给自己疗伤，但我没有时间了。我将手上的金属硬屑抖落，又将匕首插到我那只能动的胳膊的腕套中。我必须单手完成这个任务。

奇怪的是，希特雷库斯·雷似乎完全无心恋战。他拖着埃拉走过这堆废墟，朝着来时搭乘的圆形飞船走去。埃拉跟我们在她梦境里的华盛顿看到的她一样——像是完全失去了生气。不知道他们在那飞船上对她做了什么。

*不管发生什么事！只管动手就好！*埃拉之前用意念传音对我说过。*不管发生什么事！*五号应该不是在撒谎。埃拉知道我若是刺中希特雷库斯·雷会有什么后果，而她愿意承受。

他们不管对埃拉做了什么，也没能将她击垮。她还是有足够的斗志来帮助我们。这一切就像道西基地的那一幕重演。她用一块发光的碎片刺中了希特雷库斯·雷，我的超能力立刻就复原了。

我意识到，她是把希特雷库斯·雷的能力消除了。而且从他懦夫般的撤退行为来看，他的超能力还没有复原。

我也许无法杀了希特雷库斯·雷，但并不等于我无法抓住他。我们倒是要看看，若是他们敬爱的领袖在我手上，莫加多尔人还怎么入侵地球。

我跑过倾斜破烂的高台，想赶在希特雷库斯·雷到达飞船之前将他拦下。埃拉看到我跑过去，也不肯再妥协了。她在雷的手里挣扎着，这样一来他的脚步就缓了下来，我正好有机会去抓住他。

“希特雷库斯·雷！”

该死的。现在可不行。

沃克特工从他的另一侧扑过来的时候，这个莫加多尔领袖根本没有留意到她。难道她还想要他站住不动不成？她和另外两名特工从混乱而恐慌的人群中成功脱身。萨姆也跟他们在一起。他们在几码远的地方停下脚步，举起了枪。连萨姆都是一副准备随时开火的样子——他眯着眼，嘴巴紧闭成一条直线。我记起了萨姆手腕上被酸液烧灼出来的疤痕，都是拜希特雷库斯·雷所赐。他肯定是想来做个了结。

“等等！”我冲着萨姆和沃克大喊，但太迟了。

希特雷库斯·雷冲着特工们和萨姆猛地甩了一下头，就像他们是些讨厌的虫子，得赶紧拍死似的。希特雷库斯用那只没有拖着埃拉的手挥舞着一条三头鞭，之前这条鞭子被藏在他那破烂的制服底下。他的鞭子还没抽到跟前，特工们和萨姆就开了枪。

我简直不敢相信我竟会这么做。

我用心灵传动将子弹停在半空。我不知道子弹能不能穿透希特雷库斯·雷的铠甲，但我不能以此来冒险，也不能让萨姆和其他人有机会意识到自己没打中。我用心灵传动将他们一群人往后推去，不是很用力，不会伤到他们，但足以将他们掀倒在一些高台残片上，也足以让他们躲开希特雷库斯·雷。我只有回头再解释了。

希特雷库斯·雷没有再看这些探员一眼。这个小插曲正是他所需要的，足以让他抢在我前头登上飞船的舷梯。他拖着埃拉猛地跳上舷梯，消失在飞船里。

我向前疾跑过去，决心不让他逃掉。舷梯还没完全收回去，飞船就开始起飞了。

我还是可以赶上的。我还是可以阻止他的。我就近在咫尺。

我往前一扑，用那只没受伤的手抓住舷梯末端。

飞船继续升高，舷梯也继续往敞开着的舱口回缩。舷梯使我更接近了希特雷库斯·雷和埃拉，就算飞船离地球越来越远。我伸出一条腿向上翻，钩住了最后一级舷梯。很快，我们就离地差不多一百英尺了，越来越靠近上面的飞船。

舷梯像一台手风琴似的折叠起来，缩入飞船舱口底下的一块镶板里。我一把推开手里抓着的那级舷梯，免得被里面的机械装置碾轧，接着扑向了敞开的舱口。只有一只胳膊能动弹，要做到这点并不容易。结果我挂在舱口边沿，开始觉得那条胳膊拉伸过度了。我的腿也在离地两百英尺高的地方晃悠着。

希特雷库斯·雷站在我上方。他的三头鞭在我面前晃动，鞭头有火焰在噼啪作响。我知道他没打算余下的路程都带上我。

我从他两条腿的缝隙间看到了埃拉。她没精打采地坐在驾驶舱的座椅里，看上去出奇地安静。她是没办法帮到我了。

“约翰·史密斯，对吧？”希特雷库斯·雷闲聊似的说道，“谢谢你在下面那样帮我。”

“我没打算帮你。”

“但不管怎么说，你确实这么做了。这是我留着你的小命的一个原因。”

我做了个鬼脸。手上稍微有点打滑。我得赶紧想出个法子来。一只手脱臼了，另一只又抓着东西保命，我很难投掷火球。一定得用到我的心灵传动力。也许我可以将他向后推……

不见了。我的心灵传动力不见了。被消除了，就像之前那样。

希特雷库斯·雷冲我微笑着。他的超能力恢复了。我失败了。

他蹲了下来，以便正对着我的脸。

“还有一个原因，”他哑着嗓子说，“就是想让你亲眼看看我让这个星球陷入火海的情景。”

希特雷库斯·雷站起身来，冷酷地对着我抽了一鞭子。那三个头正好打在我脸上。虽然火焰不能奈我何，但我的脸颊还是留下了三条血痕。

这足以让我松开手了。我坠落下去。

我朝着河面笔直下坠，感觉到我的超能力突然恢复了。一定是因为我离希特雷库斯·雷已经足够远。我很快用心灵传动力往下推，尽力放缓下坠的速度。

我还是重重地摔到了东河里，整个身子都像是遭到了击打。脏水流入我的肺里。有那么一刻，我惊慌失措，不知道上下，也不知道该往哪里游。我终于浮出了水面，被水呛住，不停吐水，努力用一只胳膊逆水而游。我最后只好笨手笨脚地仰泳，一路都在不停喘气。等我爬到岸上，整个人已是精疲力竭。这里在混乱的联合国总部下游一点的地方，周围都是垃圾和死鱼。

"约翰！约翰！你还好吗？"

是萨姆。他在淤泥中朝我跋涉而来。他一定看到我从空中坠落，跟着我到了这里。他脚下一滑冲入了我身边的垃圾。我只能嘟哝一声算是打招呼。我想我有几根肋骨断了。

"你能动吗？"萨姆问道，小心地碰了碰我受伤的肩膀。

我点点头。在萨姆的帮助下，我站起身。我浑身湿透，瘀伤累累，好些地方的骨头都断了，脸上还有三道长长的口子。我不知道该先治疗哪一处。

"九号在哪儿？"我终于问出声来。

"我跟他在混乱中失散了，"萨姆声音颤抖地回答道，"他跟五号当时正拼个你死我活。沃克和她的手下现在正尽力疏散市民。那里一片混乱。约翰，我们该怎么办？"

我正欲开口，希望能立刻说出个法子，但附近的一声爆炸让我打住了话头。爆炸的冲击波威力巨大，我的牙齿都打起战来。

我抬头望着天空，正好看到那艘莫加多尔飞船向纽约开火了。

第二十九章

八号的眼睛——那是纯净的洛林宝石在闪闪发光——来回注视着我们。视线在亚当身上停留了很长的时间，足以让我们这位莫加多尔同伴紧张地后退了一步。我跟玛丽娜一样，一动不动，看着我们的朋友像是起死回生一般。八号飘浮在圣殿的井口上方，底下是一股能量在支撑他。不，他不是飘浮在那股能量上方，那股能量就是他的一部分。

更确切地说，应该是它。我非常肯定飘浮着的那位不是我们爱说俏皮话的滑稽朋友。不管它是什么，我都觉得它给了我某种奇异的亲切感，就像是支撑八号的那股能量现在也要从我体内喷涌而出一样。这种能量跟我使用超能力时那股让人刺激的电流一样。也许我看到的正是我之所以成为洛林人、成为加尔德的本质。

也许我看到的就是洛林星本身。

“两个洛林人和一个莫加多尔人。”这尊神终于开口，完成了对我们的评估。他的声音根本不是八号以前的声音——而像是有一百个人同时在说话，所有的人都极其同步。从八号眼窝中透出来的那两道光芒再次投向亚当。神好奇地噘起了嘴："倒也不全是。你有些不同，是一个崭新的个体。"

"啊，谢谢！"亚当又后退了一步说道。

玛丽娜清了清嗓子，向井口走近。她的眼里满是泪水。她伸出双手，像是要抓住神的手，确认他是真实存在的。

"八号，是你吗？"她的声音在井底传来的有节奏的脉动声中几乎听不到。

神将目光投向玛丽娜，皱起了眉头："不。很抱歉，女儿。你的朋友已经死了。"

玛丽娜的肩膀失望地垂了下去。八号模样的神伸出手去安慰她，但能量波在他们俩之间噼啪作响，最终他只好收手。

"他现在与我同在了，"神安抚她道，"他帮了我一个大忙，让我借助他的躯体发声。我好久没说过话了。"

"你是洛林星吗？"我终于鼓起勇气问道，"你是……那颗星球吗？"

神似乎在思考我的问题。透过八号衬衣薄薄的布料，我看到他的伤口亮了起来。伤口跟他身体的其他部位一样发着幽蓝的光。他的整个身体都充满了能量。能量正从他体内慢慢渗出。

"我曾经有过那样一个名字，是的，"神说道，冲着墙上发光的壁画扬了扬手，"在其他地方，我也有过其他的名字。现在，在这颗星球上，我会有新的名字。"

"你是一尊神。"玛丽娜低声说道。

"不。我只是我。"

我摇了摇头。不管他是不是神，我们都需要他的帮助。我们没时间再打哑谜了。我突然间厌倦了岩画、预言和会发光的人。

“你知道出什么事了吗？”我问八号——洛林星——随便什么东西，“莫加多尔人就要入侵了。”

神将目光投向亚当：“并非都是吧，我想。”

亚当似乎很不自在。神迅速移开了目光。他开始盯着天花板，那双噼啪发光的眼睛好像能看到寺庙外面似的。他好像能看到一切。

“是的。他们要来了，”神说道，他那嗡鸣回荡的声音中充满了对即将发生的莫加多尔人入侵的困惑，“他们的领袖很长一段时间都在追捕我。你们的长老们预见到洛林星的陨落，而选择保护我。他们将我藏身于此，希望这样能阻挡他的步伐。”

“进展并不顺利。”我回答道。玛丽娜用手肘捅了捅我。

神的目光慢慢投向了天花板。有一会儿，他的脸上流露出深深的悲伤。

“我有那么多的孩子都永远地走了，”神沉思道，“我想你们现在就是洛林长老了，如果这样的称号依然存在的话。”

“我们是加尔德，”我纠正着这几十亿岁的神一般的能量源，因为不管怎么说，我们毕竟经历了这么多才走到这一步，“我们是来请你帮忙的。”

神哧哧地笑了。“对我来说都一样，女儿。长老、加尔德、塞邦——这些词都是洛林人对我赠予的礼物的描述。在这里不一定要这样。没有什么必然的叫法。”神若有所思地停顿了一下，“至于帮助，我不知道能怎么帮你们，孩子。”

更多让人困惑的说法，更多不解之谜。我之前倒也没觉得来到圣殿就会像九号开玩笑时说的那样——我们能够释放出某种巨大的力量，将所有的莫加多尔人都消灭掉。但我确实盼着找到能帮上忙的东西。我们的朋友们现在可能因莫加多尔人第一轮的入侵行动而危在旦夕，我却在这里跟这位让人心烦的神秘神灵聊着天。

“那样还不够好。”我说道。

我满心沮丧地朝着神走上前一步。能量波在我周围发出噼啪之声，我觉得头发在静电中都竖了起来。

“六号，”亚当低声说，“小心点。”

我没有理睬他，只是提高嗓门冲着这位全能的神灵呼喊：“我们煞费苦心就是为了唤醒你！我们已经失去了一些朋友！你应该可以做些什么的。难道希特雷库斯·雷跑到这里来毁掉这座星球，把地球上的人都杀光，而你却无所谓？你要让这种事情在你的眼皮底下发生两次吗？”

神皱起了眉头。八号的前额皮肤裂开了一道口子，能量开始喷涌而出。玛丽娜捂住了嘴，但没有叫出声来。八号的身体里似乎空空如也，能量正慢慢地将它瓦解。

“抱歉，女儿，”“八号”对玛丽娜说道，“这具皮囊无法支持很长时间。”

接着，神转向了我。他似乎丝毫不为我的话生气，也丝毫没受到影响。他的声音依然美妙动听，耐心备至。

“这种对生命的愚蠢的破坏行为，我是不予谅解的，”神解释道，“但我不对命运进行选择。我也不妄加断言。如果我的消亡是宇宙的意志，那我也坦然听之。我的存在只不过是要将我的能力赠予乐于接纳的人。”

我张开了双臂：“我乐于接纳。给我吧。给我足够的超能力去消灭希特雷库斯·雷和他的舰队，然后我就不再来烦你这个光彩夺目的混蛋了。”

神冲着我微笑。八号的手背出现了更多裂痕。能量正在流失。

“不是这么回事。”他抑扬顿挫地说道。

“那到底该怎么做?”我大喊，“告诉我们该怎么办!”

“没有什么可做的了，女儿。你们已经唤醒了我，恢复了我的力量。我现在属于地球了，我的能力也是。”

“但那怎么能助我们获胜呢?”我喊道，“这些废话到底有什么用?”

神并没有理睬我。我想他愿意传授的智慧就这么多了吧。他盯住玛丽娜。

“他没有多长时间了，女儿。”

“谁没有?”她疑惑地问道。

神没有再说一个字，而是闭上了眼睛。八号的身体开始颤抖起来。让我吃惊的是，能量真的开始从他体内消失。他手背上的裂缝不再延伸，而是闭合了起来。他额头上的开口也是。过了几秒钟，八号身上唯一发光的东西就是他心脏上的伤口。他从那股能量波上飘了过来，飞到了玛丽娜面前。

当八号睁开了双眼，他的眼睛不再闪闪发光。那是一双绿色的眼睛，就像我记忆中的那样，宁静澄澈，但还带着以前的那种淘气。八号看到了玛丽娜，微笑慢慢在他唇上绽开。

“哇。你好。”八号说道，这次是他自己的声音。

是他。真的是他。

玛丽娜喜极而泣，整个人弯下了腰。不过她迅速振作起来，先是抓住了八号的肩膀，然后捧起了他的脸颊。她将他拉近了一些。

“你好暖啊，”她惊叹道，“你是那么温暖。”

八号轻松地笑了。他将手放在玛丽娜的手上，轻轻地吻着她的手。

“你也好暖。”他说道。

“对不起，八号。真对不起，我没法把你治好。”

八号摇了摇头：“别说了，玛丽娜。没事的。你把我带到了这里。这里……我都不知道该怎么说好。这里太不可思议了。”

我看到能量从八号的心脏不断涌出。能量从他的体内流出，他的胳膊和腿上都裂开了许多口子。他似乎丝毫不觉得痛，只是对着玛丽娜微笑，深情地望着她，像是要把她的容颜记在心里。

“我可以吻你吗？”玛丽娜问道。

“我真心盼着你吻我呢。”

玛丽娜吻了他，紧紧地贴着他，拥着他。此时，八号体内的能量喷薄而出，他的身体慢慢消散。这跟莫加多尔人的分解不同。就像是……有一会儿，我能看到八号体内的每一个细胞，看到井里涌动出来的能量在每个细胞之间闪闪发光。八号的细胞一个接一个地融入其中，他最后也成了一个发光体。玛丽娜努力想拉住他，但他的手指也消失在能量中。

接着，他不见了。那道光落回井中，深深地钻入了地下。我们所激发出来的心跳声渐渐弱了。我还是可以听得到，但要很用心地去聆听。这座石室重新归于宁静，只有墙上发光的洛林壁画将它照亮。我感到背后吹来一股新鲜的空气，转身看到墙上开启了一扇门。门后是一段台阶，阳光从外面洒进来。

玛丽娜倒在我怀里，不住地啜泣。我紧紧地抱住她，努力让自己不要垮掉。亚当默默地看着我们，拭去了眼角的泪痕。

“我们该走了，”亚当轻轻地说，“其他人需要我们的帮助。”

我对他点了点头。都不知道我们在这里是否算是完成任务了。再见到八号的时刻非常美好，虽然只是短暂的相遇。然而我与那位赋予我们超能力的宇宙之神的对话却依旧让人毫无头绪。与此同时，就算莫加多尔人尚未发动入侵，那时间也势必越来越近了。

玛丽娜握了握我的胳膊。我低头看着她。

“我看到它了，六号，”玛丽娜悄声对我说道，“当我亲吻他的时候，我看到了他的内部，就是洛林星，或是那股能量，随你怎么称呼它。”

“好吧，”我说道，想对她和气些，但不知道现在是否还有时间絮叨，“然后呢？”

玛丽娜对着我莞尔一笑：“它在蔓延，穿过整个地球。它遍布各地。”

“什么意思？”亚当问道。

“意思就是，”玛丽娜回答道，她抹了一把脸，挺直了腰杆，“我们不再是孤军作战了。”

第三十章

摩天大楼起火了。

我们飞跑起来。

莫加多尔人的战舰缓缓驶过纽约上空，飞船上巨型的能量加农炮对着下面的街道不分青红皂白地不停轰炸着。战舰上飞出几十艘装备武器的侦察飞船。这些小型的飞船在街道上空来回飞驰，将士兵空降到地面。这些兵见人就开枪。

飞船上还放下了其他东西——一些愤怒又饥饿的生物。我还没有看到它们，在爆炸声中只听到它们可怕的嚎叫声。

是派肯兽。

纽约已经陷落了，这一点我非常肯定。此刻是无法击退莫加多尔人的。我不知道其他发现莫加多尔人战舰的城市情况如何。纽约的网络都垮掉了，我的卫星电话也坠入了东河的河底。

我们能做的只有逃命，就像我这辈子一直在做的那样。只不过现在，不幸的是，有一百万人在陪我一起逃命。

“快跑啊！”我冲着迎面而来的每一个人喊道，“一直跑到见不到他们的飞船为止！活下去，再集结，我们一定会抗击他们的。”

萨姆跟我在一起。他面如土灰，像是要呕吐一般。他没见过莫加多尔人是怎么对待洛林人的。他跟我们一起吃过不少苦，但从没有经历过这样的事情。我想他一直都相信我们会赢的。他从没想过会有这样的一天。

我辜负了他。

我不知道九号和五号在哪里。我的脚踝没有再出现新的伤疤，所以他们还没把彼此给杀了。

我也没看见沃克特工。她和她的特工们都要靠自己了。我希望他们能活下去。如果没死，也许他们能精明得知道去艾什伍德庄园跟我们会合。

前提是，我和萨姆走得到那么远。

我们跑过浓烟滚滚的街道，将翻倒的车辆扔开，翻过倒塌的大楼废墟。每当有侦察飞船飞过，我们就躲进小巷或门道里。

我可以抗击他们。我现在怒火中烧，一定能马上将他们打垮的。我独自一人就可以轻而易举地击落一架侦察飞船。

但我不是独自一人。

在我和萨姆身后有大概二十名幸存者。有我用心灵传动从一个着火的门廊中拉出来的一家人，有两个看到我干掉两个莫加多尔兵的浑身是血的警官，有一群躲在一家餐厅里的人，是我点亮掌中流明找到的，当然还有其他人。

我无法拯救这座城市里的每一个人，但我会尽力而为。那就意味着不能主动挑衅莫加多尔人。至少要等我把这些人带到安全的地方再说。

我尽可能地避开危险，但这并非总能成功。

我们穿过一个十字路口，那里有一辆公共汽车，上面耷拉着很多电线。此时我们遇到了十几个莫加多尔兵。他们举起激光枪对准了我们，但我在他们开枪之前，用一个火球将他们炸飞了。那些没有被立刻烧成灰的兵被我身后的警察给干掉了。

我扭过头，对着两位警官点头致意："好枪法。"

"我们就是你的后援，约翰·史密斯。"其中一位说道。

我都不想去问他是怎么知道我的名字的。

我们这群人跑过了几条街，突然听到附近有尖叫声。在街道拐角处，我们发现一对年轻的情侣，正企图从消防梯上逃离他们着了火的公寓。看样子楼顶旁边墙面的螺栓已经脱落，现在整条消防梯就像一根弯曲的手指，悬挂在街道上方。那个小伙子从五楼的栏杆上翻下来。他的女朋友在栏杆边上绝望地拉住他的手。

我的脑海里浮现出萨拉的脸庞。要活下去，我想着。幸存下来，我们就能在一起了。我要回到她的身边。

我朝消防梯跑过去，远远地就用心灵传动托住了它。

"放手！"我冲着那对情侣喊道，"我会接住你们的！"

"你疯了吗？"那小伙子冲我大叫。

我们没有时间争执了，所以我伸手施展心灵传动，将那对情侣从消防梯上拉了下来。就在我快要将他们放到地面上时，身后传来重重的脚步声。

"约翰！"萨姆惊叫道，"小心！"

我扭过头去，看见一只派肯兽。这畜生正全速向我冲过来，口水淌到了它的下巴上，嘴里露出尖刀似的牙齿。我听见我的同伴们在惊声尖叫。两位警察冲着怪兽开火，但它连脚步都没有放缓。其他人都忙不迭地从这头狂暴的莫加多尔野兽身边跑开。

但是他们跑的路线正好在消防梯的下面。而消防梯这时从楼上坠落，哐当哐当往地上掉。

那对情侣还被我托举在半空中，现在我还得用心灵传动托住那消防梯。我努力分出心来点亮掌中流明，但我确实忙不过来了。我筋疲力尽，再也吃不消了。

派肯兽此时扑到了我的头顶。

萨拉的脸庞又一次出现在我脑海中。我必须努力。我咬紧牙根，更使劲地集中注意力。

在一声轰鸣之中，一股心灵传动的力量打中了派肯兽，将它打得飞了起来。这畜生的两条肌肉发达的大腿猛烈地抽搐着。它四脚朝天砸到了一个停车站牌。站牌的柱子直接戳穿了它的心脏。

那不是我干的。

我将那对情侣安全地放到地面上，把消防梯推到一边，朝心灵传动激光束的来源望过去。

萨姆目瞪口呆地看着我。他整个人都僵住了，双手举在自己面前，就像是刚刚打倒派肯兽的动作还没完成。他冲我慢慢地眨了眨眼睛，低头看着自己的双手，然后看了看我。

“见鬼了，”他说，“刚刚那是我干的吗？”